贈答のうた

takenishi hiroko
竹西寛子

講談社文芸文庫

目次

〔参考資料〕

贈答のうた

はじめに――なぜ贈答のうたか

「贈答のうた」と題した。

人に贈るうたと返しのうた。贈歌と答歌。うたは広くお思いいただきたい。物や事に感じて平静を乱された時に、その心の揺れをととのえようとする手立ては人次第であろう。何によって惹き起された心の揺れか、その原因と、人それぞれの性情や素養との関係によって、手立てのあらわし方もおのずから定まってゆく。もし仮りに言葉を頼むとすれば、言葉は原因との折り合いをつけようとする働きの中に、誰かに向って、あるいは何かに向って訴えようとする働きをも兼ねることになろう。

人は又その心の揺れを、沈黙に封じ込め得る存在でもある。けれども私がこれから付き合ってゆこうとしているのは、沈黙を守り通せなかった人々であって、頼られている言葉は詩歌、すなわち「うた」が中心である。うたの前書、詞書《ことばがき》の中には、うたの成り立ちの経緯、うたの場などについて説明しているものもある。心の揺れの強弱、事物に感じるという反応の強弱は一律でなくても、沈黙に耐え難くなっての発語は、人間の弱さだと見ることも出来る。この弱さを超えようとするところに例えば物語が生れる因果については、平安時代の宮廷に出仕した才ある女房が、すでに自作の中で登場人物に委しく語らせている。

詩歌も物語も、人の世と言わず、この世界の、宇宙の、分っていることと分っていないことに対する人間の反応のあらわれという点では変りはなさそうである。勅撰漢詩集、勅撰和歌集、私撰和歌集をはじめとする、数多の公私の集に残されているうたで圧倒的に多いのは独詠かと思うが、特定の人に贈ったり返したり、唱和したりのうたも相当残っている。最初から贈答を多くしている集もあるがやはり限られる。

又日記や物語の中には、既知の名歌や名句名詩も引かれる一方、独詠、独吟、贈答、唱和を問わず、公私の集に採られていないうたも沢山残っている。作者は有名、無名、詠み人しらずとこれ又多様であるが、たとえ作者不明の作中歌であっても、ある時ある場所で、うたをそのように詠んだ人がいたという事実は否定しようもない。これとても、日本人の感受性の歴史以外のものではないと思う。

古い時代の日記や物語、随想などを読んでいて、心動かされるきっかけの一つに、私の場合、うたがある。日記や物語、随想などの中のうたは、大方の時、他のうた、あるいは地の文との関係において生かされている。作中歌は、作品の進行、展開上必要とされているのであって、時によっては、地を這ってゆくような散文にはのぞみ難い飛躍にも役立っているが、必ずしも文学の質の高さで読まれるものばかりではない。大切なのは、作品の仕上りへの部分としての協力であろう。散文だけではあらわしきれなかった作者の気持を託されて、うたは多くの役割を演じている。

うた抜きの「源氏物語」は「源氏物語」ではない。主役準主役端役の男女のうたは、喜怒哀楽を通して伝える、人間の多彩な存在感の切実において褪せ難いものである。和泉式部は歌詠みであり、紫式部は物語作者という分類には関係なく、これほどの詠み分け、詠み交しを必然とした紫式部のうた心をどうして見上げずにいられよう。

この物語を読んでいると、公私の撰集や歌合《うたあわせ》の歌びとになることだけを目的とせず、日常生活の一部としてうたを詠み、うたを詠み交す必要のあった人々の心の暮しぶりを感じるようになる。儀礼と実用の両面にわたってひろくうたを必要とした人々の、うたと遊離していない心の朝夕が、一首ずつ独立した名歌鑑賞の時よりもはるかに流動性を帯びて見えてくる。詠み交すことではじめてひらかれてゆく彼我の世界に作中人物が一喜一憂しているさまには、近代さえ感じられる。

うたは、このようにも詠まれていた。

物語の中のうたは、古人の日常の言語生活に、幅広く、柔軟に立ち入るよろこびと不気味さを経験させてくれるが、それは、言葉をなかだちにした日本人の心の歴史に、幅広く、柔軟に立ち入らせてもらうことでもある。源氏の物語の作中歌の中には、親密で私の軀から出て行かない贈答もあって、折ごとに反芻するのであるが、それらのうたは勅撰集には残らないという考えてみれば当り前のことに、私はある時小さくない衝撃を受けた。勅撰集の多大な貢献と限界に目を拭った。

うたと人間との関係は、すぐれた独詠の仕上げに向う緊張がすべてではない。それに、「百人一首」に典型的な独立した名歌の鑑賞は、日本人が言葉で到達した美しさの鑑賞として、その影響にははかりしれないものがあるけれど、日本人と言葉の生活の過去を、日常に即してより流動的に感じるには、見えないものの多い名歌の一首鑑賞だけに執着しないほうがよい。うたの巧拙もさることながら、言葉で生きる日本人の心の動きの事実により近づきたくて、私は公私の撰集にも、日記や物語、随想などの作中歌にも新たな関心で繋るようになった。

うたはあのようにも詠まれてきた。

人はあのようにも心を用いて生きてきた。

私は、独詠独吟よりも更に日本人の心の動きの事実に近づき易い贈答のうたについて、いつか詩歌物語の別を問わず辿ってみたいものだという、まことにおけない願望を抱くようになった。日本人の感受性の歴史は、独詠独吟の歴史に贈答の歴史を加えて読むと、より明確になるはずである。しかしこうした気の遠くなるような作業が、微力の自分に易々とかなうはずもない。そのことは誰よりもこの自分が一番よく承知している。ならば、せめて、脈絡もないままに馴染んできた平安、鎌倉時代の贈答のあれこれをまず読み直し、いくばくかを読み加えながら、贈答についての自分なりの整理の第一歩を、と思い立った。

勅撰集の賀歌に収められている儀礼の贈答から、日記物語の中の名もなき庶民の嘆きのそれまで、実用性を伴いがちな贈答は、繰り返せば必ずしも文学の質の高さで読まれるものばかりではない。一対一組だけの一回限りの贈答もあれば同一人物の間で時間をかけて続けられる場合もあるが、持続による予期せぬ彼我の新発見や感受性の増幅深化には、人間に本来そなわっている能力というものを離れてながめる上で啓発されることが少なくない。

総じて、贈歌と互角の仕上りで答歌を詠むのは易しいことではないらしい。威張れる自分の読みではないが、つとめて客観的に見ても贈歌のほうがすぐれている場合が多いと思う。受け身の詠みは不利だとお書きになっていた方がある。実際に作歌の出来ない者の想像は到底よくは及ばないが、そういうものかもしれないと思う。贈歌であっても、集の中では答歌を伴っていないものがある。実際に返しがなかったのかもしれないし、集の充実のための返しの削除も行われたであろう。殊に公の集には、同時代及び次の時代の和歌の手本という役割があるし、作者の数と首数に限りがあれば、撰者達は、いきおい一首一首の完成度の高さを優先させながら集全体の配合、調和、充実をはかったであろう。

贈答の目的も内容も多岐にわたっているため、贈答のうたの歴史には、通過儀礼、社交、相愛、哀傷ほかの歴史も混り合っている。贈答に、節度やけじめについての、あるいは人為の及ばぬ何かについての古人の無意識の意識を辿りながら、儀礼に虚礼の危うさはつきまとうものの、儀礼に本来そなわっているのは、邪心のない身のほどの自覚であったと今更のように思う。儀礼と虚礼の違いは、形式や型を不可欠のものとして生かせるかどうかの違いであり、形式や型をばねに出来るほどの心の高まりと充実がないところでは、なるほど、形式も型も必要ではないのだと気づく。贈答の促しは広く表現に及ぶ。

「古今和歌集」の、最初の勅撰集としての特色の一つに部立《ぶだて》がある。集中での春夏秋冬による整然とした和歌の分類は、運行に目を留めずにはいられなかった古人の、「古事記」などとは一線を劃した宇宙の理解と映る。その上で思うのは、四季の歌全体が、宇宙の呼びかけを感じた古今集の人々の反応の集成であり、宇宙との四季の贈答を配列したものではないかということである。贈歌は文字の外にあり、答歌だけが配列されていると読むのは恣意と心得ながらもなかなか愉しい。私にとっては、これも贈答のうたの促しの一つである。

勅撰和歌集　賀歌の贈答

君がため祝ふ心の深ければ

さて、儀礼と実用にわたる厖大な贈答のうたの読み始めは、勅撰和歌集の賀歌からにしたい。結果として和歌の歴史を守ってくれた、ひいては日本の言葉を守ってくれた勅撰集への敬意である。そう言っても、勅撰集の賀歌すべてに贈答が収められているわけではない。八代集でみると、「後撰和歌集」が一対ずつ二組、「後拾遺和歌集」は一組、「金葉和歌集」も一組あるだけで、「古今和歌集」「拾遺和歌集」「詞花和歌集」「千載和歌集」「新古今和歌集」には一組も収められていない。その後の主だったものでみると、「新勅撰和歌集」になく、「玉葉和歌集」に二組あって、「風雅和歌集」にはないという程度である。

勅命又は院宣によって撰進の作業の始まるのが勅撰和歌集であり、天皇家、親王家、内親王家の方々への奉賀が主体の賀歌となれば、贈歌への「御返し」が少ないのは敬意の表明として当然かもしれない。それだけに、残されている例は気になるし、天皇、親王、内親王家や摂関家、上流廷臣及びその周辺での贈答に、一国の時代文化の水位がはかられようかという気持も起る。

「後撰和歌集」賀歌の贈答を読んでみる。

今上、帥《そち》の親王《みこ》と聞えし時、太政大臣の家に渡りおはしまして帰らせ給ふ、御贈物に、御本奉るとて　太政大臣

君がため祝ふ心の深ければ聖《ひじり》の御代の跡ならへとぞ

御返し　今上御製

教へ置く事たがはずは行末の道遠くとも後はまどはじ　（巻第二十慶賀哀傷）

第六二代の村上天皇（九二六―九六七）がまだ大宰府の長官帥であられた時、伯父の太政大臣藤原忠平（八八〇―九四九）の家へお渡りのことがあった。そのお贈物にご本を献上するといって忠平が詠んだ一首。

〔口語訳〕親王様の御先々を祈りことほぐ私の心の深さから、古の聖帝治世のご事跡をお習いいただきたいと、ただその一念でこのご本を献上いたします。

お返しは、

〔口語訳〕古の聖帝の示し置かれた正しいお教えであれば、よく学び習って背かなければ、行くべき道はいかに遠くとも、行うに迷いはないと思う。

「後撰和歌集」の撰進下命者は村上天皇である。撰和歌所を梨壺に設置して、天徳四（九六〇）年には内裏清涼殿で「天徳内裏歌合」を主催、後の晴儀歌合の模範的な先例をつくり、天暦《てんりやく》の治世をたたえられた村上天皇にも、帥宮時代にはこういう贈答があった。皇太子、天皇への道を歩むべく運命づけられている人への太政大臣の歌は、文字通り帥宮の未来への祝福と祈念であるが、その期待には訓戒もこめられている。

立坊《りつぼう》（皇太子に立つこと）を間近に控えた親王に対する発言としては、いかに高位年長の廷臣といえども、という一面がなくもないが、こういうところに摂関政治の時代の具体相があらわれているのは興深い。つまりこれは、摂関家が天皇の後見として政治の実権を握っている時代であったからこその一首と読まれるものである。一〇世紀の前後から一一世紀の中頃にわたった摂関時代は、ごく大まかに言えば、摂関家を外戚とする天皇の時代であった。つづく院政の時代は、摂関家を外戚としない天皇によって推し進められる。

村上天皇は醍醐天皇の皇子であり、母后は太政大臣藤原基経の女《むすめ》、穏子である。従って、穏子の兄時平、仲平、忠平は村上天皇にとってはいずれも伯父に当る。親王と廷臣にして甥と伯父という間柄。太政大臣の儀礼の挨拶は、親王家、天皇家の弥栄《いやさか》と、わが氏族の繁栄をあわせ願うもので、単なる儀礼歌としては読み過せない腥《なまぐさ》さがある。中央政界の一景を映す単純ならざる贈答ながら礼の衣を乱さず、聖道を核に詠み交して歌格を保っているところ、勅撰集の賀歌だと思う。太政大臣の職の重み、使命の大きさは、お返しからも感じられる。後見を得て、やがて兄帝（朱雀天皇は同腹の兄）の皇位を継承する者としての、立坊を控えた立場の自覚も伝わってくる。忠平に伏さず、忠平を立てることも忘れられていない。九四四年立坊、九四六年即位。

　摂関時代のある日の親王と太政大臣との間にはこのような心の通わせ方があった。藤原定家が、八代集の中から一八〇九首を選んで二十巻に編んだ秀歌選「定家八代抄」の中にもこの贈答は採られている。樋口芳麻呂・後藤重郎校注「定家八代抄」（岩波文庫）によると、贈歌の詞書は「天暦の帝、みこにおはしましける時、わたりおはしましける御贈物に御本奉りて　貞信公」で、終句の「ならへとぞ」は「ならへとよ」となっている。又「御返し」は「天暦御製」である。

　村上天皇には、女御、更衣との贈答を多く収める「村上天皇御集」がある。后の安子は藤原師輔《もろすけ》の女、忠平の孫になる。

*

「後拾遺和歌集」の賀歌からは伊勢大輔《いせのおおすけ》（平安中期）と閑院贈太政大臣、すなわち藤原道長の息能信《よしのぶ》（九九五―一〇六五）との贈答である。

後三条院、親王の宮と申しける時、今上幼くおはしましけるに、ゆかりあることありて、見まゐらせければ、鏡を見よとてたまはせたりけるに、詠み侍りける

伊勢大輔

君みれば塵もくもらで万代《よろづよ》の齢《よはひ》をのみもますかがみかな

返し

閑院贈太政大臣

くもりなき鏡の光ますます照らさん影にかくれざらめや　（巻第七賀）

後三条院（一〇三四―一〇七三・第七一代天皇）を親王の宮と申し上げていた頃、第一の皇子の白河天皇（一〇五三―一一二九）はまだご幼少であったが、縁あってお世話させていただいたところ、鏡をつかわされたので詠んだという一首。

〔口語訳〕若宮様のご前途は、まことにこの真澄鏡と拝見いたします。塵一つなく澄み切って、万代の長寿をもさらに増すこの鏡のようなお栄えでございましょう。

返しは、

〔口語訳〕曇りなき鏡の光がますます増すような若宮のお栄え、その御光のもとにわが身を置いて、お恵みにあやからずにいられましょうか。

摂関時代の外戚政治が促したものの一つに宮廷の女房文学の隆盛がある。女が国母とな

る幸運を願う摂関家の廷臣達は、競ってすぐれた女房を女や妻に侍らせた。清少納言は第六六代の一条天皇（九八〇―一〇一一）中宮定子（藤原道隆女）の、紫式部、和泉式部、伊勢大輔はともに中宮彰子（藤原道長女）の、赤染衛門は藤原道長室倫子の女房である。高度なたしなみが彼女達に求められていたのはいうまでもないが、私が思うに、女房らしい女房は、ほどの弁《わきま》えに敏感で慎み深いけれども、事ある時にははっきり自己主張できる自我をもっていること。いかなる場合も女主人、主家を立てて自分を低きに置くこと。女主人、主家の広報役として有能であることなどを自然に兼ねられる女性である。

　伊勢の祭主大中臣輔親《おおなかとみのすけちか》の女であった伊勢大輔は、後朱雀、後冷泉朝の摂関家主催歌合での代表的な女流歌人であるが、生没年も母も不明。彰子の女房としては、「いにしへの奈良の都の八重桜けふ九重ににほひぬるかな」の成り立ちを伝える挿話に人と歌才がよく表れている。奈良から八重桜の献上があった時、紫式部に取入れの役を譲られ、道長に、ただ受け取るだけでなく歌を詠めと言われて即座にこう詠んだ。「万人感歎、宮中鼓動」と「袋草紙」は伝えている。

　これは清少納言とも、和泉式部とも異なる当意即妙の、荘重にしてめでたさあふれる一首である。まず贈り主に礼を尽し、それを主家の繁栄に受けて、七、八、九と末広がりに仕上げている。鏡をつかわされて、その明澄な輝きをすぐさま幼少の若宮の前途に見立てるのも、賢い女房らしい心得の示しとして、奈良の八重桜の一首と響き合う。その前途を真澄鏡に見立てられた白河天皇は、「後拾遺和歌集」「金葉和歌集」撰進の下命者。母は、「返し」の藤原能信の養女（藤原公成女）、従って能信は白河天皇の外祖父になる。儀礼の挨拶に強調はつきもの、返しも同じ次元で受け、贈答ともに強調はあるが誇張の歌とは聞えない。礼につつまれた公私の輻湊はやはり摂関政治の時代である。

松の花咲く千たび見るまで

娘の結婚を互いに祝い合う養父と実の父。二人の父親の情に、重なり合うものとそうでないものとがあるのは当然にしても、娘を中にしたこういう三者の関係は、現代の市民生活でも格別珍しいことではない。ところが一一世紀の宮廷貴族社会で、養父は前太政大臣、実の父は右大臣、女《むすめ》は東宮妃として入内、となると、二人の父親の贈答も並の祝賀のそれとしては読み過し難くなる。一級の祝賀には、とかく儀礼の求める非日常的な言い回しが入り易いが、それは必ずしも虚礼ではなく、事柄の非日常性と均衡を保つ上での自然と見做される場合が多い。

「金葉和歌集」賀歌の贈答である。

前々中宮はじめてうちへ入らせ給ひけるに、雪降りて侍りければ、六条右大臣のもとへ遣はしける　　　　宇治前太政大臣

ゆき積もる年のしるしにいとどしくちとせの松の花咲くぞ見る

返し　　　　　　　　　　　　　　　　　　六条右大臣

積もるべしゆき積もるべし君が代は松の花咲く千たび見るまで　（巻第五賀部）

第七二代の天皇であった白河院（一〇五三―一一二九）の中宮賢子が、東宮妃としてはじめて入内された時は雪であった。そこで養父の宇治前太政大臣藤原師実《もろざね》（一〇四二―一一〇一）が、賢子の実の父である六条右大臣源顕房（一〇三七―一〇九四）のもとへ詠んで遣わされたのが、

〔口語訳〕今日の積雪はまるで松の花ではありませんか。積み重ねた歳月のしるしとして、千年の寿命を保つという松の木が、滅多に目にできないおめでたい花をいよいよ見事に咲かせているように見えます。

返しは、

〔口語訳〕まことにおめでたいことでございます。雪は、しっかり積ってほしい。もっともっと積ってほしい。君の代の御栄えが、千年に一度とか聞く松の花を、千回重ねて見るまでも続きますように。

「金葉和歌集」は、「古今和歌集」の成立から約二百二十年を経て成立した勅撰和歌集で

ある。下命者は白河院。

賢子の東宮妃としての入内は一〇七一年のことで、一〇七二年に白河天皇は即位され、賢子は一〇七四年に女御から中宮に冊立《さくりつ》されている。賢子の実の父である源顕房は、土御門右大臣源師房と藤原道長の女との間に生れた。養父の師実は、関白太政大臣藤原頼通息である。賢子は師実の養女となって、源氏からではなく入内させられている。

九世紀の半ばに、幼少の清和天皇（第五六代）に代って政務を執る摂政に藤原良房が任ぜられ、政務をあずかる天皇の補佐役としては太政大臣よりも重い関白の職に良房養子の基経が就いて以来、平安時代の摂関家の主流は、四家に分れていた藤原氏の中の藤原北家、特にその中でも良房の子孫になっていた。摂関政治が最も栄えたのが藤原道長、頼通の時代で、外戚政治を意のままにした藤原氏の専横に歯止めをかけるのが平安末期の上皇、法皇による院政である。

この院政が白河院に始まる（一〇八六）のは知られる通りで、父帝の後三条院が、摂関家ならぬ、三条天皇皇女を母とする帝であったことは考えに入れておきたい。道長の女彰子の女房として長く仕えた、摂関時代の代表的な女歌人の一人伊勢大輔《いせのおおすけ》に、若宮様のご前途は真澄鏡と寿がれた頃の白河院はまだ幼く、時の帝は第七〇代の後冷泉、関白は藤原頼通であった。

院政開始の時点から、改めて前章の伊勢大輔と藤原能信《よしのぶ》との贈答を振り返ってみると、地位と血筋をめぐる公私の情の輻湊には更に陰翳が加わってくる。白河院の母は藤原能信の養女、能信の父は道長で、母が源高明女であったことも考えてみる必要がある。

引用歌に戻ろう。

賢子の入内を祝う師実は、「雪積もる」に「行き積もる」をかけて「ちとせの松」を引き出し、雪をその松の花に見立てるという趣向、一首の規模が大きくて、賀歌としての格も高い。それを受けた顕房の返しは、弾みを得て、一首の規模を更に大きくしている。「君が代」は師実の代であると同時に、現東宮、やがては皇位に即かれるべきお方の代ともひびき合う。年上の実の父が、へりくだったかたちで養父の栄えをうたう節度には、地位と血筋についての認識も読まされる。

しかし、この二人の父親に、十五年後に上皇となって院政を行う白河院、藤原氏専横の批判者としての立場を鮮明にする院が、どう予見されていたか、いなかったか。入内の祝賀を詠み交す二人の心境にもしも予見を引き入れて読めば、二様の願望の強さに、二様の危惧を読むことも可能になろう。

ただそれはそれとして、この贈答で私が注目するのは、返歌の、「積もるべしゆき積もるべし」の口調に示された勢である。ひとりでは沈黙に終りかねない情が、きっかけを得て誘い出され、調子づいて思わず本音を吐くという呼応の弾みに、一首一首では表しきれない世界がつくり出されている点である。それは一を千にして返すという強調を自然にする拠りどころの一つでもある。

適《ふさ》わしい対象の呼びかけがあって、まるでそれを待ってでもいたかのように強く、更に強く繰り返される詩語には、潜み、制されていた情が一気に噴き上げてゆく一種の爽快がある。私は今、「まるでそれを待ってでもいたかのように」と記したが、このような呼応を一般化して考えてみると、必ずしも対象の呼びかけを待っていた状態ではないのに、刺激に思いがけず反応してゆく自分の情を知らされ、それまで意識してもいなかった自分の内面が対象化されて、そのありように驚くという場合もある。

こちらからではない、あの人が言い出してくれたからついこちらも言う気になって、知らず知らずのうちに言葉が多くなり、よき、あしき結果を招いてしまったという例は、私達が日常よく経験することでもある。それだけに、他者を得て開かれてゆく心の世界を具体的に示している師実と顕房の贈答には、時の隔りを忘れさせるおもしろさを感じている。特殊な時代環境にあって厚い礼の衣をまとった祝賀とは言いながら、言葉が引き出す無意識について、自制が飼い育てる激情について、他人が見せる自分について、あるいは自他の協力ではじめて果される表現領域の拡大について、表現の機能をめぐってこの贈答の促すものは、私には小さくない。

＊

次の贈答は、「玉葉和歌集」の賀歌からである。玉葉集について少しだけ記したい。伏見院（一二六五—一三一七・第九二代天皇）の下命で成立したこの集は、「新古今和歌集」以後、勅撰最後の「新続古今和歌集」まで、古今、新古今集のような流布をみない集が続いている中で、「風雅和歌集」とともに地道に読み継がれてきた勅撰集である。風雅集のほうは光厳院（一三一三—一三六四・北朝第一代天皇）の親撰。

私はこの玉葉、風雅の二集を、永福門院《えいふくもんいん》（一二七一—一三四二）の作品で心にとめた。日本の女歌の気ままな拾い読みから始めて、少しばかり筋道を追って読みひろげてゆくうちに、和泉式部や式子内親王、藤原俊成卿女などの詠みが、古歌の仕込みにもよく支えられた稀な才能の滴りであるのは自分なりに納得できたが、それとは別に、かなり離れた場所で、静かに、しかし誇り高く孤立している門院の作品に次第に惹かれるようになった。たとえば、

真萩散る庭の秋風身にしみて夕日のかげぞ壁に消えゆく

という一首を風雅集で初めて知った時の、身の冷え入るような感銘は、時とともに弱まってゆくものではなく、今もなお読み返す私を静かに煽動する新しさで生きている。それは、事や物に消えてしまうことでより大きく生かされる自由を経験した人ならではの表現の力かもしれない。門院の作品は、女の歌人には珍しく、叙情歌ではなく叙景歌において傑出する。

門院は伏見院の中宮である。玉葉集の撰者は藤原（京極）為兼《ためかね》で、伏見院、永福門院の信頼篤い歌の師であった。藤原俊成、定家で確立された歌道の家御子《みこ》左家《ひだりけ》も、定家の孫の代になると二条、京極、冷泉の三家に分れるが、その京極家の祖為教の息が為兼で、実作と理論ともにすぐれた妥協ぎらいの人であったらしい。その生涯も波瀾に富んでいる。

新古今集時代のあと、再び古今集の時代も新古今集の時代も訪れることはなかった。その理由は多々絡み合っているけれども、何と言っても日本の和歌が、実作においても理論においても成熟を極めたのが新古今集の時代であったということは大きい。一旦成熟した文化が新たな成熟を見るには相応の年月と苗床が要る。

玉葉、風雅の二集には当然のこととして、伏見院、永福門院、為兼、為教女為子などの作品が多く採られている。永福門院の作品に象徴的であるように、和歌の歴史の中でのこの二集の印象を言うと、古今の大様《おおよう》、新古今の錬磨を離れて、夕暮の部屋で涼しい墨書に対するような透明な緊張である。我執といわず、人為という人為を虚しく思わせるような解放感がある。この特色は四季の詠に顕著であるが、さかしらの己れを無き者にして、大運行の中に初めて全的に生かされる自由を知らせる力は、受身のすすめではない。

考えてみると、新古今集から玉葉集の成立までの間には、後鳥羽院（一一八〇―一二三九・第八二代天皇）隠岐配流のこと、興福寺延暦寺衆徒争いのこと、興福寺衆徒蜂起のこと、後鳥羽院隠岐での崩御のこと、などで政情世情不穏相次ぎ、更には文永、弘安の役あって、国内だけでなく、外敵への対応にも苦慮している。玉葉集と風雅集の間に院政は廃止（一三二一）された。鎌倉幕府も滅んでしまう（一三三三）が南北朝対立のことが起り、やがて室町幕府の開府（一三三六）となる。

古今集から新古今集の成立までが約三百年。

新古今集から玉葉集までは百年余り。

玉葉集から風雅集まではわずか三十余年でも、その間中央政治は揺れ続けている。

玉葉集賀歌からは、参議藤原伊衡《これひら》（八七六―九三八）と第六〇代の醍醐天皇（八八五―九三〇）との贈答である。

天暦《てんりやく》のみかど生れさせ給ひて御百日の夜詠み侍りける　参議伊衡

日を年に今宵ぞかふる今よりや百年《ももとせ》までの月影も見ん

御返し　延喜《えんぎ》御製

いはひつることだまならば百年の後もつきせぬ月をこそ見め（巻第七賀歌）

村上天皇（九二六―九六七・第六二代）がお生れになって御百日のお祝の夜に伊衡が詠んだのは、

〔口語訳〕御百日のお祝を、今宵は年の数に改めてお祝い申し上げます。今より若宮様は必ずおすこやかに、百年後の月影までもごらんになりますでしょう。

お返しは、

〔口語訳〕祝の言葉に神秘な力がこもるならば、その言霊の力によって、若宮は百年後もめでたく尽きせぬ月影を見るであろう。

九二六年九月十二日、若宮御百日の贈答。醍醐天皇は古今集の下命者。日数を年数に変えて祝意を示した機智の人は、古今集の有名な一首、

秋来ぬと目にはさやかに見えねども風の音にぞおどろかれぬる

で知られる藤原敏行の息である。敏行は宇多朝の代表的な宮廷歌人で、母は紀名虎《きのなとら》の女であった。

＊

同じく玉葉集の賀歌から後嵯峨院（一二二〇—一二七二・第八八代天皇）と後深草院弁内侍《ごふかくさいんのべんのないし》との贈答を。

後深草院位の御時、花の盛りに、上達部殿上人鞠つかうまつりけるを御覧ぜられける由聞し召して、松の枝に鞠つけて奉らせ給ふとて結びつけさせ給うける

後嵯峨院御製

吹く風もをさまりにける君が世の千とせの数は今日ぞかぞふる

御返し　後深草院弁内侍

限りなき千世の余りのありかずはけふ数ふとも尽きじとぞ思ふ（巻第七賀歌）

後嵯峨院の皇子であった後深草院（一二四三―一三〇四・第八九代天皇）ご在位の時、花の盛りに、上達部や殿上人らが蹴鞠をするのをご覧になっているとお聞きになった父院が、松の枝に鞠をつけてお上げになる、その折一緒に枝に結びつけてお贈りになったのは、

〔口語訳〕吹く風もおさまった穏やかな君が代は千とせも続くであろう。さあ、今日こそ勢よく鞠を蹴上げてその数を数えるように。

お返しは、

〔口語訳〕限りなく、千年をも凌ぐ君が代は、今日のお遊びにいくら数えても尽きることのないめでたさであろうと存じます。

「ありかず」は「有り数」、この世に生きる年の数。命数のことで、無数の浜の真砂を数えて長寿の年の数としようという詠み人しらずの歌が古今集にすでにある。

わたつうみの浜の真砂を数へつつ君が千年のありかずにせむ

詞書もくわしいので、贈歌だけでも、当時の宮廷の遊びの雰囲気は抽象的にではなく伝わってくるが、返しを読むことで、その遊びにもあった儀礼の慣習、父子主従の間のけじめのようなものが、よりはっきりするというところがある。後深草院の在位は一二四六年から一二五九年まで。「吹く風もをさまりにける君が世」は、後嵯峨院の御目の事実であったろうが、願望や祈念の見せる事実も又重なっていようか。さきに新古今集から玉葉集までの政情世情の不穏を辿ったが、文永の役は、譲位後十数年で起っている。

贈歌の「千とせ」が返歌では「千世の余り」となって数を凌ぐ。総じて、返歌において、贈歌の中の言葉が繰り返され、事柄が更に強調されるのも儀礼の慣いのうちと思うが、この呼吸は、賀歌ではないけれども、宮廷貴族社会での女主人と女房との贈答などにも読むことが出来る。一例をあげてみる。その恋のために周囲の非難を浴びている和泉式部に、上東門院彰子の女房としての出仕が決まる。初めての出仕の日、式部に親愛を示し、それとなく恩も売っている門院の贈歌と、女房としての「ほど」の弁えを示す式部の返歌。

木綿《ゆふ》かけて思はざりせば葵草《あふひぐさ》しめの外にぞ人を聞かまし

しめのうちに馴れざりしよりゆふだすき心は君にかけてしものを

恐れ入ります。でもお慕いするのは私のほうがずっと早うございました。玉葉集巻第十四雑歌一に入っている贈答であるが、これなどと読み較べてみてもやはり、最初に引いた金葉集の、顕房の返しの勢は私にはありふれぬもので、あの贈答の呼吸には「今」を感じる。

勅撰和歌集　天皇・皇族の贈答

別るれどあひも惜しまぬ百敷を

まだ、勅撰集と私撰集、私家集との区別も覚束ない頃に読んだ「古今和歌集」の詞書で、まっさきに憶えたのが、

「寛平《くわんぴやう》の御時《おほむとき》、后《きさい》の宮の歌合の歌」　（巻第一　春歌上他）

「歌奉れと仰せられし時、詠みて奉れる」　（同右）

であった。一度や二度なら忘れてしまったかもしれないが、いずれも繰り返し用いられている。

和歌の歴史を少し勉強すれば、勅撰集の準備に作品が集められるのも、宮廷のいろいろな歌合に然るべき歌びとが求められて出詠するのも、格別珍しいこととしてではなく読めるはずなのに、「寛平の御時」という時の記録の仕方や、献上を「歌奉れ」という命令調で記しているのに思わず立ち止った頃の自分はまだ何程のことも知らなかった。

天皇が下命者として歌を召す。天皇あっての勅撰集の撰進であれば下命は当然であるに

しても、「歌奉れ」という言い方は事実長くは続いていないようである。少しずつ注意して読み始めた目に、古今集詞書での命令調は特別と映るようになった。八代集の中では古今集が際立ち、次の「後撰和歌集」ではたとえば、

「延喜《えんぎ》の御時、歌召しけるに奉りける」（巻第一春上）

という言い方が目立ってくる。「新古今和歌集」にいたっては、天皇への詠進をそれと記録している詞書に、天皇下命の命令調はほとんど遺っていない。この変化は見逃せない。

もっとも、古今集の中にも、召されての詠進の場合でも、

「寛平の御時、歌奉りけるついでに奉りける」（巻第十八雑歌下）

「歌召しける時に奉るとて、詠みて奥に書きつけて奉りける」（同右）

といった例がないわけではないけれど、繰り返されている命令調にはやはり、古今集の時代の知識人の宮廷観、更には政治と文学についての認識が具体的に示されていると読まざるを得ない。

古今、後撰に続く三番目の勅撰「拾遺和歌集」に以下のような贈答がある。

天暦《てんりやく》の御時、伊勢が家の集召したりければ、参らすとて　中務《なかつかさ》

時雨《しぐれ》つつふりにし宿のことの葉はかき集むれど留まらざりけり

御返し　　　　　　　　　　　　　　　　天暦御製

昔より名高き宿のことの葉はこのもとにこそ落ち積るてへ（巻第十七雑秋）

中務（平安中期）と第六二代の村上天皇（九二六—九六七）との贈答である。勅撰集賀歌の中の贈答をうけて、しばらくの間、勅撰集に見られる天皇の贈答の中から読むことにしたい。

右の詞書によると、村上天皇の御代に、天皇から中務に対して、中務の母である伊勢の家の集、つまり伊勢の私家集を献上せよとの仰せのあったことが分る。その献上に際して詠んだのが、

〔口語訳〕もはや古びてしまった家には、いくらかき集めてみましても、さしたるものは残っておりません。時雨に散らされてしまった紅葉が、かき集めても留まらないのと同じこと、この程度のお恥ずかしいもので恐れ多うございます。

「ふる」には、「時雨が降る」に「古りにし宿」が、「ことの葉」には「事の葉」に「言の葉」が、「かき集む」には「掻き集む」に「書き集む」が掛けられるという仕組みで、中務の筆写がひびかせてあるが、慎み深い、伏目がちの仕上りに淀みはない。

要請に応じた家集献上をよろこばれての村上天皇のお返しは、

〔口語訳〕昔から、すぐれた歌の家の言の葉は、枝を離れた紅葉が木の下に落ち積るよ

うに、子のもとに集るものだと聞いている。

贈歌の「ことの葉」を反復する返歌で、「このもと」には「木の下」に「子のもと」が掛けられている。「てへ」は「といへ」の約。

現代でも、各種の文学全集や選集の出版が企てられる時、出版社や監修者、責任編集者の側から、当人あるいは遺族に関係資料の提出を求める場合があるけれども、遠く遡った時代の特殊な環境でのこととは言いながら、中務の場合、要請者は一国の最高権力者である。しかも中務は、伊勢と敦慶《あつよし》親王との間に生れた王女であり、親王は、伊勢がかつてそのお方との間に皇子までもうけている第五九代の宇多天皇（八六七―九三一）の皇子であった。

伊勢の後宮での生活は、宇多天皇の女御温子づきの女房として始まったらしい。早々に温子の異母弟藤原仲平との仲を深めるがこの関係は崩れて、伊勢は後宮を一旦退き親許に身を寄せる。温子の招きで再び出仕後に宇多天皇の皇子を生む。この皇子は夭折を伝えられている。古今集の代表歌人は、歴とした御息所《みやすどころ》でもあった。

自分の兄弟が原因で後宮から退いた女房を再び招く温子には、償いとまでは言えなくても、放っておけない責めにも似た感情があったかもしれない。伊勢の歌びととしての魅力や女房の才覚にも温子を動かすものはあったであろう。むろん温子ひとりで事が決められるほど気楽な女御の座ではなく、目に見えない操りの糸は幾本もあったはずであるが、その伊勢が、再びの出仕のあと今度は自分の夫である天皇の御子をなしたのに、一人の女性として温子はどう対応できたのであろうか。

中務が生れるのは、温子没後に始まった敦慶親王との関係らしいので、そのことは一先ずおくとしても、温子が、宇多天皇の後宮の最高位の女性として御息所伊勢に対する心情には、今の世からははかり難いものも含まれているし、社会制度や生活習慣の違いの上にある二人の女性の事を、現代の感受性や常識だけで整理は出来ないとも思う。

ただ、伊勢を再度招いた温子と、招かれた伊勢との間での贈答や、宇多天皇の譲位につれて皇太夫人《こうたいぶにん》となった温子とその後の伊勢との贈答、更に中宮となった温子の崩御に詠まれた伊勢の哀傷歌などを読んでみると、この女主従の間に保たれていた特殊な感情と、必ずしも特殊とは思われない感情が少しずつ見えてくる。

異性関係に限って言えば、人妻の身で兄弟の親王と恋愛関係を結び、非難の眼にさらされた和泉式部にもひけをとらない伊勢なのに、と読んだ時期もあったけれど、伊勢にしても温子にしても又式部にしても、自ら選んではなく、ある時ある場所に生をうけた者の運命を抜きにして云々するのは不公平だと思うようになった。その特殊な時と所において彼女達がどれほど普遍性のある作品を残したかが大切になる。

天皇の贈答に戻る。

伊勢の家集を求めた村上天皇は、宇多、醍醐、朱雀に続く即位で、在位は二十一年、その治世は、天暦の治と称されている。さきの返歌でみる限り、天皇は伊勢、中務をその道の名高い家の筋と認めて、家集を受けるよろこびも示されている。

伊勢の父藤原継蔭《つぐかげ》は、閑院左大臣冬嗣の兄真夏の曾孫で、文章道の出身という。伊勢自身、古今集に採られているのは二二首。首数では女性の歌人の筆頭であり、宮廷の歌合への出詠や天皇下命による屏風歌の詠進など、その筋の才はつとに聞え高く、女《むすめ》の中務も、天徳四（九六〇）年の内裏歌合には出詠するほどであるから、限られた宮廷社会のこと、返歌の作者には、歌の筋はもとより、天皇家に絡む伊勢の異性関係の明暗もむろんよく知られていたと思う。

母の遺詠を選りすぐって家集を献上する名誉は、自身歌びとでもある中務には身にしみて覚えられたことであろう。私はさきに、慎み深い、伏目がちの仕上りと言った。あの遜《へりくだ》りの体《てい》は、礼のならいを踏み外さぬ知性の対応には違いない。しかし母を誇りに思い、自分にもある歌びととしてのひそかな自負が、中務をかえって強く遜らせたということはなかったろうか。想像にまかせてもう一つ言うと、「時雨つつふりにし宿のことの葉」には、母の宮廷歌人としての揺ぎない才能や名誉を自覚した、知性の対応としての謙虚とは別に、一人の女性としての母の不本意をしのぶ娘の嘆きも潜んでいるように思われてならないのである。

拾遺集が知らせてくれる中務献上の伊勢の家集のほかに、私達はもう二つ伊勢の家集を知らされている。

＊

一つは、古今集の伊勢の歌の詞書で知られる献上家集である。

歌召しける時に奉るとて、詠みて奥に書きつけて奉りける　伊勢

山川の音にのみ聞く百敷《ももしき》を身をはやながら見るよしもがな

この詞書だけはすでに引いた。下命との距離のとり方にも伊勢はいようか。今はうわさに聞くばかりの百敷（宮中）という表現には、宇多から醍醐への帝の代替りが示されている。温子の女房として出仕していた伊勢、宇多の帝の皇子までもうけた伊勢も、新帝の百敷には留まれない。もはや宮中のご様子は、山川の急流の音のようによそに聞くばかりでございますが、かなうことなら昔ながらの仕合せな身の上で、新たな御代の宮中を親しく拝し奉りとうございました。

この一首は、宇多の百敷に親疎格別の紐帯《ちゆうたい》で生きてきた女性が、前代の宮中への噴きこぼれそうな情を抑えて、今帝の栄えを仰ぎ見る姿勢で詠まれている。事情はいかようにあろうとも、いかなる場合にも主家筋の人々をまず有利な立場に置く。このことは、女房のたしなみとして、然るべき女房達は身につけていた。

家集の奥に伊勢が書きつけて奉ったという「山川の」一首が、醍醐天皇にどう読まれたかは分らない。後宮の生活に馴染んだ女房の詠歌の上での本心のつつみ方、抑制の仕方が、表現における不自由だけでなく、逆に余韻としての本心の強調を自由にする、間接表現の限りない自由についても考えさせるのを、私は和歌を超えることとして受け取っている。

さてもう一つの家集について。

この家集は「新編国歌大観」第三巻私家集編Ⅰで読むことが出来る。冒頭に約三〇首をふくむ歌物語風の部分があって、伊勢の半生記とも読まれる内容になっている。寛平の帝の御時、大御息所と申し上げたお方の御局に、親が大和に住んでいる女房がおつとめに上っていたという書き出しである。三つの家集の相当にこみ入った同異については、秋山虔氏の「伊勢」（「王朝の歌人5」集英社）や、清水好子氏の「王朝女流歌人抄」（新潮社）に多くを教えていただいた。

＊

続いては「後撰和歌集」の贈答から。

亭子の帝下りゐ給うける秋、弘徽殿《こきでん》の壁に書きつけける　　伊勢

別るれどあひも惜しまぬ百敷を見ざらんことや何かかなしき

帝御覧じて、御返し

身ひとつにあらぬばかりをおしなべてゆきめぐりてもなどか見ざらん（巻第十九離別）

後に亭子院と称ばれる宇多天皇の譲位は八九七（寛平九）年で、「日本紀略」によると、上皇は譲位後、温子女御の住まいであった後宮七殿の一つ弘徽殿に遷御、温子は東五条堀川院に移御となる。譲位の日も迫って、温子とともに後宮を去ることになった伊勢が、帝のお目にとまるのを想定して弘徽殿の壁に書きつけた一首は、

〔口語訳〕尽きぬ思いで立ち去って行く私と、ともに別れを惜しんでくれるでもない百敷なのに、もう二度とは見られないだろうと思うことが、どうしてこれほどにまでかなしいのか、自分でも分らなくなっております。

これをお目になさった帝のお返しは、

〔口語訳〕百敷はもう見られない、そんなふうに考える必要はない。帝はわたし一人ではないのだから、かつてわたしに仕えてくれたように、次々に新しい帝に仕えてくれればよいではないか。かなしまないでほしい。

さきに古今集から引いた伊勢の歌、「山川の音にのみ聞く百敷を」もそうであったよう

に、百敷を見るか見ないかは、この女房歌人にとってはかけがえのないことであったと思われる。たまたま二首に同じ表現を見ただけなのかもしれないが、言葉の選択や言い回しには、人それぞれに好みや癖があって、本人は気づかないまま拠りかかっている好みや癖が、その人の本質を語っている例も少なくない。はからずも伊勢の執心の所在を見せた二首、と読みたい。

後撰集の伊勢と亭子の帝との贈答は、「大和物語」の冒頭の段の核にもなっている。この中では、弘徽殿の壁に書きつけたのは「伊勢の御《ご》」であり、お返しは、「帝、御覧じて、そのかたはらに書きつけさせ給うける」となっている。こういう歌の成り立ちの場も、この贈答の効果に影響を与えていよう。

もともと情などあり得ない「百敷」を取り上げて「あひも惜しまぬ」と詠み、無情と知りつつもそれとの別れをなぜこうもかなしむかと訝《いぶか》ってみせた伊勢はやはり並の歌びとではないと思う。温子の女房という立場、御息所ではあっても帝に満たされないひもじさ、直情の表出を恥ずかしく思う自尊心と美意識、それにもかかわらず帝のかえりみを期待する自愛、それらの縺《もつ》れ合った情理を三十一文字の小宇宙にこめるのに非情の百敷を借りたのは伊勢の叡智、帝に対する精一杯の抗議であったろう。

緊張に充実している贈歌に対して、返歌はいたってゆるやかである。表向き、礼のならいに踏みとどまりながら、暗に真情の推察を哀願しているような贈歌への対応に返歌が見せた寛大さ、器量の大きさには、とりあえずは相手に対するいたわりの優しさを読むことは出来る。しかし、果してどこまでのいたわりか、この贈答を繰り返して読んでいると、居場所の次元の違いが次第にはっきり見えてきていたましい。

とりわけ気になるのは、「身ひとつにあらぬばかり」である。人の心の広さとか思いやりを通り越して、退路の用意にはぐらかされたくないという気持がつのってくる。このような扱いを受けるのも宮廷女房の運命のうちなのか。私達は、後宮制度の具体的なありさまを、日記や物語、随筆の類によっていろいろ知らされてきたけれども、この伊勢と宇多天皇の贈答例を知ると、後宮制度の非情な一面が実感として迫ってきて、古今のみならず後撰、拾遺と三つの勅撰を通じて女の歌人では収録首数首位の伊勢でさえ吹き払えなかった心の闇を、一瞬覗き見たかという気持になるのである。

立つ朝霧に身をやなさまし

年たけてまた越ゆべしと思ひきや命なりけり佐夜《さや》の中山

七十歳を前にして陸奥《みちのく》に下った時の西行（一一一八―一一九〇）がこう詠んでいる。「新古今和歌集」の巻第十羇旅歌所収。「命なりけり」という歌句は、西行が初めて用いたものではなかったけれども、これは西行の言葉、と読みたくなるほどの必然性で全体を支えている。

人生の不可知に対する感懐の淵に誘われる読者の一人として、言葉は彼我共有のものであっても、運用はかくありたしといつも思う。言葉の運用についての、時を超えた、揺がぬ示唆の一つを私は読む。西行のこの一首を反芻する時の私が、自然に次の一首を呼ぶようになったのはいつの頃からであったか。

それは、

世にふれば又も越えけり鈴鹿山昔の今になるにやあるらん

「拾遺和歌集」巻第八雑上所収の、斎宮女御《さいぐうのにょうご》、徽子女王《きし》（九二九—九八五）の歌で、「円融院御時《おほむとき》、斎宮下《くだ》り侍りけるに、母の前斎宮もろともに越え侍りて」というのが詞書である。徽子女王はひとたびは自身斎宮として、年隔てては前斎宮村上天皇女御として、斎宮に卜定《ぼくじょう》されたわが女《むすめ》に従い、再び鈴鹿を越えて伊勢に下ったことがこれによって知られる。

徽子女王は、第六〇代の醍醐天皇（八八五—九三〇）の第四皇子重明《しげあきら》親王の第一王女であり、徽子所生の斎宮は、第六二代村上天皇の第四皇女規子内親王である。卜占による斎宮決定も、未婚の王女として神との約束のみに生きる年月もありふれぬものであれば、退《たい》下《げ》後、後宮に入り、所生の皇女の、斎宮としての伊勢下向に添うというのもこれまた容易に見出せる事例ではない。

物語というもののありがたさの一つには、時代を問わず限られた人々の実生活を具体的に思い描かせるということがある。伊勢大神宮に神の御杖代《みつえしろ》となって奉仕する斎宮の、潔斎のための幾段階や、斎宮が時の天皇から別れの櫛を賜って、伊勢に向う群行などの特殊な事例も、「源氏物語」の「賢木《さかき》」の巻では、遥かな時代を目のあたりに出来る当然のながめのように仕立てられている。

秋の野宮で光源氏と別れ、前東宮妃として、東宮の遺児である女の斎宮（のちの秋好中宮《あきこのむ》）に従って伊勢に下る六条御息所《みやすどころ》に斎宮の経験はない。そうであっても、世の中によくある母と子の行動ではないのを、「源氏物語」の作者もこの巻の中で注意深く、「親添ひて下《くだ》りたまふ例も、ことになければど」とか、「世の人は、例なきことと、もどきもあはれがりもさまざまに聞こゆべし」などと記し、非難したり同情したり、世間はいろいろに取沙汰する。それにしても人の口にものぼらぬ身分は気楽なものだとも書き添えている。

西行の「年たけて」も、斎宮女御の「世にふれば」も、人生の不可知に対する感懐を促すことにおいては通い合う山越えの歌ながら、「世にふれば」一首に格別の印象をもつのは、時代を離れてはあり得ない女の運命と自我のありようを考えさせられるためかもしれない。

物語の中での六条御息所の伊勢下向は、光源氏の心離れに耐え難くなった御息所の、地位と矜持にかけてのあとに引けない決断であった。準拠のことは措くとして、物語としては納得できる運びになっている。しかし、「日本紀略」にも記された「先例のない」行為に踏み切った時の斎宮女御は、すでに四十九歳、村上天皇の崩御から十年が過ぎている。

山中智恵子氏の「斎宮女御徽子女王 歌と生涯」は、私が最も信頼し、重用させていただいている徽子研究の文献で、殊に、同氏の、これ又前例を知らない周密な年譜には恩恵を蒙ってきたが、それに従えば、徽子女王の斎宮卜定は八歳の時。二年後に伊勢群行。七年間を斎宮として過し、母の喪により退下するのが十七歳。入内はその三年後。四ヵ月で女御宣下。この年（九四九）二十一歳で第四皇女規子を生んでいる。

以後年譜を辿りながら、徽子の遭ったいくつかの死のうち、殊に三つの死に注目する。九五四年の父親王との死別。九六二年の皇子との死別。これは皇子誕生のその日の出来事であったとされる。いま一つは村上天皇の崩御。中宮安子《あんし》（藤原師輔《もろすけ》女）を筆頭に、数多の女御更衣が天皇のお側に侍った村上後宮の終焉である。

「世にふれば」と斎宮女御はうたう。昔が今か。今が昔か。長生きしたばかりにという、穏やかな溜息を送るような詠みぶりの底には、予め整えられた道筋から外れることも出来ず、時の世のなりゆきに靡《なび》いた歳月かと思わせながら、人の思惑、世のならいなどものともせず、毅然として守られた自我が沈められている。京の土地も人も、もはや斎宮女御を引留める力を失ってしまったのか。自分が自分として生きられる次元を、徽子はどこに求めていたのか。このようなかたちでしか示せなかった女の自己主張を思う時、「世にふれば」一首は、老いての単なる懐旧の次元を超えた、類《たぐい》稀な詩情と資質のあらわれとして映る。

＊

勅撰和歌集の中の天皇の贈答を読んでいるが、ここで「新古今和歌集」の恋歌から二組の贈答を引く。

春になりてと奏し侍りけるが、さもなかりければ、内より、まだ年もかへらぬにやとのたまはせたりける御返事《おほんかへりごと》を、楓の紅葉につけて

女御徽子女王

霞むらむほどをも知らず時雨つつ過ぎにし秋の紅葉をぞ見る

御返し

天暦御歌《てんりやく》

今来むと頼めつつふる言の葉ぞときはに見ゆる紅葉なりける（巻第十四恋歌四）

天皇のご催促があるにもかかわらず、里居の女御はなかなか参内しない。「春になりましたら参内いたします」と申し上げていたのに、お約束通りにはしなかったので、待ちかねていられる天皇から、「そなたには、まだ年も改まらないのか」との仰せがあった。そこで楓の紅葉につけて差し上げたご返事は、

〔口語訳〕世はもはや春霞の頃かと思われますのに、それにさえ気づかず、わたくしは幾度も時雨に濡れながら涙のうちに過し、今なお時雨に染められた秋の紅葉を見ております。

お返しは、

〔口語訳〕なるほど、楓ならば時雨に染められもしよう。しかし、あてにさせておいてはそれきりになってしまうそなたの言の葉は、色変りなどしない常磐《ときわ》の紅葉なのだね。

春ともしらず秋のかなしみを涙とともに生き続けているという贈歌には、とりあえずはかなしみの深さを読む。春になれば、うつむいているこの心も上向くであろう、そのつもりでご返事を差し上げたけれども、とてもそういう状態にはならなかった。

贈歌の「時雨つつ」には、繰り返し時雨に濡れる、と、繰り返し涙するをかけて読む。天皇のご催促にすぐには応じていないこの長い里居をどう読むかは易しくない。黴子のかなしみの自然と何らかの不自然。黴子と、後楯であった父重明親王との死別が九五四年の秋であったことなど思い合わせると、自然の筋で想像されるのは服喪である。そこから暗に、わたくしの嘆きのほどをお察しいただきたいのに、という願望と淡い失望の吐息につないでゆくことも出来る。

不自然の筋、というのは少し大袈裟かもしれないが、拒否の何らかの理由を天皇にみる場合である。黴子のたしなみと誇りはむろんあらわな言挙げなどしない。間接の責めと人の仲についてのもの思い。更には人の世のあわれ。黴子の情がさめているとはとても読めないので、ゆるやかに逆らい、品位を保つことでかえってより深く天皇のお心に入るという無意識の自己演出もなかったとは言えないような気もする。そうは言うものの、いずれ一つが確かな理由と定められる根拠はなく、むしろすべてが絡み合って喚起の力ひとかたならぬ贈歌が生れたとみたい。

返歌には、贈歌のつれなさに表向きの理解は示されず、一方的に軽い皮肉で責める気配に愛着がある。「ふる言の葉」の「ふる」には、「経る」と「古」、それに贈歌の時雨を受けて「降る」を重ねて読む。
次も新古今集から。

斎宮女御に遣はしける　天暦御歌

天の原そことも知らぬ大空におぼつかなさを嘆きつるかな

御返し　女御徽子女王

嘆くらむ心を空に見てしがな立つ朝霧に身をやなさまし　（巻第十五恋歌五）

この贈答でも徽子は里居らしい。思う人に、思う時に逢えない天皇の嘆きが、大空に波紋のようにひろがってゆく。

〔口語訳〕いつそなたに逢えるのか。すべもなく、茫漠とした大空に向ってただそなたを呼んでいるわたしの嘆きが分るだろうか。この虚しさ。

お返しは、

〔口語訳〕仰せがまことでございますなら、わたくしは朝霧になって空に立ちのぼり、お心のほどを拝見いたしとうございます。

贈歌の「天の原」「大空」を「空」で受けて「朝霧」で返す。この贈答の規模は大きい。贈歌と命脈を保ち、その上で見事に飛翔してゆく返歌の、わざをわざとも気づかせない練達。身を朝霧にして大空で帝の愛を確かめたいという、非現実に身を放ちながらも、そこには消し難い疑いや不安だけでなく、怨嗟、愛執までこめられているし、贈歌にも退路が残されている。

「立つ朝霧に身をやなさまし」が、他の誰でもない徽子女王に詠まれると、淡麗に、涼しく立つ艶になる。詠み方によっては、陰湿にも陰険にもなりかねない異性への認識と情感を曳いていると思われるが、それをこのように表現できるのはやはり上質の感性と知性のはたらきであろう。

贈歌の不安と返歌の不安の質が違う。それは一首ずつで読むよりも、二首を照合して読む時のほうがはっきりする。浮び上る不安の質の違いが、二人の作者の居場所、情理の規模、生きてゆく条件の違いを見せる。かつての宮廷社会にあった特殊な人と人との関係が、人間の歴史そのものとして感じられる瞬間である。

*

次は「玉葉和歌集」の恋歌から。

斎宮女御里に久しく侍りける頃、五月になりて遣はさせ給ひける　天暦御製

里にのみ鳴き渡るなるほととぎすわが待つ時はなどかつれなき

御返し　　　女御徽子女王

ほととぎす鳴きてのみふる声をだに聞かぬ人こそつれなかりけれ（巻第十二恋歌四）

斎宮女御の里下りが長引いていた頃、五月になって村上天皇から遣わされたのが、

〔口語訳〕ほととぎすの声をわたしが宮殿でこれほど待っているというのに、つれないことよ、村里ばかり鳴いて過ぎるというではないか。一体いつまでそなたは里にいるつもりなのか。

お返しは、

〔口語訳〕お言葉ではございますが、鳴き渡るほととぎすの声さえもお聞きにならないお方こそつれないと申し上げとうございます。里居して、涙のうちに過しているわたくしの忍び音などには、お耳をかしても下さらないお方をお恨みに存じます。

返歌のお恨みにはむろん甘えもある。引用贈答では徽子の里居が目立つが、新古今集と玉葉集から引いた村上天皇との贈答に限っての印象を言うと、斎宮女御徽子女王のほうにはいずれも不幸とまでは言えないけれどもためらいなく幸福とも言えない女の愁いがある。しかもそれは決して絶望にはいたらず、繰り返せば、いずれも淡麗に、涼しく艶に立

っている。余韻が澄んでいて人を恋う心をそそる。

玉葉集に「天暦御製」として収められている村上天皇の恋歌がある。

斎宮の女御入内の後のあしたに賜はせける

思へどもなほあやしきは逢ふことのなかりし昔なに思ひけん　(巻第十恋歌二)

〔口語訳〕　そなたと逢うまでのわたしは、一体何を思い、何を見て生きていたものか。はじめての契りに、身も心も満たされている今朝、そのことが分らなくなってしまった。

至福の表現に儀礼の強調があったとしても、この後朝《きぬぎぬ》の歌のいさぎよさは快い。相手の魅力の表現にはこういう方法もある。ふっと、与謝野晶子に、「こよひ逢ふ人みなうつくしき」という一節をもつ恋歌のあったことなど思い返す。

あなたと逢うまでわたしは生きていなかったも同然だ、とまで告白されているような贈歌に、ありきたりの返しは出来ない。けれども玉葉集には残念ながら斎宮女御の返歌は採られていない。この村上天皇の後朝の歌は、神に捧げられた身と契りを交した人の作としてはさすがに格調の高い、隙のない詠だと思う。

ところで徽子の返歌であるが、それを収めているのは「斎宮女御集」である。不幸とまでは言えないけれどもためらいなく幸福とも言えない女の愁いを詠み、遥か後の日には、

「世にふれば」とまで詠んだ徽子にもあった帝との初々しい夜が、夢かうつつかの思いに刻まれていてほっとする。

なお「斎宮女御集」での贈歌は、玉葉集とはやや異り、

昔とも今ともいさや思ほえずおぼつかなさは夢にやあるらん

御返し

参りたまひて又の日

思へどもなほぞあやしき逢ふことのなかりし昔いかでへつらん

となっている。

昔か今か、夢かうつつか。「世にふれば」にもみられるこの感覚は、「伊勢物語」の狩の使の段での斎宮なりける人の詠、「古今和歌集」にも収める「君や来し我や行きけむおもほえず夢かうつつか寝てかさめてか」一首をも引き寄せ、正統の歌びととしての徽子のたしなみと、詩人としてのすぐれた資質を逸早く示すものとなっている。

玉葉集に、返歌なしで天皇の後朝の歌が収められているのはなぜか、理由の断定はできない。村上天皇と斎宮女御との贈答の多くは私家集を頼まなければならない。私家集のありがたさでもあるが、結果としてのこういう事実に、勅撰集の一面を具体的に感じるというのも私には小さくないことである。

かかる瀬もありけるものを宇治川の

『多武峰《とうのみね》少将物語』で知られる如覚《にょかく》、藤原高光（九四〇？―九九四）は、九条右大臣藤原師《もろ》輔《すけ》の八男で、母は、第六〇代の醍醐天皇（八八五―九三〇）皇女という生れである。高光が九六一年に比叡山に上って頭《かしら》を下《おろ》し、更に奈良盆地の南東端にある多武峰に移って庵を結ぶ次第を歌中心に物語る作品は、複数の西行物語とともにひろく読み継がれてきた。

妻子を捨てて出家する理由など、当人以外が安易に云々できることではない。ただ、高光出家後になるが、師輔の息五人は太政大臣にのぼっている。『大鏡』の右大臣師輔の項を見ると、『男君達』十一人の中の五人の栄達については「それあさましうおどろおどろしき御幸ひなりかし」、つまり破格の幸運の扱いである。五人とは、伊尹《これまさ》、兼通、兼家、為光、公季《きんすえ》をさす。

高光出家の前年、すでに師輔は亡くなっている。第六二代の村上天皇（九二六―九六七）中宮で高光の姉に当る安子《あんし》の死は入山三年後のことであった。なにゆえの出家であるかを訝《いぶか》った人々は少なくなかったらしく、さきの「大鏡」は、その時の世人の反応にも筆を当て、高光の決断が突然の思い立ちなどではなく、かねて心用意されていたと思われる事実にも言い及んでいるが、格別の事柄として、村上天皇が、入山した高光に消息を送られて、高光がお返ししたのをあげている。

そこに示されている贈答は、「新古今和歌集」も採っている。もっとも語句には違いがある。「大鏡」は重い資料であるが、思い違いらしい記述も少なくはない。たとえば今回に関して言うと、高光の出家は中宮安子崩御の後とされているのなどがそうであるが、「栄花物語」とともに文学の歴史の上では欠かせない資料なので、今後もなお多く拠ることになろう。

村上天皇と高光の贈答は新古今集に拠る。

少将高光横川《よかは》にのぼりて頭下し侍りにけるを聞かせたまひて、遣はしける天暦《てんりやく》御歌

都より雲の八重立つ奥山の横川の水はすみよかるらむ

御返し　　如覚

ももしきの内のみつねに恋しくて雲の八重立つ山は住みうし（巻第十八雑歌下）

后の弟に当る人の入山を聞かれて村上天皇がお遣わしになったのは、

〔口語訳〕雲の幾重にも立つ高い山奥の横川の水は、都よりも澄んでいて定めし住みよいのであろう。

お返しは、

〔口語訳〕かたじけないお見舞恐れ入ります。こうして世を捨てながら腑甲斐ないことでございますが、恋しく思い出されますのは宮中ばかり、八雲立つ比叡の奥山にはまだまだ住み難く思われます。

贈歌の「雲の八重立つ奥山の」は、「大鏡」では「雲の上まで山の井の」、答歌の「ももしきの」は「九重の」となっている。

高光からいえば、姉の夫に当る人からの見舞ではあっても、そこは天皇とかつては廷臣との間柄、身のほどわきまえるべしという自覚、自省の強さが、髪を下しながら宮中を恋う、天皇ご一家に心が帰ってゆくという表現になったとしても不自然ではない。それに詞書に従うと、入山後まださほど時を経てはいない頃の贈答と想像される。

新古今集巻第十七の雑歌中には、横川の高光に、涙ながらに僧衣を贈る権《ごん》大納言師氏《もろうじ》の歌もみえるし、それに対する如覚の返しもまた収められている。山入りのかなしまれる、よほどあわれなるお人だったのであろう。

ところで「都より」の贈歌であるが、ここでは、中務《なかつかさ》や前斎宮女御徽子《さきのさいぐうのにょうごきし》女王との贈答ではみられなかった村上天皇の心馳せや、想像の根に潜む遥かなるものへの願望も読まれて、組み合せの人次第で心の開かれ方を異にする贈答の機能をおもしろく思う。延喜《えんぎ》と並ぶ天暦の治世を讃えられ、中宮安子をはじめとして数多の女御更衣とそれぞれに睦まれていたであろう村上天皇にも、住みよき場所としての清浄なる山の思われる時があったと知られる。

傍目《はため》に背いて、なお満たされぬ心に醒め、帝の孤独を羨望に封じ込めるようにして出家者を見舞われた村上天皇の、在位のままでの崩御は九六七年、高光が比叡にのぼって六年後のことであった。

＊

平安中期、「多武峰少将物語」よりも少し遅れて「蜻蛉日記」が書かれた動機に、不作法で傲慢な、思いやりのない夫に対する憎しみや怨みのあったことは、作者自身が記している。多くの人が羨望の目で見ている権門の御曹子との生活が、実際にはどのようなものか公にして憂さをはらしたい。受領《ずりよう》（国司・地方官）の女《むすめ》の作者に宮廷女房の経験はなかったけれども、詠歌をはじめとするたしなみというものはあったので、その憂さをはらそうとする日記は決して低俗ではなかった。慎重な準備期のあったことも納得できる書き出しである。

多くを語らせずにわたしの気持を察してほしい。もう少しこまやかな心遣いはみせられないものか。他者の目を気にする必要もなく、わがままに育てられた女の身勝手は、つねに自分の正当化と結びついていて直線的である。視野が狭くて柔軟性に欠けるがむろんそのことは本人には自覚されていない。その憂さをもっともに思う反面、これほど批判の対象になっては相手もたまらないだろうと後代の同性の一人としては思う。

しかしよく出来ているというか皮肉なもので、結果としての日記は、憎し、怨めしと思った対象の器の大きさをも後代に伝えることになった。それは作者が日記を書きながら表現者として成長していったためであろうと思うし、見ることとそれを表現することとの関係に、書くという行為を通して深まっていった証しにほかなるまい。作者がやはり並の文学者でなかったのを、私はそのことともう一つ、日記全体の詠歌の、総じての水準の高さに感じている。

日記作者の夫、すなわち藤原兼家（九二九―九九〇）は、摂政太政大臣にまでのぼっている摂関政治の中軸にあった廷臣で、そればかりか、太政大臣や国母になった複数の子女の父親でもあるが、早くから型破りの行動で人目に立つ存在であったと伝える資料は一つ二つではない。

日記作者のいかにもこまやかな怒りや憤り、悔しさはさぞやと思われるが、見て見ぬふりでやり過し、時に甘えで作者の心をつかみ直している有様を読むと、作者の一喜一憂はどうやら大仏様の掌の上である。

「新古今和歌集」には、その兼家と、第六二代村上天皇第五皇子の円融院（九五九—九九一・第六四代天皇）との贈答がある。当然のことではあるけれども、中央政治の内側になど踏み込めない日記作者が見届け得る兼家には限りがあり、兼家も又策謀の人らしく日記作者には見せない部分が多いので、「蜻蛉日記」の中の兼家は、複雑な関係の中に鎬《しのぎ》を削っている廷臣、為政者としてよりも、とかく夫として、息子の父親として責められがちである。

冬の頃、大将離れて嘆くこと侍りけるあくる年、右大臣になりて奏し侍りける

東三条入道前摂政太政大臣

かかる瀬もありけるものを宇治川の絶えぬばかりも嘆きけるかな

御返し

円融院御歌

昔より絶えせぬ川の末なれば淀むばかりをなに嘆くらむ（巻第十七雑歌中）

贈歌の詞書に関して「大鏡」の兼家の項から援用する。こういう一文がある。「堀河摂政のはやりたまひし時に、この東三条殿は御官どもとどめられさせたまひて、いと辛《から》くお

はしまし時　云々」。全盛期の堀河摂政というのは兼家の兄兼通のことで、とかく不和であった兄のために九七七年右大将を解任されたが、兼通が亡くなって、翌九七八年には右大臣になるということがあった。

円融院は、村上天皇の中宮安子を母とする皇子なので、兼家は母の弟、すなわち叔父と甥の間柄である。兼家が廷臣としての不遇から浮上できたよろこびを奏上したのは、甥の、それも三十歳年下の天皇であった。兄に同じて官を解き、今又官を与えた天皇に対して、兼家はひそかに和解の心を示したかったのかもしれぬ。

〔口語訳〕じっと耐えていれば、このような慶びの時もございましたのに、一時は解任の悲嘆から、わが氏《うじ》ももはや終りかと思うほどに苦しみました。

お返しは、

〔口語訳〕宇治川は、昔から流れの絶えぬ川の末と聞いている。その水がほんの少し淀んだといって何も大袈裟に騒ぐことはないだろう。名のある家の末裔なのだから、官位の一時の停滞くらいでそのように嘆くこともあるまいに。もっと大きく構えていればよい。

「かかる瀬」の「瀬」は、「早瀬」「浅瀬」などの水に関る意味のほかに、物事に出会う時とか場合の意味でも使われる。贈歌の「宇治川」にかけられた「氏」を汲み、ゆるやかないたわりに、こちらも又和解の心のほのめかされているお返しを受けて、贈歌の主はさぞ心安らいだことであろう。少し離れて考えれば確執はげしかった兼通兼家はいずれ劣らぬ策謀の人であり、人を動かしながら本望を遂げようとする実行力は家の血かもしれない。それにしても、兼家のこのような心の揺れ、苦渋のほどは、「蜻蛉日記」の作者には容易にはすくい難かったのであろう。国政の中枢への関りにおいて、名門の争いは腥《なまぐさ》く、時に陰湿凄惨を極める。何といっても国母が絡んでいる。

兼家が「蜻蛉日記」の作者との間にもうけたのは道綱であり、「百人一首」に歌が撰ばれるのも道綱の母としてであるが、藤原倫寧《ともやす》という受領の女《むすめ》であった彼女に兼家が強引に言い寄ったについては、やはり彼女の歌才が大いにあずかっていたと思われる。

兼家には時姫がいた。道隆、道兼、道長の母となる女性である。同腹には後日の女御、后も生れている。単なる権力保持の為政者ではなく、たしなみをも理解する文化人としての一面も欲した兼家は、倫寧女のような歌の聞え高い女の夫となって守備範囲の広さを示したかったのかもしれない。

結婚の申し込みの作法も知らない。懸想文のととのえ方は乱暴で用紙に気遣いもない。そんなふうに見られているのを知っていたのかいなかったのか、とにかくお構いなしに事は進められてある夜二人は他人ではなくなる。やがて兼家は、宮廷上流社会の社交に必要な賀歌の代詠を日記作者に所望する。それを拒みきれないのは、歌びととしての自信と自尊心であったろう。夫はそういう妻を充分見通していた。

次の贈答も、名家の末裔ゆえの、わが女に対する複雑な心境をあらわし、婉曲に帝との関係の強めを願うものである。これも新古今集所収。

東三条院女御におはしける時、円融院つねに渡りたまひけるを聞き侍りて、靫負《ゆげひ》の命婦《みやうぶ》がもとに遣はしける

東三条入道前摂政太政大臣

春霞たなびきわたるをりにこそかかる山辺はかひもありけれ

御返し

円融院御歌

むらさきの雲にもあらで春霞たなびく山のかひはなにぞも（巻第十六雑歌上）

東三条院（兼家女詮子、一条天皇母）が、まだ円融院の女御でいらっしゃった頃、院が常にお渡りになっていたのを聞いた兼家が、直接を避けて靫負の命婦のもとに詠み贈ったのは、

〔口語訳〕春霞のたなびきわたる今のような時分にこそ、山辺の峡《かい》に暮す者は生き甲斐があるというものでございます。

お返しは、

〔口語訳〕紫の雲というならまだしも、春霞のかかる山の峡に、何の生き甲斐があると

いうのか。

詮子が円融院の女御であったのは九七八年から九八六年まで。九八〇年に皇子（一条天皇）を生むが中宮には立てず、詮子と同じ年に女御となった藤原遵子（関白頼忠女）が九八二年に皇后に立つ。遵子に皇子はいない。円融院出家は九八五年。九九一年崩御。詮子は一条天皇即位後皇太后となる。

「靫負の命婦」は、父兄か夫が靫負である命婦。「靫負」は靫《ゆき》を負って宮門を守護した武官。「命婦」は五位以上の婦人である。あえて命婦に詠み贈るのは、帝への奏上かなうことを信じての廷臣の礼節。「春霞たなびきわたる」には、円融院の、東三条院のもとへの度々のお渡りをよろこぶ心情が託されている。「かかる山辺」では、春霞がかかる山辺と、このようにわびしく日を送る者達の山辺が重なる。女は院のご寵愛を受け、広く院の恵みにあやかるわが一族のさいわいを、遜《へりくだ》って謝する姿勢が示されている。「かひ」は「峡」と「甲斐」をかけて読む。

返しの「むらさきの雲にもあらで」は、めでたい紫雲でもないのに、たかが春霞で何の生き甲斐かと訝るのは表向きで、女御を未だに后にも立て得ぬ者に、よろこびや感謝はあたらないという、自分の弱気に自分でじれているような作者を読みたくなる。

遵子、詮子の遇し方をめぐる、円融院、頼忠、兼家の微妙な関係については、「栄花物語」巻第二「花山たづぬる中納言」でかなり委《くわ》しく語られている。三様の気遣いがあり、執着、願望があり、かけひきがある。兼家の春霞の詠は、感謝のうちにもわが女に対する帝の更なる寵を願う気持をこめたもので、帝に見離されて何の生き甲斐かと詠まざるを得ないところに、権力の座を争って生きる者のいたましささえ感じてしまう。兼家と円融院との贈答を読むと、「蜻蛉日記」の兼家には、その人間性の規模と質において、加えて読まなければならないものの少なくないことが分る。

＊

次は天皇の詠には珍しい戯れの一首。

これも新古今集所収の贈答である。

堀河院におはしましける頃、閑院の左大将の家の桜を折らせに遣はすとて　円融院御歌

垣越しに見るあだ人の家ざくら花散るばかりゆきて折らばや

御返し　左大将朝光《あさてる》

折りに来《こ》と思ひやすらむ花ざくらありしみゆきの春を恋ひつつ（巻第十六雑歌上）

円融院が、しばらく里内裏になっていた堀河の兼通邸にお住まいであった頃、閑院の左大将藤原朝光（九五一―九九五・関白兼通の四男）の家の桜を折らせに人をおやりになるというのでお詠みになったのは、

〔口語訳〕垣根越しに見るあだ人の家の桜を、花が雪と散るほどに行って折りたいと思うよ。

お返しは、

〔口語訳〕かつての行幸《みゆき》の春を恋いながら、花ざくらは、折りに来ていただきたいと思っていることでございましょう。

「あだ人」はうわき者。誠実のない人。花ざくらを見事に咲かせている家の人に、羨しさ、妬しさで戯れかける。「ゆきて折らばや」の「ゆき」には「行き」と「雪」を重ね、「みゆきの春」の「みゆき」には「行幸」と「深雪」をかけて読む。桜花讃美のふざけた変奏。返しは楷書のようなきまじめさ。円融院は、「大堰《おおい》川《がわ》行幸《みゆき》和歌」（九八六）など、和歌管絃の行事を好む帝でもあった。

限りありて人はかたがた別るとも

憂き世を生きる者としての嘆きは、和歌俳諧といわず物語といわず長く文学を成り立たせてきた要素の一つで、その嘆きの表わし方にそれぞれの人や時代が示されるとも言えそうである。限られた環境での声とはいえ、その嘆きの表明が、風潮にまでなっているような時代もあるが、この声は多様に変化しながらも決して絶えることなく今も続いているし、この先も多分まだ聞かれるであろう。

藤原定家が撰んだ「百人一首」は、詩人の見識と好みに思惑をも加えた百首の配合の妙に特色がある。むろん特色はそれだけではないけれど、かなしいかな私自身の感性のほど、学びの程度に応じてしか特色の色合は読みとれない。そうではあっても、はれやかな、大らかな、あわれな歌、よろこびの歌、かなしみの歌の巧みな配合を当り前のように読んでいたので、三条院（九七六―一〇一七・冷泉院第二皇子・第六七代天皇）の歌の嘆きに立ち止ったのはそう早くはなかった。

心にもあらで憂き世にながらへば恋しかるべき夜半の月かな

という一首を、ある時ある場所での人の心のありようと読めば、それはそれでのひろがりも納得できる。ただ作者が一国の君主であり、理由はともあれ、定家が他ならぬこの一作で三条院を顕《あらわ》しているのを思うと、「心にもあらで」という不本意の背景は気になり始めた。

案の定、「後拾遺和歌集」巻第十五雑一には、「例ならずおはしまして、位など去らんとおぼしめしける頃、月のあかかりけるをご覧じて」という詞書をもつ歌として収められている。又定家の父俊成が、式子内親王の求めに応じてととのえたとされる抄出歌付きの歌論書「古来風躰抄《こらいふうていしょう》」にも、三条院御製としてこの歌が撰ばれている。病身とすでにきざしている譲位の志はこの詞書で知られるものの、やはり読み過し難い一首ではある。

「百人一首」の作者で悲運を連想させる帝という時、他にすぐ思い浮べるのは崇徳院、後鳥羽院、順徳院などである。それぞれ第七五代、八二代、八四代の天皇であった。しかし悲運にはいずれも単純ならざる政争が絡んでいるし、廷臣の立場は崩し切れない撰者なので、撰歌にも当然微妙なはからいが及んでいる。その中では三条院の嘆きの表明がいちばん率直と読める。つまり定家は、多くの事に通じていながら三条院に関してはそういう一首を撰んだ。

三条院の在位は、一〇一一年から一〇一六年なので、兄皇子で第六五代の天皇であった花山院の二年にも満たなかった在位よりは長いにしても、先帝であった一条院の二十五年の比ではない。それにひきかえ、じつに長い東宮時代の経験者なのである。立坊《りつぼう》は九八六年と記録される。

「心にもあらで」は、「栄花物語」の巻第十二「玉のむらぎく」によると、譲位の少し前に、帝から中宮妍子《けんし》に詠みかけられた一首で、その次に「中宮のお返し」とあるが、肝腎の返歌は記されていない。帝には二人の后があって、一人は藤原済時《なりとき》の女《むすめ》、つまり師尹《もろただ》孫の娍子《せいし》、もう一人が道長女のこの妍子である。妍子は、一条院中宮彰子の妹に当る。娍子所生の皇子皇女は多かった。娍子の処遇をめぐっては、帝に道長への気兼ねのあったことも物語には記されている。

「小右記」「栄花物語」によると、三条院はもともと病いがちの方であった。その帝を、相次ぐ不可解な事件が悩ませている。父親としての帝には、娍子所生の内親王の破談というめでたくない事もあった。が、とりわけ沈痛を深めたのは在位中の二度の内裏焼亡の衝撃であったと思われる。

「かへすがへすめづらかなることを、上《うへ》(帝)はよろづのことのなかにいみじく思《おぼ》しめさるべし。(位を)おりさせたまはむにも、内裏などよく造りて、例の作法《さほふ》にてと思しめしつるに、かへすがへす口惜しく、さりとてまた造り出でんを待たせたまふべきならずと、心憂き世の嘆きなり。末の世の例《ためし》にもなりぬべきことを思しめすもことわりにのみなん」

（栄花物語・玉のむらぎく）

内裏の火災は珍しいわけではない。ただ力を結集して、最初の焼亡から二年もかけずに新造した内裏が再び火に崩れる不審に、帝の嘆きはつのってゆく。内裏を立派にととのえ直し、儀式万端滞りなく行なって後に退きたいと思うが、も早二度目の完成を待つゆとりはない。このような不祥事が「末の世の例」になってはならぬ。譲位の時を控えて、恐らくは病勢も絡んでのもの思いのきわみ、不本意な現実の中から詠み出だされた帝の一首に、道長女の妍子は答えたのか答えなかったのか。

病を曳き、帝位の人としては耐え難い不祥事に襲われていた三条天皇の更に深刻な悩みは、舅道長との長年の不和であった。彰子所生の一条院皇子（のちの後一条天皇）の逸早い即位を強く願っていた道長との確執である。「心にもあらで」の背景を少しずつ読み知り、想像を拡げてゆくと、摂関制度を逆手に取られた、心身ともに有限の人としての天皇に実在感が増してくる。言葉の力は大きい。つつみがちにではあっても、率直であっても、又つくりの声色であっても、この世にただ一人のひとの、ある時ある場所での生存のさまはそれなりに証される。

余儀なくされた不本意な譲位でも、譲位は現実である。三条天皇の譲位があって道長は摂政となり、第六八代後一条天皇の即位が実現する。一族に国母を擁し、帝をいただきながら廷臣としての最高の地位と権力を求めた人々のために、心にもあらず脇道に歩み出さざるを得なかった多くの人々の声なき声も、歌集や詞華集、日記物語の中からは自然に聞えてくる。ことに、独詠ではなく贈答という、他者への訴えや他者への反応で初めてあけられる心の風穴が、独詠ではとかく隠されがちな内心の景色を開いてゆくさまに注目させられる。

＊

藤原良房が摂政となり（八五八）、基経が関白となった（八八四）のに始まり、藤原氏が天皇の後見、補佐役として政務の実権を握った摂関政治は、道長、頼通の時代に最盛期を迎える。三条天皇は譲位の翌る年一〇一七年に出家、憂き世に長らえることなくその年のうちに崩御。「大鏡」の三条院の項には、「院にならせたまひて」後の御眼の病について心にしみる記述があるけれど、「栄花物語」には「御心あやまりがちに」とか「帝御心地苦しう」「御心地例ならずのみおはします」などの記述例はあっても、御眼の病に直接ふれた部分はない。

後拾遺集で見る限り、「心にもあらで」の一首は「栄花物語」と違って、贈答の形を残していない。

三条院の東宮時代は長かった。

その東宮時代の贈答が後拾遺集には収められている。かつて東宮に仕えていた臣下が、出家して後に、東宮へのなつかしさを抑えかねて献詠した一首とお返しである。

三条院東宮と申しける時、法師にまかりて、宮のうちにたてまつり侍りける
藤原統理《むねまさ》

君に人馴れなならひそ奥山に入りてののちはわびしかりけり

御返し
三条院御製

忘られず思ひ出でつつ山人をしかぞ恋しくわれもながむる　（巻第十七雑二）

〔口語訳〕君をお慕い申し、馴れ親しんでお仕え申し上げてきた自分が、法師になってからいかにわびしい思いで日を送っているか。その二の舞を演じたくなかったら、人よ、お慕わしくとも、君に馴れ親しんでお仕えしてはならない。

お返しは、

〔口語訳〕わたしの気持も変ることはない。忘れられないそなたをしのんで、毎日こうしてじっと山をながめている。

贈歌の反省と忠告は、作者の人柄のあらわれであろうし、それは同時に、東宮時代の院の人間的魅力の反映にもなっている。苦渋に耐える月日の長かった東宮は、それだけ人へ

の思い遣りもこまやかであったかもしれないし、秘められた暗い激しさがあったとしても、ものに感じる人は惹かれる東宮の人柄であったかと想像する。

「宮のうちにたてまつり」について、「新日本古典文学大系」の「後拾遺和歌集」の校注（久保田淳氏）を援用させていただく。「東宮坊御中という形で、特定の人に宛てず献じたこと。直接東宮に献じなかったのはぶしつけになることを恐れたから」

とかく直接、露《あら》わ、強調の好まれる時代には、気の遠くなるような間接、抑制とうつりかねない心用いであるが、こうした手続きによってのみ表わし得る心情を切り捨て、おとしめてゆくと、表現はいたって貧しくなる。

後拾遺集からもう一組、これも三条院東宮時代の贈答である。

三条院東宮と申しける時、式部卿敦儀《あつのり》親王生れて侍りけるに御佩刀《みはかし》たてまつるとて結び付け侍りける　　入道前太政大臣

よろづよを君がまぼりと祈りつつたちつくりえのしるしとを見よ

御返し　　三条院御製

いにしへの近きまもりを恋ふるまにこれはしのぶるしるしなりけり

或人云、この歌は故左大将済時《なりとき》御子《みこ》たちのおほぢにて侍りければ、けふのことをかの大将や取り扱はましなど思《おぼ》し出でて詠ませたまへるなり　（巻第十九雑五）

「まぼり」は「守り・護り」、「まもり」は「近衛」。「近衛府」のことを「近きまもりのつかさ」という。「おほぢ」は「大父《おおちち》の約で祖父」のこと。「つくりえ」は「作り柄」。

これは読後、想像をかき立てられる贈答である。余韻は不穏でもある。というのは、贈歌は、東宮の御子誕生の祝に、道長から贈られた太刀に結びつけられていたものであり、東宮がその祝の品によって偲んでいるのは、道長ならぬいま一人の舅、亡き左近衛大将藤原済時（九四一―九九五・小一条左大臣師尹の息）だったからである。

出生の親王は、道長女の妍子腹ではなく、済時女の娍子腹だった。道長は東宮の舅の一人として、本心はともかく祝儀の礼を尽しているわけで、「或人云」以下でも見られるように、もしも済時が健在であれば、当然済時が孫の祝儀の一切を取りしきったであろう。妍子の父と娍子の父。済時逝って二年後の九九七年、敦儀親王は誕生する。この時道長はまだ左大臣であった。

〔口語訳〕とこしえにわが君をお守りいたすべく、祈《い》念《の》りつつ作りあげたしるしの太刀とご覧下さいませ。

お返しは、

〔口語訳〕近衛大将がもし生きていたらと思っていたところです。親王の誕生を祝ってくれた守りの太刀は、彼をしのぶしるしでもありましょう。

娍子への気遣いを、とかく道長に阻まれがちであった東宮にしてみれば、いかにも素直な本心の表現だったかもしれない。しかし返しのあとで自分の無防備に気づかれたということはなかったろうか。儀礼はともかくとして二人の祖父が相携えて孫の誕生を無心で祝える間柄ではない。東宮の返歌に道長はむろん平静を装ったであろう。内心は穏やかであったはずもない。あてつけに、わざとこういう返しのできる作者とは思われないので、返歌にはむしろいたましささえ覚える。めでたさと懐しさ、策謀をはらんだ不穏が読者を刺激するという点では珍しい贈答かもしれない。

＊

次は「千載和歌集」の中から崇徳院（一一一九―一一六四・鳥羽院第一皇子・第七五代天皇）の贈答を読んでみる。一一四五年に母の待賢門院《たいけんもんいん》（鳥羽院中宮藤原璋子）が崩じ、その忌明けに、上西門院《じょうさいもんいん》の女房兵衛《ひょうえ》との間で詠み交されたものである。

鳥羽院と待賢門院との間には、崇徳院のあと七年経ってから皇女、皇子が相次いで生れている。後の上西門院、後白河院、覚性法親王がそうである。上西門院女房兵衛の生没ははっきりしない。待賢門院が法金剛院に出家（一一四二）した際、門院にはそれに従った腹心の女房がいて、その一人が待賢門院堀河というすぐれた歌詠みでもあったが、彼女の妹が兵衛で、上西門院に出仕するまでは姉とともに璋子の女房としてつとめていた。

待賢門院かくれさせ給うてのち、御忌《おんいみ》果ててかたがたに帰らせ給ひける日

崇徳院御製

限りありて人はかたがた別るとも涙をだにもとどめてしがな

御返し

上西門院の兵衛

ちりぢりに別るるけふのかなしさに涙しもこそとまらざりけれ（巻第九哀傷歌）

〔口語訳〕服喪には必ず忌明けの時がくる。悲しみを共にしてくれた人々もかたがたに別れてゆく。優しくお気の毒でもあったわが母上のために、せめて涙だけでもとどめてほしいと願うのはわたしの甘えであろうか。母上に仕えてくれたそなたならばこの気持を分ってくれると思う。

お返しは、

〔口語訳〕仰せの通り服喪の人々はちりぢりに別れ、去ってまいります。その今日のかなしさのために、このように涙はとめどなく流れてやまないのでございます。お察し

申し上げます。おなつかしい女院さま、わたくしも共におしのびいたします。

確たる証拠もないまま、西行出家（一一四〇）の一因として言い伝えられている待賢門院との恋は、西行の多くの月花の歌の彼方に思いみるばかりである。それらを反芻していると、西行にとっての月や花は、すなわち門院であったかと迷わず思う時も少なくないが、周到に、巧みに具象性を消している西行の詠は、それゆえに美貌も性的魅力も兼ねた女性としての門院を一層美化させる要素を含んでいるし、抽象性による拡がりも長所になっている。

一一二三年、第七四代の鳥羽天皇は、まだ幼い皇子に位を譲った。崇徳天皇の即位である。これは皇子の曾祖父白河法皇の配慮であるが、皇子は実際には白河法皇の胤であったために、父鳥羽天皇との間は早々に軋んでしまった。自身あずかりしらぬ崇徳院の悲運のはじまりである。

「古事談」は、鳥羽天皇が崇徳天皇を「叔父子《おじご》」と呼んで憚らなかったという。こうした環境での待賢門院母子の生活をどう想像したものか。崇徳天皇の在位は一一二三年から一一四一年に及んでいるが、譲位は鳥羽院の意向で、三歳の皇太弟の即位となる。一一三四年に鳥羽院に入った女御藤原得子所生の近衛天皇である。この即位に伴い得子立后のことがあり、かつての鳥羽院の寵愛がしだいに得子（後の美福門院《びふくもんいん》）に移ってゆくのを目のあたりにしながら門院は出家の心準備に入ったらしい。

門院と鳥羽院との関係の変化、門院の日常の変化に最も心をいためていたのは崇徳院であったかもしれない。白河法皇に愛され、鳥羽院に愛され疎まれ、凋落の運命と対い合った待賢門院の出家は、近衛天皇即位の翌る年、西行の出家した翌々年に当っている。未だ保元の乱（一一五六）を知らず、陰に陽に門院を案じ続けた崇徳院の讃岐配流《はいる》も知らぬまま門院が崩じたのは、出家して三年後の一一四五年のことであった。

誘はれぬ人のためとや残りけむ

配流《はいる》の地讃岐で崩じた、第七五代の天皇であった崇徳院（一一一九―一一六四）に関しては「保元物語」の記述がある。また上田秋成の短篇集「雨月物語」の中の初篇「白峯」は、御陵地讃岐白峯山に院の怨霊鎮めに出向いた西行と、院の怨霊との迫真の問答になっている。ただ、いずれも第三者の筆に成るもので、たとえば菅原道真の「菅家後集」や後鳥羽院の遠島の歌のような、受刑当事者の筆ではない。

崇徳院自身の作として後代にひろく知られているのは、やはり「百人一首」撰入の、

瀬をはやみ岩にせかるる滝川のわれても末に逢はむとぞ思ふ

であろう。「はやみ」は「はやいので」。これは「詞花和歌集」巻七恋上に「題しらず　新院御製」として収められている。「新院」崇徳院に対する本院は出家して法皇となった鳥羽院である。

この一首は、崇徳院が主催して多くの歌人に献進を求めた「久安六年御百首」の時の御

製で、この時には「瀬をはやみ」は「ゆきなやみ」、「滝川」は「谷川」となっている。「久安六年御百首」の奏覧は一一五〇年。崇徳院が生母待賢門院《たいけんもんいん》（鳥羽院中宮藤原璋子）崩御のかなしみを、帝の歌としては珍しく具体的に、亡き母のかつての女房上西門院《じょうさいもんいん》の兵衛《ひょうえ》と詠み交してから数年を経ているが、保元の乱の敗者となって配流の刑に従うのは一一五六年のことなので、「百人一首」撰入の歌の鑑賞に直接院の最期までを呼び込む必要はないと思う。そうは思うものの、多少なりとも院の生涯を知ってみると、終りの時を見通しているような院の悲愴な予感まで読み取りたくなる一首ではある。

引用歌は恋歌である。

しかもこの一首は、恋の成就よりもむしろ不首尾を予感している者の、ほとんど執念においてのみ成り立っている。抑圧の強さに比例してたかまり、いつ平静を突き破るかもしれない情の行方知れぬ不安、そのきわどさを、読者は作者の執念の強さとともに読まされる。この無償の執念のきわどさが一般性をもつまでによく表現されているために、読者の連想は単なる恋の顚末から飛び立って広く遠くにまで及ぶのであろう。

「千載和歌集」に収められた崇徳院と上西門院の兵衛との贈答を今一度思い返してみよう。

崇徳院御製

待賢門院かくれさせ給うてのち、御忌《おんいみ》果ててかたがたに帰らせ給ひける日

限りありて人はかたがた別るとも涙をだにもとどめてしがな
　　　　　　　　　　　　　　　　　　　　　　　　上西門院の兵衛

　　御返し

ちりぢりに別るるけふのかなしさに涙しもこそとまらざりけれ
　　　　　　　　　　　　　　　　　　　　　　　　（巻第九哀傷歌）

　これが後になって、自制への危惧のうちに、「瀬をはやみ」あるいは「ゆきなやみ」と無償の執念をうたう情激しい人かと一瞬立ち止る。けれども、詠みかける対象を得たおかげではからずもあけられた心の風穴のありがたさ、綻《ほころ》びるように現れた院のやさしい心持は、そのやさしさのゆえに、自制も、抑圧も恐らく並のものではなかったろうと想像するに及んで、一瞬の戸惑いもやがては消えてしまう。

「限りありて」の贈答は、「われても末に逢はむとぞ思ふ」作者の情理の質を確かめようとする者には読みとばせない作者の自作解説になる。人間の心の振幅は思っているよりずっと広く、その起伏も簡単には解明できない複雑さである。

　崇徳天皇が父鳥羽院の意志によって、心ならずも異母弟に位を譲らされた時、新帝近衛天皇、第七六代はまだ生後二年半余の幼さであった。幼帝は、女御藤原得子のちの美福門《びふくもん》院《いん》所生の皇子であり、生後三ヵ月で逸早く皇太子に立てられていた。

　振り返ってみると、璋子所生の皇子顕仁《あきひと》が鳥羽天皇の位を継いで崇徳天皇となったのも又幼い日のことであった。この譲位は曾祖父白河法皇の意志であったから、この時不本意を強いられたのは鳥羽天皇であろう。白河法皇と璋子との関係の外では考えられない崇徳天皇の早い即位であったが、わが子を「叔父子《おじご》」と冷たく呼んで憚らなかった鳥羽天皇の、これ又得子との関係の外では考えられないのが近衛天皇の即位である。

崇徳天皇の忍従で実現した近衛天皇の即位は、白河法皇と璋子との関係に恥辱を受けた鳥羽院の間接の報復とみることも出来る。親も生地も自分で選べないのは人間の宿命であるとはいえ、愛憎情理分ち難く渦巻いている強固な権力の仕組みの中に生を享けて、自力の限りを知らされ、思惑策略でととのえられた道筋を歩むほかなかった崇徳天皇にしてみれば、鳥羽院の仕打ちはさぞ心外な、無念のそれであったろう。

近衛天皇の即位によって得子は皇后となる。新帝即位して四年後に待賢門院と死別した崇徳院は、さきにふれた「久安六年御百首」を献進させたり、かねて藤原顕輔に撰進を命じていた「詞花和歌集」の完成を促すなど和歌のことに意欲をみせたが、近衛天皇崩御に続いた第七七代後白河天皇の即位（一一五五）は、崇徳院にとっての更に新たな衝撃となった。

皇位は、わが子ではなく弟へ。自身あずかり知らぬ悲運の帝として、又しても権力の中枢から排除された崇徳院の屈辱、憎怨、忿怒を思うと、次の年（一一五六）の鳥羽院崩御を機に起った保元の乱は、決して唐突な争乱ではなかったという気がする。

父帝の寵愛が生母から他の女性に移るのを見守るほかなかった崇徳院は、あわれの晩年を過した生母を送り、事あるごとに自分を不当に冷遇し続けた父帝を送って後に、「主上」を中心とする敵対勢力に向って、生涯で初めての、そして最後の反抗に起ち上がる。それを向うみずと言うのは易しい。しかし敗北は予想されても、最早無償の執念を杖に起たざるを得なかったのがこの時の崇徳院であったろう。

「主上」に叛《そむ》いた院は、主上後白河天皇によって配流される。

「千載和歌集」に収められた崇徳院と上西門院の兵衛との贈答は、屹立するような出来ではない。けれどもこのひとときの二人の心の通いには、贈答ならではの院のかなしみが無防備に、具体的に示され、抽象的にしか詠まれていない「百人一首」撰入の恋歌を傍におくと、人間の宿命というものについての哀切さがいっそう増してくるのである。

＊

「新古今和歌集」から、後鳥羽院（一一八〇―一二三九・第八二代天皇）と藤原良経の贈答を読んでみる。日本の和歌文学が名実ともに隆盛をきわめ円熟した時代の二人。伝統から身を逸《そら》さず、共に追随者を見ない代表的詩人である。

後鳥羽院は高倉天皇の第四皇子。

「新古今和歌集」撰進下命者。

和歌史上最大規模の「千五百番歌合」の主催者。

「後鳥羽院御集」「後鳥羽院御口伝《ごとばいんごくでん》」ほかの作者。

「遠島御歌合」の主催者、判者。

「隠岐本新古今和歌集」の精撰者。

譲位後の度重なる熊野御幸もよく知られている。

新古今集の成立前に、藤原俊成撰の、地道で堅実な「千載和歌集」の地固めのあったことを忘れるわけにはゆかないが、日本の和歌文学の歴史をかえりみる時、丈と格、大きさをかねた帝の歌の作者として、また、男歌のすぐれた美学の体現者として、幅広い文化人として、その政治生命を和歌文化の擁護と振興に燃焼させた後鳥羽院の軌跡は他に例を見ないものと映る。即位は一一八三年。二年後に平家は滅亡した。もともと朝廷公認の武家政権であった幕府を敵として、執権北条義時追討の院宣を下すのが一二二一年。武家政権の専横目にあまり、武力の増大阻止すべきものとしての院の決断であったが、この承久の乱に敗れて隠岐配流となる。彼の地で、あの、

我こそは新島守よ沖の海の荒き浪風心して吹け　（「後鳥羽院御百首」・「増鏡」巻第二）

一首は詠まれた。在島十七年余。島にて崩御。

もう十年前のことになるけれど、隠岐の島と海の、晴天とあらしの日の様変《さまがわ》りの恐ろしさを目のあたりにしてからというもの、私はあの隠岐の地勢と気候を、後鳥羽院の生涯の象徴のように感じるほどにもなった。帝の歌と呼ばれるものは多々あるけれど、帝の歌の作者としての後鳥羽院は、私には屹立する存在である。

贈答に入る。

ひととせ忍びて大内の花見にまかりて侍りしに、庭に散りて侍りし花を硯の蓋に入れて、摂政のもとに遣はし侍りし　太上天皇

今日《けふ》だにも庭をさかりとうつる花消えずはありとも雪かとも見よ

返し　摂政太政大臣

誘はれぬ人のためとや残りけむあすよりさきの花の白雪　（巻第二春歌下）

「大内の花見」は、「明月記」（藤原定家）や「秋篠月清集《あきしのげつせい》」（藤原良経家集）所収歌の詞書によると一二〇三年である。とすると、院政が始まってから数年後という時期の贈答、「千五百番歌合」と「新古今和歌集」奏覧のちょうど中間あたりになる。良経は、この花見の前の年に摂政になっていた。

ある年、太上天皇（後鳥羽院）がこっそり内裏の花見に行かれたことがあって、その時庭に散り敷いていた桜の花を硯箱の蓋に入れて摂政太政大臣（藤原良経）の許に贈られた、それに添えて遣わされたのが「今日だにも」である。

後鳥羽院のこの贈歌は、「古今和歌集」や「金葉和歌集」の歌を引き寄せている。

今日来ずはあすは雪とぞ降りなまし消えずはありとも花と見ましや
（古今集巻第一春歌上、在原業平）

今朝見れば夜半《よは》の嵐に散り果てて庭こそ花の盛りなりけれ
（金葉集巻第一春部、藤原実能《さねよし》）

そこで、

〔口語訳〕庭を花盛りにしている見事な落花をお届けいたします。先人は、今日来なければ、明日の桜は雪が降るように散って、たとえ消えずに残っていてもとても花とは見えないだろうなどと詠んでいますが、明日ならぬ今日でさえ雪かと紛う美しさ。お分りいただけると思いまして。

落花を雪に見立てて、宮廷社会での雪の鑑賞さながら、硯箱に花を入れて贈る風流もさることながら、先人の詠の明日を今日に転じて、相手の想像力の次元での美の鑑賞を促す豊かなつくり。むろん敏感に反応してくれる人と相手を頼みにしていればこその贈歌であり、一人よりも二人いっしょのほうがもっと愉しくなる知的な遊戯に賭けているようなゆとりも興深い。

良経のお返しは、

〔口語訳〕お忍びでのお出掛けとは。内裏のお花見に誘っていただけなかった私のために、明日よりさきの今日の花の白雪は、こうしてお庭に残っていたのでございましょうか。

「さき」には「前・先」に「咲き」が掛けられていよう。

藤原良経（一一六九—一二〇六）。

「玉葉」の作者関白九条兼実《かねざね》の二男。

妹任子は後鳥羽院后宜秋門院《ぎしゆうもんいん》。

慈円《じえん》の甥。

中御門摂政、後京極殿と呼ばれた。

「秋篠月清集」の作者。

「新古今和歌集」仮名序の作者。同集巻頭歌の作者。

藤原俊成がその判詞にすぐれた批評の言葉を残している「六百番歌合」の主催者。

「千五百番歌合」の判者の一人。

「千五百番歌合」の、絶句による判詞でも分るように、当代きっての文化人であった。家柄のよさ、学びの深さは言うまでもないが、俊成や慈円によく支えられる一方で、定家や寂蓮ら、詩歌の本道を歩もうとする人々をよく支援した。騒がず、走らず、己れを持していながらわがことのみに即かず、繊細ではあっても神経質ではなく、文化というものの明暗によく通じた一級の文化人であったと思う。

み吉野は山もかすみて白雪のふりにし里に春は来にけり　（新古今集巻第一春歌上）

空はなほかすみもやらず風冴えて雪げにくもる春の夜の月　（同右）

良経の作のものほしさのない立姿、余情の清澄は決して文化を汚さない。四十を前にしての惜しまれる早逝である。

良経は後鳥羽院よりも十一歳の年長である。この落花を贈っての詠み交しには、年長ではあっても廷臣の弁えはゆきわたっていて、帝に置きざりにされた廷臣というおどけに気楽さを漂わせながら、贈歌の厚みとひろがりを実によく読み取り、誠実に返してはいるけれど贈歌とは別次元の効果を生み出しているところ、贈り主もわが意を得た思いであったろう。互の信頼と敬愛、親密、共有できる美意識の確認は、こういう贈答のかけがえのないよろこびであったかと思う。この返歌に即しながら、後鳥羽院は「後鳥羽院御口伝」の中で定家と良経を比較して、痛烈な定家批判を書き残している。

＊

譲位後の後鳥羽院は水無瀬《みなせ》離宮を造営する。藤原定家らも度々供奉《ぐぶ》した水無瀬御幸は、熊野御幸とともに院のある時期を語る行事であるが、次の、「新古今和歌集」所収の前大《さきのだい》僧正《そうじょう》慈円との贈答も水無瀬が関っている。

十月ばかりに、水無瀬に侍りし頃、前大僧正慈円のもとへ、「濡れてしぐれの」な

ど申し遣はして、次の年の神無月に、無常の歌あまた詠みて遣はし侍りし中に

太上天皇

思ひ出づるをりたく柴の夕けぶり咽《むせ》ぶもうれし忘れ形見に

返し

前大僧正慈円

思ひ出づるをりたく柴と聞くからにたぐひ知られぬ夕けぶりかな（巻第八哀傷歌）

十月頃、水無瀬へ出掛けた折に、前大僧正慈円のもとへ「濡れてしぐれの」という句を詠み込んだ歌を贈った。その次の年、又同じ十月に、今度は無常の歌を数多詠んで贈った中の一首は、

〔口語訳〕亡き人をしのびながら折っては焚く柴の夕煙に咽《むせ》んでいます。煙もあのひとの忘れ形見だと思うと、咽び泣くのもうれしくて。

お返しは、

〔口語訳〕今は亡きあのお方を、おしのびになる折には折って焚かれる柴だとうかがいました。たぐいなきおかなしみの情、及ばずながらお察し申し上げます。

前大僧正慈円（一一五五―一二二五）。父は藤原忠通。九条兼実の弟。藤原良経の叔父。

天台座主《ざす》。諡号《しごう》は慈鎮。

「拾玉集」「愚管抄」の作者。自分の歌を左右に番《つが》えて歌合とした「慈鎮和尚自歌合《じちんかしようじかあわせ》」でも知られる。

ふたとせの秋のあはれは深草や

「新古今和歌集」巻八の哀傷歌。

後鳥羽院（第八二代天皇）から前大僧正慈円《さきのだいそうじょうじえん》に贈られた歌で偲《しの》ばれている亡きひとの特定をめぐっては、過去にいくつかの意見があったらしい。北村季吟《きぎん》の「八代集抄」の註にそのことは記されている。

思ひ出づるをりたく柴の夕けぶり咽《むせ》ぶもうれし忘れ形見に

院のこの歌への慈円の返し、

思ひ出づるをりたく柴と聞くからにたぐひ知られぬ夕けぶりかな

のあと、新古今集にはもう一首「太上天皇（後鳥羽院）」の詠として「雨中《ノ》無常といふことを」の詞書をもつ、

亡きひとの形見の雲やしぐるらむゆふべの雨に色は見えねど

が収められている。

「夕けぶり」をいったい誰の形見と読めばよいのか。院のかなしみはどこへ収まってゆくのか。この人物の特定に関しては、久保田淳氏の精密な考証に従いたい（「新古今和歌集全評釈」第四巻234頁～245頁）。氏は「ほぼ確かであろう」として、一連の歌の院のかなしみを「尾張への追慕」とされている。尾張は、藤原定家の「明月記」に「女房尾張寵愛之内」とみえる女であり、後鳥羽院の皇子も生んでいる。更衣尾張局の死は一二〇四年。この年は藤原俊成の亡くなった年でもあった。

　とすると院は、寵愛の更衣を送ってほぼ一年半の後、追い討ちをかけられるようにしてもう一つの死に遭うことになる。后の兄にして太政大臣の藤原良経、あわれをあわれとして、雅びを雅びとして感じ得る美意識の共有者良経の、睡眠中の急死である。慈円（良経の叔父）の「愚管抄」巻第六の半ばあたりにこういう記述がある。「三月七日、ヤウモナク寝死ニセラレニケリ。天下ノ驚キ云《いふ》バカリナシ。院、限リナク嘆キオボシメシケレド云ニ甲斐ナシ」

　院と良経について、私はさきに、「日本の和歌文学が名実ともに隆盛をきわめ円熟した時代の二人。伝統から身を逸《そら》さず、共に追随者を見ない代表的詩人」（86頁）と記した。後鳥羽院に限らず、勅撰集撰進下命者としての帝が、限られた期間の日本和歌史の中心にあったのは言うまでもないが、和歌文学の擁護と振興の具体的な実践者としての後鳥羽院は、その意志と情熱においてやはり並び無い帝であった。大業は、何はさておき、大規模な「千五百番歌合」の主催と「新古今和歌集」の実現にみられよう。日本の和歌文学の成熟は、この集において一つの達成をみた。以後の勅撰集に、新古今集のような人と文学の練磨された活力はない。

しかし院は、そのような新古今集にさえ満足できない鑑賞眼と見識のもとに、「隠岐本新古今和歌集」を精撰する。同じ俳諧の道を歩みながら、「蕉翁去りて蕉翁なし」と、芭蕉への讃歎を惜しまなかった蕪村の、「歳末弁」の一節なども思い返される院の大きさであるが、譲位後に繰り返された熊野御幸や水無瀬《みなせ》御幸同様、院主催の歌会や歌合も、歌に憑《つ》かれたような帝をしのばせる回の重ねられ方である。

その後鳥羽院が、後年「後鳥羽院御口伝」で公にしている多くの歌人評は、論とは言えないけれども、詩人の直観的理性に支えられた人と作品の鑑賞としては貴重な文章で、歌びととしての良経批評を公にした部分もわずかではあるがこの中にある。

良経が、「千五百番歌合」の判者の一人に選ばれ、新古今集仮名序の作者、巻頭歌の作者とされ、又、西行、慈円につぐ歌数三位（七九首）の新古今集歌人の栄を得ている背景には、当然のこととして後鳥羽院の良経重用を読まされるが、その重用の拠りどころともみるべきものが、以下の口伝の一節であろう。「故摂政は、たけをむねとして、諸方を兼ねたりき。いかにぞや見ゆる詞のなさ、哥《うた》ごとに由《よし》あるさま、不可思議なりき」口伝の初めのほうにも「うるはしくたけある姿……」という表現がある。「たけ」は

「丈」で、格調の高さ、こせこせしない、悠然として大きな美しさをさすと思われる。「諸方を兼ね」るとは、歌材、詠みように思い込みや固執がなく、自在を讃えたものか。「いかにぞや見ゆる詞」は、「どうかと思われるような言葉」。言葉遣いに小首をかしげさせるようなところのない、難のない詠みよう。それでいて一首一首に真似のできない趣がある。

総じて自恃や我執が歌柄を狭めているような歌をとらず、やまと歌の丈高さ、幅広さ、心深さをよしとする院の好みを外れない作品の作者としての良経評には、他の歌びとを意識した院の批評の戦略性も感じられる。けれども、「六百番歌合」を初めとして、自身も度々の歌会、歌合を催していた良経に対する院の気持には、俊成や西行に対するほどのものではなくても、やまと歌の正道を行く同志としての連帯感はあったであろう。大内の花見の折の落花にことよせての院と良経との贈答が示している互の信頼と敬愛、親密、共有できる美意識の確認を今一度読み返してみる。

今日だにも庭をさかりとうつる花消えずはありとも雪かとも見よ

返し

誘はれぬ人のためとや残りけむあすよりさきの花の白雪

承久の乱は、良経が亡くなって十五年後に起っている。良経を失った院に関する記事としては、さきの「愚管抄」だけでなく、勅撰和歌集の撰定を司る和歌所の職員だった源家長（一一七〇?—一二三四）の回想「源家長日記」の一二〇六（建永元）年の項に想像を刺激される。

＊

「新古今和歌集」からほぼ百年の後に勅撰の「玉葉和歌集」が、更にその三十余年後に勅撰「風雅和歌集」が成立する。

室町幕府の開府（一三三六）を挟んでちょうど相対しているような、鎌倉時代末期の玉葉集と室町時代初期の風雅集は、新古今集以後生彩を失って低調を続ける歌の世界で、ただ二筋の淡い光芒を放つかに思われる勅撰集である。天皇の贈答も比較的多い。

後深草院（一二四三—一三〇四・第八九代天皇）の第二皇子伏見院（一二六五—一三一七・第九二代天皇）の作品は、院の中宮永福門院《えいふくもんいん》（一二七一—一三四二・西園寺実兼女《むすめ》藤原鏱子）の作品とともに、その主たるものをこの二集に読むことが出来る。配流《はいる》の隠岐で「我こそは新島守よ」とうたった後鳥羽院の、権力者ならではの雄勁《ゆうけい》、危機感、悲壮感は伏見院の詠には遠いものながら、一見消極的にととのっている印象の歌の平明が、ひたすら異質のものとの争いを避け逃れて安穏に即《つ》こうとした無気力の結果ではなく、少なくとも万葉以来の歌の歴史を経験してのちに探り当てられた境地であったことは納得せざるを得ない。

つまり、万葉、古今、新古今を通り過ぎないところに伏見院の作品はなく、それらを背負って立つ領域に初めて生れた単純ならざる平明であるという点に関しては、永福門院の作品も同様である。読み易いが単純ではない。分り易いが浅くない。狭くない。その伏見院が、歌の師として信頼篤く遇したのが京極（藤原）為兼《ためかね》（一二五四―一三三二）であった。

「玉葉和歌集」巻十七雑歌四より。

亀山院かくれさせ給ひにし頃、去年の秋後深草院失せさせ給ひしを、また程なくあはれなる御事、など女房の中へ申し送り侍るとて
前大納言為兼

ふたとせの秋のあはれは深草や嵯峨野の露もまた消えぬなり

御返し
院御製

まだ乾《ほ》さぬこぞの袂の秋かけて消えそふ露もよそにやは思ふ

伏見院の父帝後深草院の葬儀が深草で行われた翌年、後深草院の弟帝である亀山院（一二四九―一三〇五・第九〇代天皇）の葬儀が嵯峨野で行われた。その頃為兼が、直接の非礼は避けて、女房を通じて伏見院に差し上げた歌である。

「ふたとせの秋のあはれは深草や」では、二年相次いだ秋のあわれの深さに地名の「深

草」がかけられている。言葉の流れの自然に引き入れられるものがあって、私には、一度記憶すると忘れ難い作品の一つになっている。

〔口語訳〕去年の深草での御父帝のご葬送についで、今年また露のはかなさでおかくれになった叔父帝を嵯峨野にお送りするとは思いもよらぬことでございました。二年続きの秋のあわれはまことに深く、お心のほど恐れながらおしのび申し上げます。

お返しは、

〔口語訳〕父帝とお別れした去年の秋のかなしみに、涙もまだ乾いていない私の袂です。その袂に、嵯峨野の露と消えゆくはかなさで新たな秋の涙を添えられる叔父帝の御事、とうてい他所事とは思われません。

後深草院と亀山院は六つ違いの同母帝である。父帝の死を追うような、あるいは父帝の死に誘われたような、父帝に招かれたような叔父帝の死、と読めば、それは世に稀なこととしてではなく鑑賞される意味合いの歌になるかもしれない。

ただ皇位の継承をめぐって、六十年近くも南朝（大覚寺統）と北朝（持明院統）の対立が続くことを思うと、持明院統の祖である後深草院と、大覚寺統の祖である亀山院に対する伏見院の追悼には、並の父と叔父の死に対するかなしみとはまた異る心情があったかもしれない。為兼の歌、そのあたりは均衡を失わぬ賢明な弔歌になっている。

贈答ともに読み易く、ともに露と人の命をかけて消える意味が厚くされている。強いて院の心情に立ち止るとすれば返歌の「よそにやは思ふ」であろうか。それでもすっきりと仕上げられた贈歌への返しらしく、逸脱しない秋のあわれに穏やかにとどめられている。次は院と永福門院の贈答から。巻第十七雑歌の四である。

玉章《たまづさ》と申す箏の琴、後深草院に侍りけるを、後には永福門院へ奉らせ給ふべきよし申しおかせ給ひければ、かくれさせ給ひて後御忌《おんいみ》など果てて、かの御琴を奉らせ給ふとて　院御製

玉づさのその玉の緒の絶えしよりいまはかたみのねにぞ泣かるる

御返し　永福門院

いにしへをかくる涙の玉づさのかたみの声にねをぞ添へぬる

玉章という箏の琴を後深草院はお用いになっていたが、ご遺言により、それは永福門院に差し上げられることになった。崩御の後、御服喪も終って、いよいよその遺言が果されるについて院から門院に贈られたのは、

〔口語訳〕箏の琴の名に通う故院のお命も絶えた今となっては、お形見の箏の音色になつかしさがまさり、声に出して泣かれるのです。

お返しは、

〔口語訳〕故院をおしのびになっての身にしみるお手紙をいただき、ゆかりの玉章のお形見の声に、私もおぼえず涙を添えたことでございました。

この門院の返歌は秀逸と思う。贈の、「かたみのねにぞ泣かるる」に対して、「かたみの声にねをぞ添へぬる」と返される。繰り返しと変化の妙。院に対する深い共感、敬愛、親愛を示しながら受身だけにはとどまっていない作者が慎しみ深く、何よりも自然に流れ出ているのにほっとする。決して難しく詠まれてはいないのに詠歌の蓄積、上質の感受性の訓練を知らされる。

返歌の「玉づさ」の「玉」は「涙の玉」に続き、箏の琴の名の「玉章」に「玉梓」の字も当てられる手紙の意が掛けられる。従って、「かたみの声」には、伏見院の手紙の言葉を、故院のかたみの声と聞く門院と、箏の音色をかたみの声と聞く門院とを重ねて読む。

＊

後白河院（一一二七―一一九二・第七七代天皇）の院宣によって「千載和歌集」を撰び、事実上「新古今和歌集」の時代を準備した藤原俊成（一一一四―一二〇四）は、その男《むす》定家《こ》（一一六二―一二四一）とともに、歌道の家御子左家《みこひだりけ》のもっともさかんな時代を生きた人である。

後鳥羽院から九十の賀を賜った名誉も、すぐれた歌の実作者、多くの歌合にすぐれた判詞を残した判者、歌学書の著者、勅撰集の単独撰者としての業績に加え、後輩の育成という、これまた大きな仕事に対してのものであったと思われる。御子左家の最盛期というばかりでなく、和歌が文学としての隆盛を極めた時代を生きた俊成の、歌合における数々の判詞が、水準の高い文学批評の言葉として、今日までいかに顧み、伝えられているか、そのことにも彼の存在の重さははかられよう。よく学び、よく詠み、よく考え、よく教えた人であった。新古今集の歌びとの多くは彼の影響下にある。

俊成の定家に対する早くからの教育には、定家の才能もさることながら、先見の明ある後見に恵まれた者とそうでない者との生涯の差を見せつけるような効果も生じている。「和歌大辞典」(明治書院)によると、御子左は、醍醐天皇皇子兼明《かねあきら》親王のこと。御子にして左大臣であったための呼び方という。その邸に後になって藤原長家が住んだらしい。一般に御子左家という場合、藤原長家、忠家、俊忠、俊成、定家へと続く流れをさすが、定家の孫の代になると、この歌の家も二条(為氏)、京極(為教《ためのり》)、冷泉(為相《ためすけ》)の三家に分裂してしまう。この京極為教の男《むすこ》が為兼である。

為兼は、伏見院の下命によって「玉葉和歌集」を撰進した。「為兼卿和歌抄」には、新古今集以後の和歌の逼塞《ひっそく》状態から脱出すべく、二条派にも抗してわが道を示す為兼の、反省と理想が示されている。技巧に縛られず、修辞へのこだわりから離れて、万葉の詠みぶりに立ち戻る必要を述べているが、それが単純な万葉帰りへのすすめではなく、新古今集までの先人の歌に通じた上での、言葉の過信、傲《おご》りに対する反省であったことは、「言葉にて心をよまむとすると、心のままに詞の匂ひゆくとは、かはれる所あるにこそ」という一節からもうかがえよう。

為兼は、わが道を行くかなり強気の人であったらしく、しばしば人との協調に欠けるさまが伝えられるが、佐渡配流、土佐配流の身となり、配所で生涯を閉じている。伏見院は、歌の師として為兼を信頼し篤く遇したが、伏見院の出家（一三一三）と時を同じくして為兼が出家しているのをみても、両者の関係の一端ははかられる。

女性にしてただ一人勅撰集（玉葉集）の撰びに関与したかと言われている藤原為子は為教の女。すなわち為兼の姉である。伏見院、永福門院の女房をつとめたという。

君だにとへな又誰をかは

勅撰和歌集の賀歌の贈答から始めて、勅撰集の天皇の贈答を読み続けている。抄出ではあるけれど、それでも、宇多天皇（第五九代）と伊勢の贈答は「後撰和歌集」に、村上天皇（第六二代）と斎宮女御《さいぐうのにょうご》徽子《きし》女王のそれは「新古今和歌集」「玉葉和歌集」に読むことが出来た。それぞれの歌集でどの部立に属しているかは別として、これらの贈答からは、いずれも異性同士としての情の行き交いを読者として受け取ることが出来る。しかしこういう例は多くない。

「拾遺和歌集」所収の中務《なかつかさ》と村上天皇の場合は、中務が宇多天皇皇子と伊勢の間に生れた王女であり、歌の内容は伊勢に関ることであっても恋歌ではない。「千載和歌集」の崇徳院（第七五代天皇）と上西門院《じょうさいもんいん》の兵衛《ひょうえ》の場合は、院の生母待賢門院《たいけんもんいん》崩御に際しての哀傷の域を出てはいないし、前章の伏見院と永福門院《えいふくもんいん》の贈答も、底に院と中宮との親密や信頼は読めるものの、歌を立てているのはやはり院の父帝、亡き後深草院（一二四三―一三〇四・

第八九代天皇）をしのんでの哀傷であろう。

歴とした恋の歌に属するものは、勅撰集の天皇の贈答には多くは望めないであろうことは、当然ある程度は予想してもいた。下命者、撰進者、奏覧という関係で成り立つ歌集に、宮廷貴族や一般臣民と同じような恋の贈答を望むのは、望むのが無理というもの。撰進者の側にも天皇の威厳や矜持を損なわないための気遣いはむろんあったであろう。しかし予想はあくまでも予想でしかない。とにかく順々に読んでみなければ分らない。

実際には宇多、村上両帝の恋の贈答のような例がある。そのこと一つにも、時代の風潮、特色を見ようとすれば見られなくもない。けれども総じて言えば、勅撰集の天皇の贈答では、歌の内容はとかく限定されがちである。これは収録された作品についてのことであって、天皇の贈答でも、私家集や日記の中になると様相は違ってくる。

ただ勅撰集では内容はとかく限定されがちであると言っても、すでに見てきたように、その中での感受性の行使に特色のみられるものもあれば、漠然とした枠からははみ出しているようなものもあって、文学としての質の高低とは別に、時の世の外では生きられなかった権力者の、ひとりの人間としての抑え難い心の動きを知らされるのはやはり贈答ならではのことかと思う。

他者への通路に歩み入り、矜持や自制の道から逸《そ》れた権力者の心の揺れは、読者の関心をしばしば周辺の事情に向かわせる。何が作者をそうさせたのか、と。また、歌集のつくりに即して言えば、必ずしも文学性は高くない贈答でも、集全体の調和の上では必要ありとして生かしている見識を、なおざりには出来ないという気持も分ってくる。資料としての価値高い歴史書や公の日記では、なかなか見せてもらえない古人の日常生活が、惜し気もなく披露されるのも魅力のうちである。

こうして読み続けていると、歌びとの人と仕事を、独詠だけで断定するのは控えようとか、贈答にしても、勅撰集への入集歌だけで云々する限界を忘れてはいけないとも思うに到る。

探るべきなお多くの余地が残されているのを知っての読みと、そうでない読みとは違う。その自覚を、贈答のうたはしきりに促してくる。このことは、今までこのように具体的にははっきり感じていなかった勅撰集の幅が、少しずつ自分に見え出してきたということかもしれない。幅は、漠然としか見えていなかった対象の、属性としての制約と言い換えてもよい。

＊

勅撰集の天皇の贈答、最後に室町時代初期の「風雅和歌集」を読んでみる。
最初は巻第三春歌下より。

花のころ北山に御幸あるべかりけるを、とどまらせ給ひて、次の日遣はさせ給ひける

伏見院御歌

頼めこし昨日の桜ふりぬともとはばやあすの雪の木の下

御返し

後西園寺入道前太政大臣

花の雪あすをも待たず頼めおきしその言の葉の跡もなければ

〔口語訳〕あてにさせ、頼みにもしていた昨日の花見であったのに残念なことをした。明日になればもう見頃を過ぎて、桜の木の下に花が雪のように降り積っているとしても、きっとたずねて行くだろう。

桜の頃に、伏見院（一二六五―一三一七・第九二代天皇）のかねてより予定されていた北山への御幸が都合で取りやめになった。その翌日、邸の主すなわち西園寺実兼《さねかね》（一二四九―一三二二）に遣わされたのは、

「ふりぬ」には「降りぬ」に「旧りぬ」をかけて読む。北山は、一条太政大臣西園寺公経《きんつね》が京都の北西、衣笠山の東北麓に営んだ邸という。北山第、北山殿、西園寺殿ともよばれている。

風雅集の中には、「伏見院西園寺に御幸ありて」という一節をもつ詞書の前大納言為兼《ためかね》

の詠（巻第二春歌中）や、同じく「西園寺に御幸ありて」という一節をもつ後嵯峨院の詠（巻第三春歌下）などもみえている。私には、紫式部の筆の記憶が先立つ北山の桜であるが、風雅集では、西園寺への度々の御幸で新たに記憶させせられた北山の桜である。

約束に背いて時は失したけれども、明日は訪ねるからと詠みおくられた院に対して、実兼は恐縮するでもなく、そうは問屋がおろしませんよ、といった調子の親しさとゆとりをみせて、

〔口語訳〕そんなことを仰っても、約束をお守りにならなかったのですから、明日の花はもう望みなしでございますよ。

と返している。

伏見院の「とはばやあすの雪の木の下」、実兼の「花の雪あすをも待たず」は、すでに取り上げた後鳥羽院と藤原良経の贈答（88頁）、併せて引いている在原業平の、

今日来ずはあすは雪とぞ降りなまし消えずはありとも花と見ましや　（古今集巻第一春歌上）

藤原実能《さねよし》の、

今朝見れば夜半の嵐に散り果てて庭こそ花の盛りなりけれ　（金葉集巻第一春部）

などをも引き寄せる詠であるが、二人の作者にそれらの古歌がどう意識されていたか、いなかったかの確証はないまま、私は一首一首が曳いて立つ歌の歴史としてその厚味を読ん

でいる。

さて、後西園寺入道前太政大臣実兼といえば、北山第を営んだ公経の曾孫という名門、伏見院の后永福門院（一二七一—一三四二）の父でもある。勅撰集の歌人としても知られ、歌集中の作者名にも示されているように極官位は太政大臣であった。叔母なる人が後嵯峨院（第八八代天皇）の后なので、後深草院、亀山院とは従兄弟の間柄になる。後深草院の皇子である伏見院よりも十六歳の年上である。

天皇と廷臣である貴族の関係といっても、伏見院と実兼との近い間柄からみて、右の贈答の雰囲気は別に不自然ではなかったのかもしれない。しかし摂関時代や院政期に入ってからの天皇と側近の贈答の雰囲気とはどこか違うものが感じられる。

久々に岩佐美代子氏の「あめつちの心　伏見院御歌評釈」（笠間書院）を読み返した。京極派の歌人の研究では夙《つと》に知られる大先達である。こういう記述がある。

「『待ちぼうけをおさせになったのですから今更だめですよ』とちょっとふくれて見せた形です。こうした場合のごく常套的な社交辞令のやりとりで、特にどうという事もありませんが、ごく親しい仲の歌人同士、しかも院の方がちょっと下手に出ている感じに、この時代の西園寺家というものの重みがあらわれています」（150頁）

実兼については、私はある時期から藤原俊成に通うところのある人だという印象をもつようになっている。それは直接歌に関してではなく、処世法が似ているということである。俊成が自分の女《むすめ》を誰と結婚させているか。誰の養女としているか。又場合によっては、更に誰を自分の養女として迎えているか。

結果として、歌道の家の末長い安泰をはかった目配りの周到には、多くの子女に恵まれていた俊成が、天皇家の信頼、然るべき歌の先人達の敬愛や称讃を背景に、静かに着々と地固めをした跡が辿られる。定家の教育にしても古典籍の筆写にしても、俊成の実行力は歌びととしての精進や他者へのつとめと両立していて、歌の作者、歌の論者としての大きさが、彼の驚くべき処世と混乱していないというのも稀な例と思われる。

実兼はといえば、女を伏見院の后に立てたばかりか、亀山院、後醍醐院の後宮にもそれぞれ女を送り、ともに立后させている。後の持明院統、大覚寺統交互による皇位継承から振り返ると、夙に両統に后を配した知恵は、その明るさも深さも並であったとは思われない。すなわち後深草院（一二四三―一三〇四・第八九代天皇）の皇子である伏見院は、後深草院に始まる持明院統であり、亀山院（一二四九―一三〇五・第九〇代天皇）及びその孫に当る後醍醐院（一二八八―一三三九・第九六代天皇）は、亀山院に始まる大覚寺統である。「頼めこし」に対する「花の雪」一首のゆとりを天皇家との姻戚関係に結びつけることは出来ようが、岩佐氏の「この時代の西園寺家というものの重み」は、実兼の自信として人生設計の規模を次第に大きくしていったのであろう。

実兼が出ればもう一つ触れずにはすまされないのが、「とはずがたり」によって明かされている作者後深草院二条との関係である。鎌倉時代のこの女房日記は、平安時代の雅びにつつまれた、とかく直接をはしたないとみる女房日記とは異り、たとえば後宮に入って後の自分の出産についても冷静に描写する勇気ある日記で、自らの性の遍歴を述べる大胆においても異色の作品になっている。二条はこの日記で、政治の実権を武家に奪われた不本意と鬱憤を、王朝文化の模倣ではらそうとしているような当時の公家、貴族の日常を、相当な筆力で書き継いでいる。母を早くに失い、父と後深草院の密約によって十四歳で後深草院の後宮に入った二条の、虚構性も強い自伝であるが、その中で二条は、後深草院、西園寺実兼（仮名雪の曙）、性助法親王（後深草院異母弟）などとの関係を告白した。

特殊な時代環境でのこみ入った関係である。実兼の場合は、二条との相愛を読者として納得できる筆運びで、この実兼の誠意、優しさ、冷静を、書き過ぎないほどによく表現しているし、彼の狡猾さも見落されてはいない。内容は異色でも、筆は一貫した落ち着きを保っている。「とはずがたり」が、かつては後深草院にも近かった人としての実兼を映す鏡の一枚であることは間違いない。実兼は、俊成とともに、私には、人間の規模について考えさせる人である。一つの時代を生きる知恵。二つの時代、三つの時代を生き延びる知恵。そういうことを考えさせる人でもある。

＊

次は巻第十七雑歌下より。

後深草院かくれ給ひての又の年の春、伏見院へ梅花を折りて奉らせ給ふとて　遊義門院

ふるさとの軒端に匂ふ花だにもものうき色に咲きすさびつつ

御返し　伏見院御歌

花はなほ春をもわくや時知らぬ身のみものうきころのながめを

これは兄妹の贈答である。

後深草院が崩御された翌る年の春、院の皇女で異母妹に当る遊義門院（一二七〇—一三〇七・後宇多院后）が、梅の花の枝に添えて伏見院におくられた歌は、

〔口語訳〕帝がおかくれになったので、子の私共ばかりか、軒端に匂う梅の花さえ力なく、ものうい色で咲きすさんでおります。

お返しは、

〔口語訳〕春を春ともおぼえず、自分ひとりの心憂さにこもって、もの思いに沈んでいる私なのに、花はそれでも春を知っていて咲くのですね。優しいお見舞をありがとう。

門院には、前年の後深草院の崩御に先立つ、生母東二条院（西園寺実氏女）との死別があった。父帝を失った伏見院と、母后、父帝を相次いで失った遊義門院のかなしみ。その中での兄帝に対する妹の門院のそれとはなしの訴えと慰め。ふと我に返ったような兄帝に年下の門院の人柄が反映している。門院は三十代での早逝。後宇多院は門院を追うように、その二日後に出家と伝えられる。

*

終りは永福門院と花園院の贈答である。

花園院（一二九七―一三四八・第九五代天皇）は伏見院皇子、ただし母は左大臣藤原実雄女季子。学に篤く、京極為兼や義母永福門院に早くから歌の指導を受けた。「風雅和歌集」は、光厳院親撰、花園院監修。為兼や永福門院亡きあと、京極派歌人の間に重きをなした。

在位わずか十年で後醍醐天皇に譲位、皇位継承をめぐる不運な抗争の時代を生きて、一三三五年には出家と伝えられている。

巻第十五雑歌上より。

暦応二年の春、花につけて奉らせ給ひける　　永福門院

時しらぬ宿の軒端の花盛り君だにとへな又誰をかは　　院御歌

御返し

春うときみ山がくれのながめゆゑとふべき花のころも忘れて　　（風雅集）

一三三九年の春、北山第の桜の枝に添えて永福門院が花園院におくられたのは、

〔口語訳〕このように嘆かわしい今の世のことも知らず、軒端の花が盛りを誇って咲いている私のところを、せめてあなただけでも訪ねてほしいのです。他のどなたにそれを望むことが出来ましょうか。

お返しは、

〔口語訳〕春にも花にも縁遠い出家の山住いになってしまいました。花の時さえも忘れてお見舞いもしなかった失礼をお詫びいたします。

すでに南北朝対立の戦乱の世に入っていたとはいえ、義理の皇子花園院を唯一人、残った近い人としてこのような哀訴の歌を詠んでいる門院を知るのはかなしい。かつて、

真萩散る庭の秋風身にしみて夕日のかげぞ壁に消えゆく

と、ながめに徹した己れを叙景に託し、

夕立の雲も残らず空晴れてすだれをのぼる宵の月影　　（永福門院百番御自歌合）

ともうたった作者は、花園院へのさびしい歌から三年後に崩じている。

御幸を重ねた北山第の華やぎは往時に霞み、伏見院、後伏見院すでに亡く、唯一の頼める人であった花園院はこの返し。逃げ腰とまでは言えないにしても抗争の世には身を置かず、出家を楯に鄭重にごぶさたを詫びられるもどかしさに、出来ればあげたくない声を抑えきれなかった門院の孤独は一層深まったであろう。

無常の歌として門院の詠を記憶する。

「伊勢物語」の贈答

あらたまのとしの三年を待ちわびて

勅撰和歌集の天皇の贈答を一先ず終えて、「伊勢物語」(一〇—一一世紀?)の中の贈答を読んでみる。

昔、ある男がいた。

名前もさだかではない。

読み進めてゆくと、名のある人をしのばせる数々の行いを知らされる。けれども追い詰めてみると、別の誰彼の行いが混っているようにも思われる。ある男とともに登場するある女、あるいは別のある男の行い。あれはあの人か、これはこの人かと想像を促されることはしきりでも、確かな人、確かな事として特定できる史実の上での拠りどころは、多くの場合注意深く消されている。あの人「らしい」。あのこと「らしい」。しかしそうではないかもしれない。

もっとも、中には繰り返し登場する歴史上の人物もいる。

たとえば二条の后（八四二―九一〇・藤原長良女《むすめ》高子《たかいこ》、清和天皇女御、陽成天皇母）。たとえば又惟喬《これたか》の親王（八四四―八九七・文徳天皇皇子。母は紀名虎《きのなとら》の女静子）。あるいは伊勢の斎宮（天皇の代替りごとに卜占で決る、伊勢神宮奉仕の未婚の皇女、女王）などがそうである。

こういういくつかの例を除けば、総じて誰であるかはよく分らない人々、あの人か、この人か、とは思いながらも結局はそうかもしれないがそうではないかもしれない人々の物語が、歌を支えにして次々に重ねられてゆく。それでも強く浮び上ってくるのは、ある時、ある場所に、誰かとともに紛れもなく生きていたある男の存在である。ある男の喜怒哀楽。それを成り立たせている心の運動の法則。「伊勢物語」はそういう男を主人公とする。

独立した短い段の積み重ねが、ある男の一代記とも読めるこの物語で、重きをなしているのは男の年々の恋である。この作品が、在原業平（八二五―八八〇・父は平城天皇皇子阿保親王、母は桓武天皇皇女伊都内親王）の一代記のように読まれたのは、この中に業平の歌が多く採られているためとは読めばすぐに知られることながら、「昔、男ありけり」の男が業平だとは記されていない。読み返す度にこの物語のつくりの巧みを思う。ひとりの男の一代記とも読めるし、複数の男を主人公としてつないだ男の生涯とも読める。いずれにしても男の生態のさまざまは、女の、あるいは他の男の生態のさまざまを伴って持続し、断絶する。名前もさだかでない男のある時、ある場所での生存は、表現の簡潔と適切によって、しばしば男なるもの、女なるもの、男一般、女一般を示すことに成功している。

具体的な何某ではなく、男一般、女一般としてのひろがりは、表現の曖昧さによっているのではなく、あくまでも表現の簡潔と適切によるものであるのをこの物語の強みだと思う。表現のおおむねの主役はうたである。独詠であり、贈答である。

長い年月にわたるこの物語の増補については、研究の歴史も長い。教わりながら、何がこのように単純ならざる増補を促したのかをよく考える。人気のない作品に多くの流布本は生れないし、研究の書も多くは著されない。業平的なものの人気が、理想化に向って衣を重ねてゆく経緯とみれば、増補は不自然ではない。業平の歌に起っている業平的なものが、愛読者の心理によってさらに分散拡大されてゆく。色好みは、業平的なものの主要な部分である。その色好みには言い訳もないし物欲しさもない。いやしくないのは出自のせいもあるだろう。悠々とした色好みである。

＊

昔、仲睦じく暮している男と女がいた。何がきっかけであったのか、女はちょっとしたことにつけても男との間を疎ましく感じるようになり、家を出て行こうとまで思い詰めて物にこう書きつけた。

いでていなば心軽しと言ひやせむ世のありさまを人は知らねば　女

〔口語訳〕私がここを出て行けば、世間の人は浅はかな女よと悪く言うかもしれません。私達二人の間の本当のことは、他人には分らないでしょうから。

そう詠みおいて、女は出て行ってしまう。

男には思い当るふしがない。理解に苦しむ。涙が出る。どこを探せばよいものやら。門に立ってあたりを見渡すけれども見当もつかない。家に戻って男が詠む。

思ふかひなき世なりけり年月《としつき》をあだに契りてわれやすまひし　男

〔口語訳〕いい加減な気持で契りを交していたつもりはない。短くもない年月であったのに、睦み甲斐のない二人の仲だったと思うほかはないのか。

男が重ねて詠む。

人はいさ思ひやすらむ玉かづら面影にのみいとど見えつつ　男

〔口語訳〕去って行ったあの人が面影に立つのを私は見続けている。私のことを思ってくれているのかどうか。

「いさ」は、さあどうか。「玉かづら」は、「かげ」「おもかげ」の枕詞。

月日が経つ。

それもずいぶん後になって、耐え難くなったのか、女が詠んできた。

今はとて忘るる草のたねをだに人の心にまかせずもがな　女

〔口語訳〕今はもうこれまでと人を忘れてしまう、その忘れ草の種だけでもあなたの心にまかせずにいたいと願っています。

「忘れ草」は「萱草《かんぞう》」のこと。

男が返す。

忘れ草植うとだに聞くものならば思ひけりとは知りもしなまし　男

〔口語訳〕忘れ草を植えるのは忘れたいため。それは人を思っているからでしょう。あなたは自分のことを忘れられたくないと言う。せめてあなたが忘れ草を植えているとだけでも聞けば、私はあなたの心を知って勇気づけられたでしょうに。

世間体を気にしながら家を出た女ではあったけれど、男との間に話し合いがあったわけではない。もっとも疎ましく思い始めた女と男の間に充分な話し合いが成立するとも思い難いが、話しても分ってはもらえないと思い込んでの決断であったのか、それとも我儘のうちか、いずれにしても男の当惑とかなしみには二人の居場所の次元の違いがあらわれている。

女の決断も所詮その程度だったのかと分らせるのが「今はとて」の詠みかけである。それに先立つ男の二首、「思ふかひ」「人はいさ」に、男の情とむなしさが示されているだけに、忘れないでほしいと訴えてきた女の自愛は、男が皮肉や非難に傾かず、女への恋心を守ってなお下手《したで》に返しているために、むしろあわれに見えてくる。女にも疎ましく思うには思うだけの理由はあったのかもしれない。しかし自己中心的な生きようが、男とのやりとりで次第にはっきりする。

とかくの経緯があって後、二人は以前にもましてこまやかな贈答を交すようになる。そういう時期にいたって今度は男のほうが女の心を疑い始める。

忘るらむと思ふ心のうたがひにありしよりけにものぞかなしき　　男

〔口語訳〕あなたがもう私を忘れているだろうという疑いで、以前にもましてものがなしく思われるのです。

女はかつて私を忘れないでほしいと男に詠んできた。願望をあらわにして身を守ろうとした。男は女への疑いに自分の恋心のほどを知る。仲睦じく暮した頃よりも深まったかなしさを知る。それでも女に詠みかけるのは相手に何かを求めているのではない。女が返す。

中空《なかぞら》にたちゐる雲のあともなく身のはかなくもなりにけるかな　女

〔口語訳〕拠りどころを求めるすべもなく、中空にただよう雲がやがてあとかたもなく消えるように、この身もはかなくなってしまいました。

男の歌が衝撃になったのか。それとも、女がはかなさのきわみを感じるような何事かが起っていたのか、ここでも又理由ははっきりしないまま、女はわが世の終りのような声をあげている。

「とは言ひけれど、おのが世々になりにければ、疎くなりにけり」

一つの段の末尾である。「おのが世々」は、二人がやがてそれぞれ別の男女との暮しを始めたことをさしている。

思い合って暮していたはずの男と女が、ひとたび離れて後に又ねんごろに言い交し、年月を経て今度は本当に別れてしまうまでの経緯が、叙情を託された歌と、最小限の叙事を託されているごくわずかな散文で語られる。辛抱のない動きのあと、恥ずかし気もなく歌で男の関心をはかり、いつくしみを求めている女と、波風を受け身に耐えて、しんのところで女への情を褪せさせていない男との対比は、詠みの持続によって、簡潔ではあっても喚起の強い効果を生んでいる。女を直接責めるでもなく詰《なじ》るでもなく、相手を疑う己れを知って自分のかなしみは深まったというある男の心の重層を、ある女の単純と鈍感がよく理解したとは思われない。「おのが世々」に生きることになった男と女のいる次元は、相変らず異っていたのであろう。

自分の心を映すうた。

そのうたが呼び出す他者の心。

映し合いと呼び合いによって探られ、開かれてゆく自他の領域。表現されたその領域の広さと質に文学を読む。（以上二十一段）

＊

次も「伊勢物語」から。

昔、とある片田舎に男が住んでいた。

男が京に上る。女との暮しを支えるための宮仕えである。

女は待つ。

男からは何の沙汰もない。

女は待ち続ける。

三年経った。男からのたよりはないままである。女は待ちわびた。

事情を知った別の男がやさしさを見せて近づいてくる。女もその男を憎からず思うようになったのであろう、ついに今宵逢うことを約束するまでになる。夫が外に出たまま消息を絶ってしまった時、子がいない場合は、三年経てば「改嫁ヲ聴《ゆる》ス」、つまり再婚してもよいという、「大宝令」の戸令の一節を伝える古典文学全集、大系類の諸注に従えば、三年待ちわびた女は非難される立場にはない。

いよいよ新しい男との約束を果すべきその時になって、突然宮仕えに出ていた男が帰ってくる。

「この戸あけ給へ」

男は強く戸を叩く。女の周章狼狽。すぐに応じられようはずもない。戸はあけず、やっとの思いで詠んだ一首を外の男に差し出す。

あらたまのとしの三年《みとせ》を待ちわびてただ今宵こそ新枕《にひまくら》すれ　女

〔口語訳〕何のたよりも下さらないあなたを、三年という月日の間、待って待って待ちわびました。でも今宵は新枕を交すのです。何ということでしょう。

女は口早にもっと言い訳もしたかったろうし、今になってなぜ、と相手を責めたくもあったろう。まさかの事態に動転していると想像すれば、今はこうなっているのだと言うのが精一杯かもしれないが、男が自分を見捨ててはいなかったという安堵にやわらぐ心が、相手への非難も、自己正当化も緩めたかもしれない。

混乱のなかで、三年も沙汰無しの男に対して、自分はやはり憎しみ一筋でつながってはいなかったと知る一方では、自分の我慢にも限りがあるし、やさしさを見せて言い寄って来た男を無き者にする無情には耐え難いとも思う。さあどうしよう。咄嗟の、追い詰められた状態から詠み出されたにしては冷静な、それに人間の温もりも充分感じられるよいうただと私は思う。帰って来た男を傷つけまいとするいたわりに女の知性も感じられる。

戸外の男が返す。これが又きっぱりとして、なおかつ女への思いやりにみちた一首である。

梓弓《あづさゆみ》ま弓つき弓年を経てわがせしがごとうるはしみせよ　男

〔口語訳〕長い年月、私がお前を心からいとおしんだように、新しいひとに尽してくれればそれでよい。心細い思いをさせてしまったが事情もあった。今は何も言わない。仕合せに暮してほしい。

「梓弓ま弓（檀）つき（槻）弓」までは「年」にかかる枕詞か。帰って来た男には、女には明かせない、事実を言えば女を傷つけるような事情が無かったとも言いきれない。しかし共に暮していた間の自分の誠実を再確認してみせると同時に、新しいひととの仲のよい暮しを促して立ち去ろうとする男の、出来過ぎているような潔さが、かろうじて保たれていた女の冷静をつき崩す。

梓弓ひけどひかねど昔より心は君によりにしものを　女

〔口語訳〕あなたがどのように思われようとも、私の心は昔からあなたに添っていましたのに。

女の訴えに男を引きとめる力はない。

男は去る。

女はかなしさのあまり男のあとを追って行くけれども追いつくことは出来ない。水を欲したのか、清水の湧いている所で倒れてしまう。かたわらの岩に、傷つけた指からの血で書きつけたのが次の一首である。

あひ思はでかれぬる人をとどめかねわが身は今ぞ消えはてぬめる　女

〔口語訳〕互に思い合うことが出来ず、去って行く人を引きとめる力もない私は、今はもうこのまま死んで行くらしい。

女はその場所に果てる。

思うひとには思われず、思われたくないひとには思われることの多い世の中で、「あひ思ふ」ことは理想に近い。新しい男の存在も吹き飛ばしているような女の最期は、やや演出過多のつくりに思って読む時もあるが、さきの二十一段の女とくらべてみると、ともにわずかの分量の段なのに、その心の動きの法則の違いは鮮明である。この二段に限らず男と女の心の動きをしばしば贈答でつないでゆく「伊勢物語」に、これが十世紀もさかのぼった時代の作物であるのを忘れている時は珍しくない。人の生活の事実に即して言うなら、記されている事実よりも記されていない事実のほうが遥かに多い。それにもかかわらず、作中人物を共に生きる高揚や嘆きはこの物語を読む度の新しさなのである。肝要を手放さない簡潔の強みについてもこの物語は雄弁である。（以上二十四段）

夢かうつつか寝てかさめてか

引き続き「伊勢物語」の贈答から取り上げる。男と男の間で恋の歌が詠み交される段である。ただし普通の恋歌ではない。

男が、紀有常《きのありつね》（八一五—八七七）のところへ訪ねて行く。人物が特定されている。有常は紀名虎《きのなとら》の子であって、女《むすめ》は在原業平（八二五—八八〇）の妻という間柄なので、物語の「昔、男」を業平と想定すれば、男は舅《しゆうと》のもとを訪ねたことになる。しかしそこは作品への礼儀として、有常を訪ねたのは名前もさだかでないある男として読む。

当の有常は出かけていてなかなか帰って来ない。遅くになって戻ったので男はこう詠み贈った。

君により思ひならひぬ世の中の人はこれをや恋といふらむ　男

〔口語訳〕あなたを待ちわびてはじめて知りました。世の中の人はこういう切ない気持を恋と言うのか、と。

有常が返す。

ならはねば世の人ごとに何をかも恋とはいふと問ひし我しも

〔口語訳〕これはおどろきましたね。恋というものをまだよくは知らず、世間で言われる恋とはどんなことをさすのか教わりたいと思っていた、その私に恋を知らされたとは。

この贈答、低級ならざる遊びを羨しがらせる雰囲気をもつ。はじめて知った恋だとか、恋を知らぬ者が恋を教えたのか、などと互におどろいてみせる表情にいやみがないのは、信頼と親しさが土台にあって、ひねりや強調を愉しむ知性のゆとりであろう。

融通のきかない性格でも、頭の回転が鈍くても、こういう球の投げ合いは難しい。二人ともよくもまあぬけぬけと、と思わせる一面もあるのに、印象の収って行くところは認め合いの大きさ、風流を風流として経験し合える文化の時代への懐しさである。こうしたやりとりの全く無い人間関係を想像してみると、言葉で遊びながら耕し合い確かめ合う人間というものが逆によく見えてくる。

「伊勢物語」の中には、紀有常に当てられた段（十六段）もあるし、歌びととして親王の代役をつとめる段（八十二段）もある。この物語をつくった人は、ある男とともに、有常に好意をもっていたのかもしれない。有常に当てられた段にはこういう一節がある。

「昔、紀の有常といふ人ありけり。三代の帝に仕うまつりて時にあひけれど、後は世かはり時うつりにければ、世の常の人のごともあらず」(十六段)

〔口語訳〕昔、紀有常という人がいた。帝三代にお仕えして、時を得た順調な暮しぶりであったが、後には御代も変り、時勢も移り変ったので、人並の暮しさえ難しくなった。

「人柄は心うつくしく、あてはかなることを好みて、こと人にも似ず。貧しく経ても、なほ昔よかりし時の心ながら、世の常のことも知らず」(同前)

〔口語訳〕人柄は心が立派で品よく優雅なことを好み、世俗の人とは違っている。貧しく暮していても相変らず昔ながらの心を持ち続けて、日常生活を器用に切り替えるでもなかった。

このあと、尼になって夫のもとを去って行く有常の妻をめぐって、身の不甲斐なさを嘆き訴える有常と「昔、男」との間での贈答になるが、男二人の間柄は快い。

訪ねた相手の不在から、人待つ心を恋に絡めて戯れ合う。「君により」「ならはねば」二首が詠み交される前と、詠み交された後の二人の、分り合える者同士としての充足感は当然異っていよう。とりあえずは自分を劣勢に立てておどけながら絆の強さを再確認してひそかに頷き合う余裕、凡庸ならざる遊びではある。(以上三十八段)

別の段。

＊

「昔、男」は狩の使だった。役目で伊勢の国に行く。狩の使は、平安時代の初め、朝廷用の鳥獣を狩りに諸国へ派遣された使者のこと。九〇五年には禁止されている。伊勢神宮は斎宮が奉仕する聖域である。斎宮は、常の使よりはよくもてなすようにという母親の言いつけに従った。朝は狩の支度を手伝って送り出し、夕方になって帰って来るとすぐに自分の殿舎に来させるようにしてねんごろに世話をした。「ねむごろにいたづきけり」の「いたづく」は、漢字を当てれば「労く」。

さて二日目の夜、男が「われて逢はむ」、と言い出す。是非お逢いしたいのです。むろん許されぬことは承知のはずである。女もそれは分っているものの、「いと逢はじとも思へらず」、絶対に逢わないというほどの決心の固さではなかった。人目も憚られる。男は狩の使といっても下役《したやく》ではない。正使であった。従って女から遠く離れた場所にではなく、近くに泊めてある。

人の寝しずまった子《ね》の一刻ばかり（午前零時頃）に、女が男のところにやって来る。月のおぼろな夜で、男も寝つかれぬままに外のほうを見遣っていると、小さな童女を先に立てた女が立っている。男はうれしさのあまり女を自分の寝所にみちびき、丑《うし》の三刻（午前三時頃）まで一緒に過したが、「まだ何ごとも語らはぬに、帰りにけり」。

物語作者の言葉の運びは巧みである。緩急よく心得て二人を引き合わせ、張りつめた糸を断ち切るようにして引き離す。数多の想像が飛び交う場面である。斎宮なのだから。いやたとえ斎宮であっても。そのいずれにも解釈の道は開かれている。

男はたいそうかなしむ。一睡もせずに夜を明かす。翌る朝、互の立場が立場なので、気がかりを手紙にして届けることもできない。待ち遠しく思っていると、夜が明けはなれてからしばらくして女の歌が届く。

君や来《こ》し我や行きけむおもほえず夢かうつつか寝てかさめてか　女

〔口語訳〕あなたがおいでになったのか私がうかがったのか。夢の中のことなのか、さめたうつつのことなのか。分らなくなってしまいました。

女からはただ一首のみ。男はひどく泣いて、こう詠み返してから狩に出た。

かきくらす心の闇にまどひにき夢うつつとは今宵さだめよ　男

〔口語訳〕かなしみにくれまどう自分に分別はつきません。夢かうつつかは今宵お確かめ下さい。

しかし物語は、伊勢の国の守《かみ》が狩の使をもてなす宴のために、男の願望が遮られる方向に動いてゆく。

明け方近くなって、浅い縁《えにし》でしたという女の上三句と、人が逢うという逢坂の関を越えてもう一度お逢いしましょうという男の下二句が、女の差し出す別れの盃に記されて男は尾張の国へと旅立って行く。

この段の最後は、「斎宮は水尾の御時、文徳天皇の御女《むすめ》、惟喬《これたか》の親王の妹」となっている。この部分は後人の注記とされるが、これに即せば、斎宮の母なるひとは紀静子。「水尾の御時」とは清和天皇（八五〇—八八〇・第五六代天皇）の御代をさす。

この贈答は「古今和歌集」（巻第十三恋歌三）にも収められている。ただ詞書には、

「業平朝臣の伊勢国にまかりたりける時、斎宮なりける人に、いとみそかに逢ひて、またの朝に、人遣るすべなくて、思ひをりけるあひだに、女のもとよりおこせたりける」

とあるのに、贈歌のほうは「詠み人しらず」、返しは「業平朝臣」となっている。「伊勢物語」のこの段では、後人注記とされる部分を除けば、男も女も特定されてはいない。けれども、勅撰集ではこれは在原業平と伊勢の斎宮との贈答だと詞書ではっきり知らせている。しかも物語で、「まだ何ごとも語らはぬに、帰りにけり」と密事の明示を避け、読み返されるたびの効果を新たにしている部分は、「斎宮なりける人に、いとみそかに逢ひて」という記述になっている。

作者に関しては「詠み人しらず」の配慮をみせても、この贈答が、神に仕える斎宮と、一朝臣在原業平とのあるべからざる情事のあとに取り交された後朝《きぬぎぬ》の歌であることは、勅撰集の詞書では疑いようもない。又当時の世のならいに反して、逢いに行くのが女のほうからであり、後朝の歌を贈るのも女が先という経緯は、物語よりも手短かに要領よく示されている。もう一つ。古今集での返しの終句は「今宵さだめよ」ではなく「世人《よひと》さだめよ」。

「君や来し」について、私はかねてから日本の恋歌の中でも屈指のものと読んできた。理由はいくつもある。古来、恋を得た時よりも、恋の得られぬ時、恋を失った時のほうにとかく「名歌」は多くあるように思ってきた。それは嘆きに平安を失った心の砕き方が表現を深め、拡げているせいかもしれない。陽画ならぬ陰画の美であろう。

しかし、「君や来し」はそういう作品ではない。求める時に求められたという稀な時間が、夢うつつの境のこととして辿られている。禁忌についての思惑など吹き飛ばしてしまうような仕上りが理由の第一である。

予め退路を用意して、曖昧を企んで詠んだというものではない。周到に重ね合わされている無意識の間接表現、喚起を頼みとする無限定は作者の美学であろう。古今集の撰者は、斎宮の行為を隠し切ろうとはせず、恋歌五巻のほぼ中央に堂々と収めている。私はこういうところでも撰者の見識を見上げている。返歌は、贈歌の「夢うつつ」を繰り返しながら、願望と期待だけでなく、悲観の予感も漂わせている。

第二は、事といわず物といわず、直視すればするほど正体が見定め難くなるのは何も恋の場合には限らないけれど、そのことの客観視を表現にまでたかめている作者の詩的知性である。たとえ上三句が自愛の願望や期待であっても、それは下二句を得ることでよりすすんだ表現となり、大きく普遍化され、意識と無意識の協力によってこのような時間の到来する可能性を、読者としては一首の余韻のうちに自然に思いみるようになる。

恋歌の枠を超えるこうした表現効果の力について、作者が果してどれほど自覚的であったかはいつものことながら歌の余韻のうちに想像するほかはない。いや自覚的であってもなくても、現にこういう贈答を読んで、それをそのまま今の自分の心の問題となし得ることと、更には、表現についての、論考に劣らぬ示唆となし得ることが私にはよろこびなのである。（以上六十九段）

＊

次は、紀有常が惟喬の親王（八四四—八九七・第五五代文徳天皇皇子。母は紀名虎の女、有常の妹静子）に代って詠む段である。

惟喬の親王は詩歌を好む親王として知られているが、第一皇子であっても母は紀氏であり、外戚藤原良房のために皇太子にもなれず、早くに皇位への道は断たれた。二十代で出家（八七二）。雪の正月に、比叡山麓小野の里の庵に、不運を嘆く親王を見舞った在原業平が、帰って来てから詠んだ有名な一首は「古今和歌集」（巻第十八雑歌下）に入っている。

忘れては夢かとぞ思ふおもひきや雪ふみ分けて君を見むとは

〔口語訳〕ご出家の身ということをふと忘れて、今日の拝眉を夢ではなかったかと思うのです。深い雪をふみ分けて、その挙句にようやく宮様のお姿を拝するなど思ってもみないことでしたから。

親王の離宮は水無瀬《みなせ》（大阪府三島郡）にあったので、往時、親王は腹心の者を連れてしばしばここに遊んだ。有常、業平ともにそうである。

「伊勢物語」にも「忘れては」一首は採られている（八十三段）が、それを詠んだのは、かつて親王の鷹狩のお供などした馬の頭《うまのかみ》（右馬寮長官）だった翁ということになっている。

これから取り上げる贈答も離宮行きの折のもので親王と腹心が登場する。一行はまず交野《かたの》（大阪府枚方市あたり）で鷹狩をして、渚の院で桜を見る。馬の頭だった人が詠む。

世の中にたえて桜のなかりせば春の心はのどけからまし

〔口語訳〕今日か明日かと花の時に一喜一憂するのが春の心。いっそ桜というものが世の中になければ、春をどんなにのどかに過せることか。

この歌、古今集（巻第一春歌上）での作者は在原業平朝臣。

桜見物を終えて日暮になった。帰途しかるべきところで酒宴を開こうということになる。近くの天の河に着いてその場所とする。馬の頭が親王にお酒をすすめると、親王は、盃の前にまずは歌を詠めと言われる。「交野を狩りて、天の河のほとりにいたる、を題にて、歌詠みて盃はさせ」。そこで早速馬の頭が詠む。

狩り暮らしたなばたつめに宿からむ天の河原に我は来にけり　馬の頭

〔口語訳〕一日中狩をしてたのしみました。ちょうど都合よくやって来たのは天の河原。今夜は織女に宿を頼みましょう。

ところが親王は、この一首を繰り返し口にはなさるが返しがお出来にならない。代ってお供の有常が詠む。

ひととせにひとたび来ます君待てば宿貸す人もあらじとぞ思ふ　有常

〔口語訳〕いくら天の河原と仰っても、一年に一度だけの君をお待ちするのが織女です。あなたにやすやすとお宿を貸してくれるお人がありますかしら。

親王が歌を詠まないのは「親王らしい演出」だというのは、「うたの逢瀬」の著者由良琢郎氏の意見（短歌研究社・219頁）である。「歌のかけあいをさせて、みずからは観客席で楽しむ。そういうところが、この親王にはある」（同書）。共感する。

一行は離宮に入る。夜更けまで酒宴。酔のまわった親王が寝所に入ろうとされる。十一日の月がちょうど山の端に入ろうとしている。馬の頭が詠んだ。

あかなくにまだきも月の隠るるか山の端逃げて入れずもあらなむ　馬の頭

〔口語訳〕まだ眺めたりない月なのに、早々ともうお入りになるのですか。山の端が逃げて月を入れないでほしいと思いますよ。

又しても親王に代る有常の返し。

おしなべて峰もたひらになりななむ山の端なくは月も入らじを　有常

〔口語訳〕山の端さえなければ月も隠れはしないでしょう。山稜の凹凸が無くなって平になってくれれば、と思います。そうすれば共に夜を明かすこともできるでしょうに。

繰り返せば、惟喬の親王は文徳天皇と紀静子との皇子であり、静子の兄が有常、有常の女を妻としているのが在原業平である。敬意と親密に快く弾んでいる戯れの贈答に、歌と酒の場の具体的な雰囲気を知らされる。ちなみに「狩り暮らし」「あかなくに」は、ともに古今集（巻第九羇旅、巻第十七雑歌上）に在原業平の作として、「ひととせに」も古今集（巻第九羇旅）に紀有常の作として、又「おしなべて」は「後撰和歌集」（巻第十七雑三）に、かむつけのみねを（上野岑雄）の作として、終句「月も隠れじ」で収められている。

（以上八十二段）

「蜻蛉日記」の贈答

嘆きつつひとり寝る夜の明くるまは

「古今和歌集」や「伊勢物語」には後れて、「枕草子」や「源氏物語」には先立って成立した「蜻蛉日記」の作者は、右大将道綱の母（九三六？—九九五・藤原倫寧女《ともやすむすめ》）とされている。「百人一首」の作者としても同じ扱いで、実名は分らない。その「百人一首」撰入歌、

嘆きつつひとり寝《ぬ》る夜の明くるまはいかに久しきものとかは知る

〔口語訳〕背かれてひとり寝る夜の明けるまでの長さが、あなた様にお分りになりますかしら。

は閨怨のうたであるが、一首の成り立つ具体的な時と所を離れても通用するだけの詠みにはなっていて、ひろく想像に訴え得る内容をもつ。

この一首に具体的な時と所を与えてくれるのが「蜻蛉日記」で、「嘆きつつ」には返歌

がある。返すのは道綱の父藤原兼家（九二九—九九〇）。人臣として初めての太政大臣、初めての摂政をつとめた藤原良房の流れ、すなわち藤原北家の嫡流である。官位の一時の停滞に不遇を託《かこ》った時もありながら（64、65頁参照）、後年第六六代一条天皇（九八〇—一〇一一）の外祖父として権勢をほしいままにする兼家も、日記作者に求婚し、結婚した九五四（天暦《てんりやく》八）年当時はまだ兵衛佐《ひようえのすけ》（兵衛府の次官）であった。父師輔《もろすけ》（九〇八—九六〇）は右大臣。

日記作者の父倫寧は、女《むすめ》が兼家と結婚するとほどなく受領陸奥守《ずりようむつのかみ》として下っているが、兼家の父師輔も、作者の父倫寧もさかのぼってゆけば共に冬嗣《ふゆつぐ》にいたる藤原の血脈ながら、倫寧のほうは北家としては傍流であって、代を経ての官位の開きは埋めようもない。人中《ひとなか》に立ちまじるだけで文学者としての客観の目が育つわけではないが、世間知らずで自尊心は人一倍の日記作者に、紫式部や清少納言、和泉式部のような女房生活の経験がないのは記憶されてよいことかもしれない。倫寧にしてみれば兼家の求婚は逃したくない慶事なのに、肝腎の女には自分の生きている居場所などよく見えてはいないので、この縁談に過分の意識はなく、つのらせているのは相手への違和感ばかり、だからこそこの日記は書かれたとも言える。

ただ一回の贈答ではなく、特定の二人の持続的な贈答として私の中で双璧をなしているのは「蜻蛉日記」と「和泉式部日記」である。ただし「和泉式部日記」のほうは十ヵ月間の、「蜻蛉日記」は二十一年間の回想で、贈答のわざも内容も異っているが、異質の二種類の贈答を読み較べてみると、それぞれの作品と作者の特質がより確かになるというところがある。

「蜻蛉日記」の作者は、天皇でいうと、第六一代から六六代まで、すなわち朱雀、村上、冷泉、円融、花山、一条の六代を生きている。権門の不実と心傲《こころおご》りを公にしたいという、日記執筆の動機を語る部分をふくめて、兼家の求婚に始まる「蜻蛉日記」の回想は、結婚した九五四年から九七四（天延二）年に及んでいる。私の戦後の半世紀の実感から推しても並のこととは思われない。現代では「野上彌生子全集」に厖大な日記が収められているが、世に二十一年の結婚生活は珍しくないとしても、折々の詠歌を軸に、この期間を言葉で生き直すのは誰にもかなう容易なわざではないだろう。

「蜻蛉日記」からうたを除くと、作品は体をなさなくなる。作者と複数の人との贈答があり、独詠がある。依頼されての代詠もあるし贈答の中には身にしみるような長歌もある。しかし何といっても芯になるのは作者と兼家との贈答、あるいは兼家に関っての独詠である。王朝の中央政界に重きをなす男性の多くには複数の女性があって、兼家の女性の一人でしかなかった日記作者と兼家の仲も、やがては淡い関係に変ってゆくが、これもこの時代に珍しいことではない。

道綱に同腹の兄弟はいない。道綱の異母兄弟になる道隆、道長、詮子らの生母時姫のことを、日記作者は「年ごろの所」と記している。兼家の訪れが絶えているらしい時期の時姫に日記作者が歌を贈る場面もある。日記作者の歌聞えは高かったし、兼家の求婚には、そのような女性とも関りをもつ身を世に顕示したい願望もあったと思われる。日記は物詣でや参籠の折の道中記の部分にもすぐれ、ことに叙景の妙が心に残る。しかしそういう文章の生彩は生彩として、作者はやはり歌のひとだと日記を読み返すたびにその印象を強くする。総じて水準以下のものは詠んでいない。

さて冒頭に引いた日記作者の贈歌、

嘆きつつひとり寝る夜の明くるまはいかに久しきものとかは知る　　作者

に対する兼家の返しはこうである。

げにやげに冬の夜ならぬ真木の戸も遅くあくるはわびしかりけり　　兼家

〔口語訳〕言いたいことはよく分ります。それにしても、明け難い冬の夜ならぬ真木の戸でさえ、すぐに開けてもらえないのはわびしいものだと思い知らされましたよ。日記によれば結婚した翌る年、二人の間に道綱が生れている。それからまだ何程も過ぎていない頃のある夕暮、作者のもとを辞した兼家がその足で別の女を訪ねている。というのは、作者が人を遣ってあとをつけさせた結果の報告による。

二、三日経って、暁方に門をたたく音を聞いた。多分兼家であろうとは思ったが門を開けさせずにいると、又例の女のいるあたりへ行ってしまった。その翌る朝、どうにも気持がおさまらない。知らぬふりして過すのもいまいましい。この胸のうち知らせずにおくものかの心境で詠んだのが「嘆きつつ」であった。しかも色変りした菊に挿して使に持たせてやるという念の入れようである。

他人ではなくなってから長い年月が過ぎているのではない。すでに一子も生れている。それなのに、夫とした男への猜疑心から人にあとをつけさせずにはいられないのが日記作者である。兼家が鈍感なのか、作者が狭量、過敏なのか。若い産後の女としては耐え難い男の挙動であったろうが、男の求めるものと女の求めるものとの違い、願望の質の違いと乖離をみせているという点では、この贈答は日記の中の贈答にはとどまっていないと思う。

真正面から「嘆き」で堂々と迫ってくる作者に対して、兼家は真面目に答えていない。わざと逃げを打っているが、日記の中での兼家との贈答は、大方の時、兼家の歌が作者の歌の引き立て役になっている。作者には詠歌に正統の基礎があって、いかなる内容が詠まれても、一首は気品を保っている。それに「嘆きつつ」についてもうひとつ言えば、この時期「嘆き」はすでに作者の人生観の大本にすみついていたらしいということである。

生れながらの作者の性質、資質にもよるだろう。しかし「蜻蛉日記」には全体に憂愁の気配の漂っている印象があって、それは世の中に対する作者の事毎の違和感が嘆きで埋められているせいではないかと思うのだが、そう思ってみると、「嘆きつつ」を「百人一首」に収めた藤原定家の見識にも新たな関心を誘われる。

詠歌のあるべきようを心得ていると、胡座をかいたうたは詠み難いらしい。かなしくても、さびしくても、憤《いきどお》ろしくても、正座でしかもの言わぬ、もの言えぬ日記作者をみているとそう思う。その点兼家は作者よりずっと気楽に詠んでいる。兼家にしてみれば政界こそ男が鎬《しのぎ》を削る場所なのである。歌の学びなどほどほどでよい。作者の作品は頼もしさで見上げていながら、何かと言いかけられれば、ああそうだろうともといった調子で作者の幾変化にも気軽に応じ、時にはとぼけて、自作へのこだわりなどほとんど感じさせない詠みを交すうちには、兼家の性格や器量も自然にあらわれてくるし、兼家にそういう歌を詠み続けさせた人としての作者にも気づく。

＊

一子出産後には、もうひとり寝の嘆きを詠むようになった日記作者にも、初々しい後朝《きぬぎぬ》の歌は詠まれていた。どのようにして後朝の歌が生れ、どういう経緯を経て嘆きの訴えにいたったのか。

日記の最初にみえる贈答はこうである。

（九五四〔天暦八〕年の項）

音にのみ聞けばかなしなほととぎすこと語らはむと思ふこころあり　兼家

〔口語訳〕お噂に聞くのみではかなしさがつのるばかりです。ぜひお目にかかりたい。

語らはむ人なき里にほととぎすかひなかるべき声な古しそ　作者

〔口語訳〕仰せになるような者もおりませぬ所へ、度々のお声は無駄でございましょう。

最初から内容の濃い、余韻嫋々の贈答ではない。男はやや誇張しての呼びかけ、女はつつしみをみせ、自分をあえておとしめての応答。それぞれの思惑の挨拶を根気よく交しながら次第に的が絞られてゆく。言い寄り、巧みに避け、飽かず言い寄り、追い込み、やがては追い込まれてゆくという経緯は、平安の上流貴族社会では普通に踏襲されているかたちでもあるところから、その例としても、しばらく日記に即して手続きのあとを辿ってみる。

兼家からは度々手紙が来る。けれども作者は返さないことが多い。作者はこの求婚に最初から自尊心を傷つけられている。然るべき人々を介するでもない。いきなり騎馬の使者に求婚の手紙を持たせてよこす無作法。料紙の選びにあらわれている無神経。思の外の悪筆。どれもこれもおもしろくない。

作者には、繰り返せば、倫寧一家のほどを客観的に見るだけの目が育っていないので、自分の夢に執着し続けて不快をつのらせている。母親に窘《たしな》められて侍女に代筆の返事を書かせる。兼家は「それをしもまめやかにうちよろこびて、しげう通はす」。作者はお高くとまって冷笑の体である。それでも返事をしない幾度かがあって、そのうちはっとさせられるような兼家の一首。

いづれとも分かぬ心は添へたれどこたびはさきに見ぬ人のがり　　兼家

〔口語訳〕ご自身の筆であってもそうでなくてもお手紙はありがたい。しかし出来ることなら、今度は、私がまだお手紙をいただいていないお方にこれをさし上げたいと思います。

代筆はとうに承知で素知らぬふりして言い寄り続けていた兼家を作者は何と感じたか。見抜かれた悔しさか。変らぬ気位の高さか。それとも衝撃の強さのせいか。作者はこの度も又代筆でやり過すのである。

言い寄る者と、巧みに避けながらも次第に追い込まれてゆく者との無意識の自己演出。攻め方、防ぎ方、反撃の仕方。場数を増やしながらの探り合い、見せ合い。見たくなかったものを見せられたり、見せたくなかったものを見せてしまったり。歌は触手のように相手に伸びて何かをつかみ、自分も又相手の歌につかまれる。ただ一人では予測も出来なかった時間が訪れ、思いがけない空間に連れ出される。決して無駄ではなかった助走のあとで、やがて後朝の歌が取り交されるまでには以下のような贈答もある。

鹿の音も聞えぬ里に住みながらあやしくあはぬ目をも見るかな　兼家

〔口語訳〕鹿の鳴き声が眠りを妨げる山里に住んでいるわけでもないのに、こうして夜毎寝覚めがちなのは、まだお逢いできないせいでしょう。

返しは、

高砂のをのへわたりに住まふともしかさめぬべき目とは聞かぬを　作者

〔口語訳〕鹿で知られる高砂の山頂にお住まいでも、寝覚めがちにはお過しになっていないはず。はなやかなお噂はとうにうかがっておりますもの。

「しか」には「然」に「鹿」をかけて読む。

作者の皮肉にも少しずつ実感がこもってくる。

逢坂の関やなになり近けれど越えわびぬれば嘆きてぞ経《ふ》る　兼家

〔口語訳〕あなたの近くにいながら、かえってお逢いできずに嘆き暮すかなしさを分っていただきたいのです。

返しは、

越えわぶる逢坂よりも音に聞く勿来《なこそ》をかたき関と知らなむ　作者

〔口語訳〕越えわびていらっしゃる逢坂の関よりも、音に聞く勿来の関のほうがもっと越え難い関だとお知りいただきとうございます。

「かたき」は「難き」に「固き」をかけて読む。軽く見ないでほしい。私の所こそ勿来の関、といった調子のやりとりが繰り返されたあと、省略のすぐれて効果的な一文、「まめ文、通ひ通ひて、いかなるあしたにかありけむ」によって後朝の歌に移るところは、読む度に、うまい、と思う。記して述べず。こめて飛躍する一文。更に詠歌での飛躍。

夕暮のながれくるまを待つほどに涙おほゐの川とこそなれ　兼家

〔口語訳〕夕暮になれば又逢えると分っていながら、今朝の別れのかなしさ。逢瀬を待つうちにとめどなくあふれる涙をどうすることもできないでいます。

「ながれ」には「流れ」と「泣かれ」を、「おほゐ」には「大堰」と「多い」をかけて読む。贈歌の「おほゐの川」を詠み込んでの返しは、

思ふことおほゐの川の夕暮は心にもあらず泣かれこそすれ　作者

〔口語訳〕思いわずらうこと多くなった夕暮には、私こそ、心にもあらず泣けてくるの

でございます。

思うことの多さには、枕を交して初めて知るよろこびや恥じらいだけでなく、よろこびの翳《かげ》のような不安も、漠として湧き出してきたかなしみもまたこめられていよう。一応は贈に呼応したたしなみの返しと読むが、あれほど気位高く返し続けていた作者が、ここに到って弱者の自覚に一転している。この変化は、新婚三日目頃の歌にもあらわれている。

しののめにおきけるそらは思ほえであやしく露と消えかへりつる　兼家

〔口語訳〕明け方に起き出して帰って来る時の私ときたら自分でもわけがわからず、かなしいばかり、なぜかあの露のようにこの身も消え入りそうな気分でしたよ。

返しは、

さだめなく消えかへりつる露よりも空頼《そらだの》めするわれは何なり　作者

〔口語訳〕露にたとえていらっしゃいますけれど、その露のようなお方を頼みにさせられているわたくしのはかなさはたとえようもございません。

やがて兼家の訪れが途絶える。

父倫寧の陸奥守としての赴任。頼みとする父親との別離に作者の不安は更につのる。

思へただ昔も今もわが心

「蜻蛉日記」の作者（九三六？—九九五・藤原倫寧女《ともやすむすめ》）と結婚した藤原兼家（九二九—九九〇）が、時折の途絶えで彼女を嘆かせるまでにさほどの日数はかからなかった。

結婚以前の贈答の特色でもあった、作者の強気や気位の高さは、後朝《きぬぎぬ》の歌以後とかく影がうすくなり、そこに多少の思惑があったとしても、弱者の自覚に転じている詠みの変化は見逃せない。初めて世の中を知った作者の対応には、素直なうろたえだけでなく、無意識の媚びも新たな不安も読みとれるが、歌はなお探られている状態で、しかもそれなりに作品としての仕上りの整いを保とうとしているところはやはりこの日記の作者らしい。最早気位だけでは生きられないと知らされた作者に、時折にもせよ現実となった兼家の途絶えは、わが運命の暗さの予告とさえ思われたかもしれない。世の中の慣習を知識で承知するのと、当事者になるのとは当然別の事である。それでも作者は、年月の間に身につ いたたしなみに遮られて、皮肉をこめたさびしさの訴えで精一杯の抗議をしてはいるものの、同じ次元では彼女の本意は兼家に届かない。巧みにすり抜けてゆく、びくともしない兼家ばかりが拡大される。

時が時だけに、心から頼りにしていた父親の任国陸奥国への赴任は、作者をかなしみにくれさせてしまう。国司の家族であれば、今の世には珍しくもない別れをそれほどまでにかなしむのは、この私を頼みにしていないからだと兼家は言い、どうぞ末長くわが女《むすめ》へのご愛顧を、と願う父親に対しては「松の契り」を約束してみせた。要所要所では手抜かりのない兼家である。

作者の父親は、身相応にいたわり育てた女が、兼家のような将来性のある人に通われながら、夫と妻としてのこの先をすでに危ぶんでいるのがあわれであり、女は女で、わがままをそうとも思わず養育されたあかつきの夢と現実の乖離に、この世への新たな違和感を強めている。ありふれた父と女の別れも、互にいたわりを他者に求める限り、いずれの心もとなさにも限りはない。

あの、日記作者の、

嘆きつつひとり寝る夜の明くるまはいかに久しきものとかは知る　作者

が、結婚した翌る年の出産後まだ何程も過ぎていない頃、兼家に詠みかけたものであることは少し前に記した(147頁)。きっかけは、兼家が他の女へ遣るはずの手紙で、作者はその手紙をたまたま文箱の中に見つけている。

相変らず何くわぬ顔で通って来る兼家が、ある夕べ、作者のもとを辞したその足で他の女を訪ねているのを知ってから、作者の不信、猜疑、妬情は一気にたかまって「嘆きつつ」一首になった。

兼家の言う通り、国司赴任と家族との別れは特別のことではない。又中央政権に重きをなす者が複数の女性に通っていたのも驚くようなことではない。そうしたことを認め合っている時代の生活環境ではあっても、後に日記の中で作者が詠んだような（九六九年の項・作者の推定年齢三十四歳）「三十日三十夜《みそかみそよ》はわがもとに」の心情が、ごく限られた女性だけの心情であったとはとても想像できないのである。ひとり「蜻蛉日記」の作者のみならず、ひろく、王朝の文学を遺した女の作者に共通な嘆きの生れる余地はそこにもあったであろう。

日記作者の父親が任国に下ってから、作者が一緒に暮していた姉も、通って来ていた男に伴われてうちを出る。作者はいよいよさびしい女になる。世間体は保っているし、暮しにさし当っての不自由があるというのでもない。ただひとつ、兼家と心のうち合わぬことが作者にとっては最も深刻な悩みなのである。いっそもう、兼家との仲は終ったと納得するほうがかえって気持もやすまるだろう、そう思う自分もいるが、当てにならない兼家のたまの訪れや手紙に、なお期待で繋がっている自分もいてなかなか割り切れない。期待を熱くするだけ失望の度合も強くなる。

外の世界に敏感になっているせいか、兼家が、「年ごろの所」である時姫（道隆・道長・詮子らの生母）のもとへも通わなくなったらしいと聞くと、彼女へ手紙を認める。噂の別の女は出産予定とも聞いた。その女とひとつ車に乗った兼家が、作者の家の門の前を、車を連ねて行くのにはさすがの彼女も茫然となる。死ねるものなら死にたいとまで思い詰める作者をよそに、兼家はまた平然として現れる。

＊

思い出したようなたまの訪れ。見えすいた言い訳。そんなに頑なにならないで、こちらへ来やすくしてはくれないものか。「たしかに『来《こ》』とあらば、おづおづも」と、小心をよそおって作者の機嫌をとる兼家。侍女達にもなだめられた作者がそれでもいくらか気持のゆとりを取り戻すと、こんな歌も詠み交している。

穂に出《い》でていはじやさらにおほよその靡く尾花にまかせても見む　作者

〔口語訳〕あからさまに言葉にしておいでいただきたいと申し上げる気持はまったくございません。私のことなどなきも同然のお心のままを、ただ拝見いたすばかりでございます。

返しは、

穂に出《い》でばまづ靡きなむ花薄《はなすすき》こちてふ風の吹かむまにまに　兼家

〔口語訳〕尾花が東風《こち》に靡くように、「来てほしい」とさえ言ってくれるならば、何はさておきあなたのそばへ行きたい自分なのに。

「こち」には「東風」と「此方」をかけて読む。見すかされているのは承知で、女の気強さの前でひるみ、素直に求められたい、頼りにされたい男を演じている兼家。一首一首を取り上げれば、たわいのなさを感じさせるような歌のやりとりが少なくない。けれども一首独立した、白眉の名歌鑑賞とは異り、たわいもない繰り言のような古人の日常を、持続する贈答で知る現実感にはやはり独得のものがある。

時の経過に即しながら、打ち解けたりよそよそしかったり、繰り返しのようであって実は繰り返しというもののあり得ない微妙な変化で続いている人間の離合の日常。そうした目立たない生活の領域に期せずして立ち入らせてくれるのが「穂に出でて」「穂に出でば」のような贈答である。古今を問わず、多くの人は、日々大方の時をこの目立たない領域で生きていよう。「蜻蛉日記」の稀少価値の一つを私はそういう部分にもみているところから、もう二た組、類似の贈答を取り上げてみる。

野分のような風が吹いた。

兼家はすぐには見舞ってくれない。

九五七（天徳元）年の項。あらしの二日後、兼家が訪れる。

言の葉は散りもやするととめ置きて今日《けふ》はみからもとふにやはあらぬ　兼家

〔口語訳〕風に散る木の葉さながら、手紙が間違って届けられるということもある。そんな心配のないように言葉はとめ置いて、今日は間違いようのない本人の見舞いなのに、それでも不服とは心外。

「散る」は木の葉が散るに、手紙が間違って他へ届くをかけて、「みから」は「みずから」に、草木の幹の「幹《から》」をかけて読む。多分作者は拗ねていたのであろう。兼家の居直りも憎めない。

返しは、

散り来てもとひぞしてまし言の葉をこちはさばかり吹きしたよりに　作者

〔口語訳〕あれほど強い東風がこちらへ吹きつけたのですから、もしもお見舞が本心であったならば、お言葉はたとえ吹き散らされてでも東風が間違いなく運んで来てくれたことでしょう。

「こち」はここでも「東風」と「此方」をかけて読む。訪ねるつもりもなかったのに、とは言えないのが作者。とかく直截で対したい兼家には作者の回りくどさがうっとうしい。

また兼家が言う。

こちといへばおほぞうなりし風にいかがつけてはとはむあたら名だてに　兼家

〔口語訳〕必ずそちらへ吹きつけるとも限らぬいい加減な風に、どうして大事な私の言葉を託せよう。人手に渡ればさがない噂を立てられるだけなのに。

「おほぞう」は、通りいっぺん、大雑把、いい加減の意。

返しは、

散らさじと惜しみおきける言の葉を来《き》ながらだにぞ今朝はとはまし　作者

〔口語訳〕それほど大切な、他へは散らしたくないと思っていらっしゃったお言葉なら、どうして今朝おみえになってすぐにはいただけなかったのでございましょうか。

＊

兼家に疎まれたくはない。そうかといって、こちらから打ち解けるのはためらわれる。せめて相手にもう少し人を思い遣る気持があれば。弱者の自覚は生じたが、相手ばかりに察しを求める身勝手な欲望も衰えてはいない。やさしくされて親しみ合う日がないわけでもないけれど、兼家の気分次第の暮しは宙吊りも同然、心のやすまる時がない。母となった身には、子の親としての責任もある。満たされない気持はしきりに出口を求めるが容易には見つからず、解決なしの嘆きは深まるばかり。ある日その出口なしの状態に自分からけじめをつけたくて詠み出したのが長歌であったと思われる。「こちといへば」「散らさじと」の贈答があった後でのこと。

日記作者にしてみれば、恥をしのんで問いただそうとする兼家の本心であった。あなた様のお心は一体どこにおありなのでしょうか。お聞かせいただきとうございます。思い詰めた挙句の質問状でもあるが、つとめるよりもつとめられることを望んでいる女のあわれも隠せない。愉しかった日々を回想する作者には兼家への断ち難い未練も生きている。

この日記の道中記の部分が、散文としてすぐれていることはすでに記した。しかし作者がこの時に及んでの訴えに、散文でもなく、三十一文字《みそひともじ》でもなく、長歌という形式を選んでいるのを私は重くみる。強い自我や濃い情の吐露には、「和泉式部日記」のような三十一文字の贈答反復の例もある。

纏《もつ》れ、たかまり、燻《くすぶ》る情も、長歌という確固とした形をかりてでなければ表現できない作者、三十一文字だけの約束事がもどかしく、なお長歌という、約束事の連続する定型によってしか内奥の声を表現できなかったこの時の作者、定型の不自由を必然の自由として経験している表現者の存在感が私に迫る。

思へただ　昔も今も　わが心　のどけからでや　果てぬべき　見そめし秋は　言の葉の　薄き色にや　うつろふと　嘆きのしたに　嘆かれき　冬は雲居に　別れゆく　人を惜しむと　初時雨　曇りもあへず　降りそほ（一説・ぼ）ち　心細くは　ありしかど　君には霜の　忘るなと　言ひ置きつとか　聞きしかば　さりともと思ふ　ほどもなく　とみにはるけき　わたりにて　白雲ばかり　ありしかば　心空にて　経《へ》しほどに　霧もたなびき　絶えにけり　また古里に　雁《かりがね》の　帰る列《つら》にやと　思ひつつ　経《ふ》れどかひなし　かくしつつ　わが身《み》空《むな》しき　蟬の羽《は》の　いましも人の　薄からず　涙の川の　はやくより　かくあさましき　うら（一説・そこ）ゆゑに　流るることも絶えねども　いかなる罪か　重からむ　ゆきも離れず　かくてのみ　人のうき瀬にただよひて　つらき心は　みづの泡の　消えば消えなむと　思へども　悲しきことはみちのくの　躑躅《つつじ》の岡の　くまつづら　くるほどをだに　待たでやは　宿世《すくせ》絶ゆべき阿武隈《あぶくま》の　あひ見てだにと　思ひつつ　嘆く涙の　衣手《ころもで》に　かからぬ世にも　経《ふ》べき身を　なぞやと思へど　あふはかり　かけ離れては　しかすがに　恋しかるべき　唐衣　うちきて人の　うらもなく　なれし心を　思ひては　うき世を去れる　かひもなく　思ひ出《い》で泣き　我やせむ　と思ひかく思ひ　思ふまに　山と積もれる　しきたへの　枕の塵も　独り寝の　数にし取らば　尽きぬべし　何か絶えぬる　たびなりと思ふものから　風吹きて　一日《ひとひ》も見えし　天雲は　帰りし時の　慰めに　いま来《こ》むと

いひし　言の葉を　さもやとまつの　みどりごの　絶えずまねぶも　聞くごとに　人わろげなる（一説・人わらへなる）　涙のみ　わが身をうみと　たたへども　みるめも寄せぬ　御津《みつ》の浦は　かひもあらじと　知りながら　命あらばと　頼めこし　ことばかりこそ　しらなみの　立ちも寄り来ば　問はまほしけれ　　作者

〔口語訳〕何卒お耳をおかし下さいませ。昔も今も心のどかな時とてなく過して来たわたくしでございますが、この後もそのようにして果てるのかと思いますと、不安でなりません。

初めてお逢いした秋には、やさしいお言葉に慰められながらも、やがていつかはこのお言葉も色褪せてゆくのではないかとひそかに憂えたものでした。冬には、遠い任地に旅立つ父との別れが心細くて、かなしみの涙にくれておりました。

女《むすめ》をお見限りなくとお頼みしたという父が発《た》ちましたあと、まさかと思っていたあなた様まで疎遠になられて、心も空のありさまで日を経るうちにいっそう遠くなり、とうとう消息をうかがうことも出来なくなってしまいました。

けれども季節を忘れぬあの雁のように、もしや再び、とお待ち申し上げましたがそれもかないませんでした。わたくしは蟬の抜殻も同然、思えばあなた様の薄情は昨日今日始まったわけではなく、ずっと涙の日を重ねてまいりました。前世にどんな罪を犯した報いか、お別れすることも出来ず、辛い思いで憂き世に漂うばかり、いっそ死ねるものならと思いますものの、父の帰りを待たずに先立つ不孝も出来ません。世を捨てれば、涙の暮しとも縁が切れように、さて出家してお逢いもかなわずとなればさすがに恋しく思われるでございましょう。親しみ合った頃のあれこれを思い出せば、出家の甲斐もなく、泣き濡れるに相違ありません。あれを思い、これを思うちに積った枕の塵の数は増えるばかり、それでも独り寝の夜の数のほうがずっと多うございます。

野分のような風が荒れたあと、もう訪ねてはいただけないのかと思っていた頃にお越しがあって、お帰り際に、「近々又来るよ」と仰ったのを正直に受けて待ち続けている幼子が、絶えず口真似するのを聞く度に、みっともないことではございますが、わが身を憂き者と思う涙が湖のようにあふれます。こんな女の所へなどもうお立ち寄りのあろうはずもなく、甲斐もないこととは知りながら、それでも「命ある限り」見捨てないと頼みにおさせになったのが本当のお心かどうかはかりかねております。もしもこの次お立ち寄りがございましたなら、是非そのことをおたずねしたいのでございます。

さて兼家はどう返したか。

折りそめし時の紅葉のさだめなく

藤原兼家（九二九—九九〇）は、この私を一体どう思っているのか。頼みにせよと言われても不信をそそられる事はあとを絶たず、日々の平安は乱されてひとつ心は揺れ動く。やさしくされた時を忘れているわけでもないが、逆撫でされるような仕打ちにはどうしても悔しさを訴えたい。それなのに、いざ口にしようとすれば胸騒ぎでろくに言葉にもならないもどかしさ。思い詰めた挙句の質問状を長歌のかたちにととのえて送った「蜻蛉日記」の作者（九三六？—九九五・藤原倫寧女《ともやすむすめ》）に、兼家もやはり長歌でこう返すのである。

折りそめし　時の紅葉《もみぢ》の　さだめなく　移ろふ色は　さのみこそ　あふあきごとに
つねならめ　嘆きのしたの　この葉には　いとど言ひおく　初霜に　深き色にや　な
りにけむ　思ふ思ひの　絶えもせず　いつしかまつの　みどり子を　ゆきては見むと
するがなる　田子の浦波　立ち寄れど　富士の山べの　煙《けぶり》には　ふすぶることの　絶

えもせず 天雲とのみ たなびけば 絶えぬわが身は しらいとの まひくるほどを思はじと あまたの人の ゐにすれば 身ははしたかの すずろにて なつくる宿のなければぞ ふるすに帰る まにまには とひ来ることの ありしかば ひとりふすまの 床にして 寝覚の月の 真木の戸に 光残さず 漏りて来る 影だに見えずありしより 疎む心ぞ つきそめし 誰か夜妻と 明かしけむ いかなる罪の 重きぞと いふはこれこそ 罪ならし いまは阿武隈の あひも見で かからぬ人にかかれかし 何の石木《いはき》の 身ならねば 思ふ心も いさめぬに 浦の浜木綿《はまゆふ》 幾重ね隔て果てつる 唐衣 涙の川に そぼつとも 思ひし出でば 薫物《たきもの》の この目ばかりは 乾きなむ かひなきことは 甲斐の国 速見《へみ》の御牧《みまき》に あるる馬を いかでか人は かけとめむと 思ふものから たらちねの 親と知るらむ 片飼《かたか》ひの 駒や恋ひつつ いなかせむと 思ふばかりぞ あはれなるべき　兼家

〔口語訳〕 秋の紅葉がやがては色褪せるように、結婚した当時の愛情が年とともにさめてゆくのは世の常のことであろう。私が信じられなくて不安をつのらせ、嘆きを深めているらしいあなたのことを、くれぐれもよろしく頼むと言い残して任国に旅立たれたお父上の言葉によって、この自分の気持はより強くなったとさえ思っている。

その気持は絶えず、私を心待ちにしてくれている子どもも見たくて何度か訪ねたけれど、あなたはいつもやきもちを焼いて他人行儀のよそよそしさ。それでも絶えず訪れると、あちこちから怨まれて落ち着かず、そうかといって他に安らげる所とてないので邸へ帰ってくるより仕方がない。

いつか訪ねた時など、いくら真木の戸を叩《たた》いても頑なに開けてくれようとはしなかった。むなしい独り寝の床に、さし入るのはあなたの面影ならぬ月影ばかり、そんな目にあってから疎ましさを覚えるようになった。浮気な女との夜明しから遠ざかったのではない。

前世にどんな罪を犯した報いかとあなたは言う。そういうこと自体が罪ではないのか。今はもうお父上の帰京をも待たず、私のようにあなたを嘆かせない人にみてもらったらいいだろう。私とても木石《ぼくせき》ではないのだから、あなたに思いとどまらせようというつもりはない。別れたあと、悲しみの涙で衣を濡らすことはあっても、味わった苦しさを思い返せば、涙は乾くであろう。

言ってどうなるものでもないが、甲斐の国(山梨県)速見《へみ》の御料牧場の手に負えない荒馬のように、離れてゆくあなたをどうして繋ぎ留めることが出来るだろう。そうは思うものの、いたいけにもこの私を父親と知るあの子を片親育ちにして、父を慕って泣かせるようになるかと思うとそればかりはあわれでならない。

兼家は真面目に返している。

贈歌の言葉を多く踏んで返しているのも確かであるが、真面目はそれだけを言うのではない。この返しに関する限り、誠意をもって作者の問いに答えているのに好感を抱く。巧みに逃げを打つというものではない。むしろ本来の無骨さ、無器用さを隠そうともせず、彼女に惹かれ、今もなお愛情を失っていない自分を認める一方で、相手とは異るものの考え方、感じようをはっきり示している。

来し方行く末を思いめぐらし、居ずまいをただして切り出してきたような贈歌の語り口に誘い出されたのか、兼家自身も、作者との結婚生活をこれほど素直に振り返り、落ち着いて語り出している場面はこれ以前にはなかった。

二人の長歌を読むと、互の理想や願望の質の違い、思慮の次元や規模の違いがいたましいほどよく見えてくる。人間としての器量や感受性の違いが合せ鏡のようになって互を見せ合うのに気づく。言葉数の多い、しかも一定の調子を繰り返す歌の長さは決して無駄ではなかった。三十一文字ただ一首の交換だけでは、ここまでは開かれなかったであろう世界を覗き見てそう思う。この時点で長歌の詠まれた必然性を納得し、あわせてこの男女の心の「うち合い」難さをも納得する。

兼家には、作者の強気だけでなく弱気も見透されている。兼家の庇護の大きさには気づいていても、繊細さや優雅に欠ける彼の言動への反撥が自分の存在証明でもあるような作者に、もしも親和できる兼家と親和できない兼家とが対等にながめられるだけの度量と融通性があれば、二人の結婚生活は別の展開をみせていたかもしれない。しかしそうなれば、自愛の徹底、違和感の誠実な守りを長所とする「蜻蛉日記」は恐らく書かれなかったであろう。

兼家の返しで、兼家という人物を改めて意識したところが二箇所ある。一つは「いまは阿武隈のあひも見でかからぬ人にかかれかし」。もう一つは「かひなきことは甲斐の国速見の御牧にあるる馬をいかでか人はかけとめむ」の部分である。

「蜻蛉日記」よりも時代は少し下るけれど、物詣でや参籠と称して京の邸を離れた女に、しきりに帰りを促したり、帰る日をたずねたりしている男が平安の女房日記や物語の中には度々登場する。男達の言葉には、女達の健康に対する気遣いや、残された者のさびしさの訴えばかりでなく、儀礼としての愛情表現もあれば、女の体面を思い遣っての促しもある。

また、わざと予定を曖昧にする女の中には、相手の自分への関心度をはかろうとしている者もいる。演出効果をはかりながらの演技を見せられる場合も少なくはないので読みも易しくはないが、どうにもならない別離が、巧まずして愛情生活をよみがえらせているという例もある。

果してどれほど思い詰めての行動であったか、日記の中には、二人が結婚した翌る年、つまり九五五（天暦九）年の正月に、作者が、二、三日訪ねて来ない兼家に当てつけるように、行く末の心もとなさを書き置いて、行先も告げずに出掛けてしまうところがある。

この時兼家は、衝動的な行いはしないほうがいいと暗に窘《たしな》める気持もこめて、どこまでも尋ねて行って連れ戻すからという意思表示をしている。兼家がこの時期すでに虚礼だけで作者に対応しているとは思われないが、少なくとも嘆きの原因になっているという自分との関係は絶って、そんな心配のない男にみてもらうがいいと言い切るまでの兼家にはなっていない。

「かからぬ人にかかれかし」という言葉の重みと鋭さを彼女はどう読みとったか。結婚してからこの長歌の贈答まで、推定しても四年そこそこである。兼家には中央官界に生きてゆく権門の男としての見栄も充分あったが、作者の歌才だけでなく、強気の影のような脆さも、いとおしい女らしさもあるのを見届けていればこそ辛抱強くつき合っていたのであろう。

作者にはしばしば鈍感と映っている見て見ぬふり、聞いて聞かぬふりは、時には狡さでもあったろう。しかし彼女が繰り返す屈折した愛情表現のうっとうしさには、さすがに耐え難くなったのかもしれない。自愛の構えだけは変えず、感受性の違和を嘆きとして、兼家の思い遣りのなさを責め続ける女から逃げ出したくなったのであろう。彼女はとうてい兼家を憩わせるような女ではなかった。

兼家も随分勝手な居直りの出来る男である。ただ、「かからぬ人にかかれかし」とまで突き放しながら、それでも一子道綱への気がかりと責任を言葉にして、作者との関係断絶の回避だけは心しているのが分る。彼女の軟化をひそかに想定して兼家があえて強気に出た「かからぬ人にかかれかし」であったとすれば、一子への繫りを対象化して、そういうかたちで自分の平衡感覚を回復したという見方もできよう。

いま一つは、自分の手に負えない作者を、牧場の荒馬にたとえた兼家についてである。国の外ならいざ知らず、貴族の女を馬にたとえること自体、たとえられた女にしてみれば屈辱であろうに、それも牧場の荒馬とあっては、比喩としては上々でも笑い流せるようなたとえでもあるまい。しかし拗ねる女に手を焼く男の滑稽も滲んでいて、もうひとつ憎めないところもある。

この長歌の贈答は、二人の生活に目に見える変化をもたらすものとはならなかった。兼家は着々と昇進し、相変らずあちこちの女に通い、作者の許への訪れも絶えてはいない。彼女の憂愁ははれようもないが、あの長歌を交して後の二人が、それ以前の二人ではなくなっている容子はそれとなく日記から伝わってくる。

＊

近づいては遠ざかり、遠ざかっては又近づく日を二人は生きてゆく。作者は、物怪の加持祈禱のため兼家と山寺に籠り（九六二）、兼家のために歌の代作を引き受けたりしている（九六四）。作者の母親の死に訪れて涙する兼家に心を動かされ、「いとあはれに心ざしあるやうに見えけり」とも記している。

相変らずの月日が過ぎて、ある時作者の邸で兼家が発病する。互の立場上、兼家は本邸に帰り、作者は案じられるままに日に二、三度文を遣る。代筆の返しに病勢のつのりを察しているうちに、兼家が自筆で作者を招いてきた。むろん夜に紛れて、の、こまやかな指示がある。今は人目もどうでもよくなって車を求めると、示しの場所に向った。和泉式部ではない。「蜻蛉日記」の作者が、夜の兼家邸にしのぶのである。

限りかと思ひつつ来しほどよりもなかなかなるは侘しかりけり　　兼家

〔口語訳〕今日限り、もう逢えないかもしれないと思って別れの辛かったあの時よりも、ほんのひとときの逢瀬がかなった今日のほうがずっと侘しいと思い知らされましたよ。

返しは、

われもさぞのどけきとこのうらならでかへる波路はあやしかりけり　　作者

〔口語訳〕わたくしとても同じでございます。何かにせかれるようにしてお別れしましたせいか、帰りの道は、自分があやしまれるほどのお慕わしさでございました。

九六六（康保三）年の項。兼家の本邸の端近くに、人目をしのんだ逢瀬のあとの贈答である。兼家が望んでいるのは、こういう作者であったかもしれない。この時の作者に見栄や虚勢があればこういう行動はとれなかったろうし、ましてやそれを詠み残すなど考えの外だったかもしれない。しかし彼女は残した。文学的良心か。

＊

親密が復活し、いつもながらのいさかいも又始まってそれから二年後、大嘗会《だいじようえ》（天皇が即位後はじめて行う新嘗祭）の御禊《ごけい》（大嘗会の前の月に天皇が賀茂の河原で行うみそぎの儀式）が終ったら一緒に出掛けようという兼家を無視して、作者はひとりでこっそり初瀬詣でに発《た》っている。

この初瀬への道中記は紀行文としても出色の部分で、読み返すたびにいいと思う。兼家は使を出して、せめて迎えにでも行こうと思うから帰る予定を知らせるようにと下手《したて》に出るが、彼女は予定を言うわけにはいかないと返す。

初瀬での参籠を終えた作者は、宇治の別邸まで出向いて彼女を待ち受ける兼家の一行に迎えられる。

人心うぢの網代《あじろ》にたまさかに寄るひをだにも尋ねけるかな　作者

〔口語訳〕心憂さから旅に出たわたくしに帰る日をおたずねになり、こうしてお迎えに来ては下さいましたが、網代に寄る氷魚《ひお》の見物とたまたま重なったというだけではございませんか。

何というかわいい気のなさ。ただし皮肉にもかなりのゆとりを感じさせるようになっている。自信と甘えの変化。「心う」の「う」は「憂」、これに「宇治」の「宇」を、「ひを」には「氷魚」と「日を」を掛けて読む。

返しは、

帰るひを心のうちに数へつつ誰《たれ》によりてか網代をもとふ　兼家

〔口語訳〕たずねてもいっこうに予定を聞かせないから、見当をつけ、心の中で何度も日数を計算して宇治まで迎えに来たのにとんだご挨拶だね。誰のためにわざわざ宇治の網代をたずねたりしますか。

これまで引いてきたのは、すべて日記上巻からの抜粋である。打ち解けたりよそよそしかったり、繰り返しのようであって実は繰り返しというもののあり得ない微妙な変化で続いている人間の離合の日常を、「蜻蛉日記」の贈答は具体性をもって示している。日記に一貫しているのは憂愁の気配で、大きくは嘆きに収斂される作者の違和感は衰えようもないが、贈答に即してゆくと、その変化を通じて、作者の人間的な成長と文学的な成熟を辿ることはできる。ともに、読む、書くという、全身の行為を持続させながらの成長であった。

「和泉式部集」「和泉式部日記」の贈答

うつろはでしばし信田の森を見よ

相手によって説き方を変える仏教者や賢人の例はよく引かれる。わずかのうたではなく、一人の詠み手のかなりの量のうたを知ったあとで気づくことの一つに、たとえば贈答の相手の違いによって出す声の違い、というものがある。むろん同じ相手でも、時と所による違いもあるけれど、それをも含めて、異る声の色、声の出し方を寄せてみると、一人の作者の感受性の幅や起伏の多様が次第に明確になってくる。

あえて構えながら注意深く出す声もあれば、日常の心のならいそのままの声もある。情況に応じてわれにもあらず、理性に立ちかえるいとまもなく逆っているような声もあるし、自分がいったい何ものなのか探り切れずに、心もとなさで立ちつくしているような声もある。事実以上にどのように装おうとしても、反対に偽悪をたくらんでも、必ずどこかで見破られてしまうのが言葉遣いなのだと分っていても、無意識のうちによくないことをしている自分は、私の中にもいる。

仏教者や賢人ほどの目的意識をもたないで詠まれたらしいうたを、相手によって分類したくなった第一人者は、私の場合和泉式部（九七六〜九七九―？）で、それは、とにもかくにも式部の歌が多く残っているせいかと思われる。しかも秀歌が多いだけでなく、水準以下と思われる歌は非常に少ない。もう一つの理由には、「浮名」に祟《たた》られて、式部の感受性の幅や起伏が意外に偏って見られがちなことへのひそかな反発があるかもしれない。

式部が上東門院彰子（九八八―一〇七四）に初めて出仕した日の主従の贈答は、すでに引いた（33頁）。女房としての「ほど」の弁えを示し、自分に温情を注ぐ女主人の心をそれとして受けながら、敬慕の情は、わたくしのほうがずっと早くから抱いておりましたと返す式部には、女房らしさを身につけた者としての節度と余裕がみられた。即ち、自分をごく自然に女主人よりも低きにおいて相手を見上げるかたちをとりながら、親愛と敬愛の格別のありようは言葉で証す、知と情の均衡に破れのない賢い女房を映した返しの歌であった。

和泉式部の経歴に関しては、私は主として、現在、岩波文庫の清水文雄校注「和泉式部日記」巻末に付されている清水氏のご研究に従っているが、式部の上東門院出仕は一〇〇九（寛弘六）年のことで、すでに紫式部、伊勢大輔《いせのおおすけ》らが先輩格として出仕していたが、彰子に仕えるよりも前に、その母、藤原道長（九六六―一〇二七）の妻倫子の女房として、道長家と長く深く交っていた赤染衛門（九五七〜九六四―？）は、先輩同僚としても別格だったらしい。漢学者で歌人の大江匡衡《まさひら》の妻であり、挙周《たかちか》、江侍従《ごうのじじゅう》の母でもある赤染衛門と式部の関係は、年に隔りのある同僚というだけでなく、挙周は、式部の妹を妻としていたし、他の女房達とは異る気持の通いのあったことは充分想像される。式部の父は学問の家大江家の人でもあった。

和泉式部の母も女《むすめ》も女房である。私が式部に典型的な女房という印象をもつのも、三代の女房という筋と無関係ではない。式部の父は越前守大江雅致《まさむね》。太皇太后宮昌子内親王（朱雀院皇女・冷泉院皇后）の大進《だいじん》を務め、式部の母も同じ宮の女房であった。

式部の夫は和泉守橘道貞、彼も一時期昌子の宮の権大進を務めている。「大進」というのは中宮職《しき》・皇太后宮職《しき》・大膳職《しき》・東宮坊などの大判官《だいじょう》のこと。「権」は、令制で定められた正官に対する仮任の官をいう。道貞との間には、後に上東門院に出仕する女の小式部内侍《ないし》が生れている。

*

赤染衛門と和泉式部との贈答に、よく知られている以下のような詠がある。

道貞去りて後、帥《そち》の宮に参りぬと聞きて　　赤染衛門

うつろはでしばし信田《しのだ》の森を見よかへりもぞする葛の裏風

返し

秋風はすごく吹くとも葛の葉のうらみ顔にはみえじとぞ思ふ　（和泉式部集）

道貞が去って行った後、和泉式部が大宰帥敦道親王《だざいのそちあつみち》（九八一―一〇〇七・冷泉天皇第四皇子）とただならぬ仲になっていると聞いて贈ったのは、

〔口語訳〕別の人を求めずにはいられないあなたの気持も分らないわけではないけれど、帥の宮のもとへは上がらないで、今しばらくの間は、道貞を見守っておいでなさいよ。風に裏返る葛の葉のように、あの人が帰って来ないとも言えないでしょう。

「信田の森」は和泉国（大阪府南部）の歌枕なので、和泉守道貞にひびく。「かへり」には「返り」に「帰り」をかけて読む。

返しは、

〔口語訳〕吹きすさぶ秋風さながら、あの人がわたくしを疎ましく思う気持がどんなに強くても、こちらからあの人を恨んでいるような様子だけは見せないつもりでおりますの。

「秋」には「飽き」をかけて読む。

ところで式部は帥の宮以前に弾正宮為尊《だんじょうのみやためたか》親王（九七七—一〇〇二）との恋で非難を浴びている。為尊親王は冷泉院（第六三代天皇）の第三皇子、従って帥の宮の兄宮にあたる。一〇〇二（長保四）年の宮の早逝のためにこの関係は一方的に絶たれた。道貞の和泉守在任は、九九九（長保元）年から四年間なので、醜聞は、和泉守在任中のことになる。式部よりは年少の、敦道親王との恋が始まるのは、「和泉式部日記」にもみられる通り、為尊親王の一周忌も来ないうちである。

こういう恋愛関係の推移を、色好みの男女の軽々しさとみるだけでは、事実に即さないかもしれない。確かにこの兄弟の宮の、「かろがろしさ」や「色めかしさ」については「大鏡」や「栄花物語」にもみえるし、式部の浮名についても同様であるが、広くはない宮廷社会での互いの人間的魅力はあったであろう。それとは別に式部の場合、冷泉天皇家、昌子内親王家との近しさも抜いては考えられない立場にあり、冷泉院二皇子に、他の宮廷貴族並の対し方は出来ない一面もあったと思う。むろん強い自我は失わない式部のことなので、いかなる恋の場合も、言い逃れのない潔さは救いである。ただその契機については、かつての伊勢にも通じる不利な立場ということも一考しておきたい。

道貞が去ったのは式部だけが原因なのかどうか。「うつろはでしばし信田の森を見よかへりもぞする」の「かへりもぞする」は、どこからかえるのか。式部の行動が原因の心離れの状態からかえるのか。それとも、道貞が移っていったところ、他の女のところから式部のもとへもどるのか。この迷いに対して、単純に式部にだけ原因があると思うのは早計だということを、私は清水好子氏の「王朝女流歌人抄」（新潮社）から教わった。

たとえ道貞の背信が原因での式部の新しい恋であるとしても、道貞の妻でありながら為尊親王との関係をもった式部には自責があるし、道貞に去られた時点でもなお、道貞への執着は消えていないのを示しているのがこのうたであろう。去られた者の恨み。背信への恨み。相手を思う気持が生きていないところに恨みは生じない。

どんなにいやがられ、憎まれ、恨まれても、私はあの人を恨みません、とは言っていない。恨んでいる様子だけは見せまいと思いますの。年上の、良識のひとである赤染衛門の真面目な窘《たしな》めに、つい心の表裏を見せたという印象の返し。式部にもあった道貞への期待が恥ずかしそうにうたわれている。返しの、うたとしての仕上りには乱れも揺れもない。しかし、作者の心は平衡を失っている。揺れる心を、詩人の理性は見逃さない。

上東門院への出仕の日、

木綿《ゆふ》かけて思はざりせば葵草《あふひぐさ》しめの外にぞ人を聞かまし

と詠みかけて、今に始まったことではない式部への愛顧を示す女主人に、

しめのうちに馴れざりしよりゆふだすき心は君にかけてしものを　（和泉式部集）

恐れ入ります。でもお慕いするのは私のほうがずっと早うございました、と返した時の、情理の均衡も見事なあの自信や余裕と較べてみると、詠み交す相手によって自分の見

せ方が違う式部が知られ、そこに生じるのは失望や落胆ではなく新たな人間的魅力である。

＊

相手によっては高飛車な歌も残している式部が、赤染衛門にはかなり無防備なしおらしさで対している。ということは、式部にそのような歌を詠ませる人としての赤染を知らされることでもあるが、二人の贈答のもう一つの例をあげてみる。

赤染がもとより

ゆく人もとまるもいかに思ふらん別れて後のまたの別れを

去りたる男の、遠き国へ行くを、「いかが聞く」といふ人に

別れても同じ都にありしかばいとこのたびの心地やはせし　（和泉式部集）

詞書だけ見ると赤染への返しとは特定できない。しかし「赤染衛門集」には、「道貞陸奥国《みちのくに》になりぬと聞きて、和泉式部にやりし」の詞書に「ゆく人も」が続き、「返し、式部」とあって「別れても」が収められている。

講談社文芸文庫

「講談社文芸文庫」への出版希望書目
その他ご意見をお寄せください。

〒112-8001
東京都文京区音羽2-12-21
「講談社文芸文庫」出版部

り人生の光芒！

談社文芸文庫

《毎月10日発売》

kōdansha
bungei bunko

「講談社文芸文庫」のシンボル・マークは「鯨」です。水面下の大きさ、知性と優しさを象徴しています。

〔口語訳〕遠い国に旅立って行く人。都にとどまる人。お互い、別れて後の再びの別れ。心のうちいかばかりかと。

「別れて後のまたの別れ」は、理由はともあれ式部のもとを去った和泉守道貞の、陸奥守としての赴任（一〇〇四）をさしている。

「和泉式部日記」には記されていないが、帥の宮が式部とひとつ車に乗って賀茂祭の見物にあらわれ、人々の目を集めたと記すのは「大鏡」で、これは道貞が陸奥へ下ってほどない頃である。

為尊親王の死の翌る年（一〇〇三）から始まった敦道親王との関係は、親王の死の年（一〇〇七・寛弘四）まで続いたとみられる。さきには兄宮とのこと、今度は更にその弟宮とのことが、道貞に対する自責を大きく占めていたのは当然であろう。兄弟の宮が奇しくもともに若死であったのを記憶する。

「源氏物語」の空蟬の例もある。宮廷貴族社会において、女の拒否が不可能であったとは思われない。ただ身分や血筋が絡んで、中流貴族の女には不利な条件は少なくなかった。式部を「浮かれ女」といった男性達の中には、独占できない恨みをこうした言葉ではらしていた向きもあったであろう。しかし、式部自身の、ひとを思いやることの出来る女性としての魅力は先行していたろうと思うし、歌を読み返してみて、どの恋にも真剣で、本心の偽れない女であった式部を知るのは気持がいい。清少納言とは違った才智が挑発を促して、一廉《ひとかど》の男性貴族に意地悪をされたかというところもある。

さて、別れて後の再びの別れの辛さを、それとなく見舞った赤染衛門への式部の返しに戻ると、これが又素直でしおらしい。

〔口語訳〕道貞がわたくしから離れて行きましてもまだ都にいることが多かったので、この度ほどの辛さではありませんでした。

「いとこのたびの」の「たび」は、「度」に「旅」を掛けて読む。この返しには帥の宮とのことはありながら、なおよき人としての道貞が自分の内に生きのびているのを認めて、それを率直に表現している式部がいる。この心境に立ち入らせたくない人も大勢いるだろう。しかし赤染に対して式部はそうではなかった。私は、赤染がいてこその「栄花物語」に恩恵を蒙り、赤染の家集も読みながら、もうひとつ何かを突き破った表現を求めてもどかしく思う勝手な読者であるが、良識を大きくは踏み外さないのが赤染らしさであろうし、そういう赤染を式部もまた軽んじてはいない。

さきに、相手によっては高飛車な歌も残している式部といったが、一つだけ引いておく。贈答のかたちがはっきりしているものではない。

語らふ人多かりなど言はれける女の、子生みたりける、「誰か親」と言ひたりければ、程経て、「いかが定めたる」と人の言ひければ

この世にはいかが定めんおのづから昔を問はん人に問へかし（和泉式部集）

男関係の多さを噂されている女が出産した。お節介な人は昔からいたらしく、父親は誰かということが話題になっている。その上、結局誰に決めたのかが問われるありさま。詞書をそのまま受け取れば、女は作者ではない。しかしあえて聞いた形にして詠んだものと読みたい。

〔口語訳〕そのようなこと、現世で誰が決めるのですか。誰一人避けられない来世で、地獄に落ちた死者の生前の行為や罪の軽重を裁くという、閻魔大王にでも聞けばよい。

この歌の威勢と小気味よさは、「百人一首」の中の式部の女小式部内侍の作といわれている、

大江山いくのの道の遠ければまだふみもみず天の橋立

のそれと通じるものがある。

「この世には」一首が、仮りに他人事にはじまっていたとしても、「この世には」の心の動きの法則は式部以外のものではない。幾通りもの心の運動の法則を読み分けさせる式部の歌を読み返していると、生身以上の現実感で式部の実在の感じられる瞬間がある。時により、所により異る声色の違い、声の出し方の違いを通して、式部の感受性の豊かさに少

しずつ近づいてゆく。

式部が、別れて後のまたの別れに詠んでいる次の一首も贈答ではないが、「いとこのたびの心地やはせし」を補う一首と読むことが出来る。

陸奥《みちのくに》の守《かみ》にて立つを聞きて

もろともに立たましものを陸奥の衣の関をよそに聞くかな　（和泉式部集）

道貞が陸奥に赴任すると聞いて、本当は一緒に旅立ちたかったと真情を吐露せずにはいられなかった式部。「立たまし」には「裁たまし」が掛けられて「衣」の縁語となる。「衣」の近さとは逆に、歌枕の「衣の関」は遠い場所。絶ち切れない道貞への情を身の内に沈めたまま、かつての夫の動向を遠いよそごととして聞いている女のあわれ。

続いて挽歌の白眉ともいうべき「帥の宮挽歌」に先立つ帥の宮と式部との間で繰り返された贈答を、「和泉式部日記」から読んでみる。

はじめてものを思ふ朝は

特定の男女の、ほぼ一年にわたる恋のうつりゆきの記録と読まれる「和泉式部日記」で、最初の和歌は、女の、

薫《かを》る香によそふるよりはほととぎす聞かばや同じ声やしたると

である。

この歌を呼び出す男の歌はないが、男が小舎人童《こどねりわらわ》（召使の少年）に持たせた橘の一枝に対する女の反応がこの一首なので、実際には返しと読むことが出来る。

日記は「女」と「宮」の関係で一貫している。ただし、一人称体と三人称体の混った記述なので、叙述の姿勢は一貫していない。家集により女は和泉式部（九七六〜九七九―?）、「宮」は大宰帥敦道《だざいのそちあつみち》親王（九八一―一〇〇七・冷泉天皇第四皇子）とされる。

女は前の年、この橘の枝の贈り主の兄宮、弾正宮為尊《だんじょうのみやためたか》親王（九七七―一〇〇二）と死別している。兄宮と女は恋人の間柄であった。有夫の女の親王との恋に世の非難は容赦なか

った。宮の早逝で女は孤立感を深くする。夢よりもはかない人の世を籠り居に嘆きくらし、間もなく故人の一周忌という時期の、弟宮からのご機嫌うかがいであった。

歌を詠み添えての沙汰ではない。然るべき人に託された伝言でもない。故宮に仕えていたゆかりの少年を使いとして託す橘の一枝。弟宮のこの行為には、読み返す度の新たな喚起力がある。むろん遊びに慣れた人の印象もあるけれど、他者の心の読みは柔軟でなおかつ風流の心得も満更ではない。

橘の季節はほととぎすの季節。ある程度の和歌のたしなみがあれば、橘の枝を差し出されて反射的に思うのは「古今和歌集」の、

五月《さつき》待つ花橘の香をかげば昔の人の袖の香《か》ぞする　（巻第三夏歌）

という詠み人しらずの一首のはず。贈り主もそれは当然考えのうちであったろう。女の、断たれた恋のゆかりの少年に、ゆかりの人をなつかしませる木の枝を持たせる心の用いよう。

これを、兄の恋人という間柄を慮《おもんぱか》った上での一歩退いた見舞と、並の儀礼には踏みとどまれない情感の訴えとみれば、それはそれなりの効果をもつ。しかし歌も添えず相手の様子をそれとなく探っている礼に欠けた狡《ずる》い行為とみれば、受領《ずりよう》層の女に対する無意識の侮《あなど》りをそこに読むことも出来る。

いずれにしても、弟宮が、兄宮のかつての恋人である年上の女に、穏やかな心情では過

せなくなっているのは確かで、それも連想への間接の刺激で訴えているところはなかなかのものである。事実であったかどうかは分らない。どちらであってもよいが、作品の発端としては展開に期待をそそる行為ではある。

女の反応は並の儀礼を超えている。

薫る香によそふるよりはほととぎす聞かばや同じ声やしたると　　女

〔口語訳〕お声をかけていただきましてありがとうございます。でも、同じことなら花の香にことよせてではなく、あなたさまの直々《じきじき》のお声を聞きたく存じます。おしのびしているあのお方と同じお声でいらっしゃるのかどうか。

兄弟の宮を、季節の花の香に寄るほととぎすに見立てて、間接よりも直接の声を求める女の歌からは、年上の女のゆとりも自信も伝わってくる。同時に不用意も。現代の女性ではない。摂関時代に生きている身分の高い家の女性ならまず見せることのない反応である。従ってここにも又、受領層の女の、天皇家の一員に対する節度のなさを言うことは出来ようが、そこは踏み外しの非礼よりもむしろ故宮をなつかしむ情のあらわれで読みたい。

弟宮の無言の挨拶には、亡兄の恋人に対する遠慮と、恋し始めている若者の無遠慮とが危うい均衡を保っている。女の側からの初めての挨拶にも、刺激さえ与えられれば噴き上

げそうな情は充分に予感される。女の反応が新たな呼びかけになっての宮の返しは、

同じ枝《え》に鳴きつつをりしほととぎす声はかはらぬものと知らずや　宮

〔口語訳〕同じ母から生れた兄弟です。声も気持も違うはずはないでしょう。

ここで宮はようやく自信を持ちはじめる。言外に、信じ難ければ試してごらんになりますか、の気持も漂わせている。再び小舎人童に託された宮の歌に、女は、今度は反応を見せていない。あえてそうした気配である。「もて来たれば、をかしと見れど、つねはとて（いつもいつもではと思って）御返り聞えさせず」。

男の、甘えもひそむ一見消極的な打診。

それに対して、男にも意外と思われるほどの女の積極的な反応。

半ば勇気を得た男の積極への構え。

消極的な反応に転じる女。ひるみと身構え。

ここにすでに出揃っているこうしたかけひきの型は、以後、時には男と女の立場を逆転させて、二人の恋を躊躇させたり飛躍させたりしている。一人の死者をなかだちにして、発端から双方に、相手に対する単純ならざる感情はそなわっていた。二人の恋は、二人の恋であってしばしば二人だけの恋ではなかった。それはこの恋の行方に対する読者の予感を多様に刺激することにもなる。

＊

うち出《い》でてもありにしものをなかなかに苦しきまでも嘆く今日《けふ》かな　　宮

〔口語訳〕この胸ひとつにおさめて黙っていればよかった。なまじ胸のうちを口にしたばかりに、かえって苦しいまでの今日の嘆きです。

お返しは、

今日の間《ま》の心にかへて思ひやれながめつつのみ過ぐす心を　　女

〔口語訳〕苦しいまでの嘆きとは仰っても、たかだかそれは今日一日のことでございましょう。来る日も来る日ももの思いに過しているわたくしとお較べいただきとうございます。

宮の「今日」を返しの中に確かめるように繰り返して、較べようもない嘆きにこもる自分をはっきりと相手に印象づけている。「ならはぬつれづれのわりなくおぼゆるに」、つまり不本意な、自分としては珍しい独り暮しを続けていたせいもあって、詠み交すのにもなげやりではない自分を認める女の記述があり、宮からも更に心こまやかな手紙と歌が届けられる。

語らはば慰むこともありやせん言ふかひなくは思はざらなん　宮

〔口語訳〕お目にかかってお話が出来れば、来る日も来る日もと言われるもの思いの、あるいは慰むこともあろうかと思うのです。私を話相手にもならない者のように、軽く見下さないでいただきたい。

更に、宮の「あはれなる御物語り聞えさせに、暮にはいかが」という言葉が続く。故宮をしのぶことども何かとお話してあなたをお慰めしたいので、今夜お訪ねしようと思います。ご都合はいかが。

女の返しは遠回しの拒否である。

慰むと聞けば語らまほしけれど身の憂きことぞ言ふかひもなき　女

〔口語訳〕慰むこともあろうかとうかがえば、お言葉に誘われてお話などと思いはいたしますものの、嘆きに沈んでいるこの身は浮き上りようもなく、自分で自分を扱いかねているわたくしこそ、言うかいもない身の上でございます。

ここでも女は宮の「言ふかひなくは」を取り入れ、繰り返している。更にこの返しには、「『生ひたる蘆にて、かひなくや』と聞えつ」の一文が添えられている。「生ひたる蘆」の引歌《ひきうた》は「古今六帖」の赤人の、

　何事も言はれざりけり身の憂きは生ひたる蘆のねのみなかれて

「ねのみなかれて」は「音のみ泣かれて」と「根のみ流れて」を掛けて読む。ただただ声をあげて泣くばかり。何を話すことも出来ないというのが歌意。女は、相手の引歌の理解を前提に、お越しいただくかいもないことだと遠回しの拒否で反応を見せる。

　勢づいてきた宮の言葉は、若さの自然と読むことが出来る。宮に、立場の自覚と、世を慮《おもんぱか》った警戒心が全く無かったわけでもない。又、恋人との死別後、非難の中で孤立感を強め、恋の経験の多い女としては珍しく独り居に籠っている時、失ってしのび続けるよき人の弟との語らいが女に心底疎ましかったかどうかも疑問である。身の程を弁えぬ女ではない。弟宮と近くなれば、有夫であった女の軽佻を詰《なじ》る声はより高まるだろうという予想も立っていたと思う。もともと取るに足りない女という自覚から、この際は拒否に退くのをよしとする女の賢明は、自分のこの反応が相手には逆効果になりかねないのも察しのうちではあったろう。案の定、人目を欺くあやしい牛車《ぎっしゃ》での宮のおしのびとなる。

　親王のお越しとなればさすがに居留守というわけにはゆかない。然るべきお扱いで、まず西の妻戸（寝殿造りで建物の四隅にある両開きの板戸）のある廂《ひさし》の間に、藁座《わらざ》（円座に同じ。藺《い》、菅《すげ》、真菰《まこも》、麻、藁などで渦巻状に編んだ敷物）を出してお通しする。

　宮は、このような端近《はしぢか》な場所には馴染まぬ身なので、あなたがおいでの奥の間に通して下さい、他の男性のように振舞うつもりはありませんから、などとせめ、女はとかくのご返事で隔たりを守っているうちに次の贈答になる。

はかもなき夢をだに見で明かしては何をかのちのよがたりにせん　宮

〔口語訳〕冷いあなたのお仕打ちのまま、はかない夢さえも見ずに夜を明かすとなれば、いったい何を後の世語りにするというのでしょう。

強気になってはいるが、二人の新たな関係について、世人の語り草を意識している宮。女は防ぎの姿勢を崩さない。宮の強気、故人との縁による甘えも憎からず思いながらの自己抑制であったろう。

夜とともにぬるとは袖を思ふ身ものどかに夢を見る宵ぞなき　女

〔口語訳〕お言葉ではございますが、はかない世を知らされて、夜毎の涙に袖を濡らしているわたくしには、のどかに夢を見る宵とてもないのでございます。まして今宵などとても。

「ぬる」には「濡る」と「寝《ぬ》る」を掛けて読む。

女は、相手にすぐに靡くような女ではなかった、というふうに記されている。沈んでいる時が時だけに、あなたさまの直接のお声を、と、残る言葉にしたのは女のほうが早かったが、避け難くなってきている相手との時を前にして、揺れながら分別とあらそっている女の姿がうかがえる。
女には、宮のなまめかしさも、とかくの色めいた噂も、亡きお方のはらからなればと領かれてもいただろう。恋にたけた女には、この年下の宮との行く末がもうそれとなく見通されていたと思う。そうであればこそ、今はどうしても踏みとどまるべく、あえて関を立てる必要があった。女の逡巡やひるみに、わざとらしさや偽りを感じないのは、その都度の詠みに、自己への誠実さが緊張感をもって表現されているせいかと思う。いつの時にも、和泉式部の「詩人」としての人間観察は公平であり、自己愛は自己告発と共存した。
しかし、関は崩される。

＊

恐れながらどこかで期待もしていたような夢のあとで、女に届けられた後朝《きぬぎぬ》の歌。

恋と言へば世の常のとや思ふらん今朝の心はたぐひだになし　　宮

〔口語訳〕恋と言えば、変りばえのしないありふれたこととしか思われないかもしれません。けれどもはじめてあなたとの夜を知った今朝の私は、この世に二つとない仕合せな心の持ち主です。

女のお返しは、

世の常のことともさらに思ほえずはじめてものを思ふ朝《あした》は　　女

〔口語訳〕世の常の恋であるならば、とうてい今のような気持ではいられないと思います。後朝の別れの記憶は、わたくしに少なくはございません。よくご存じでもございましょう。わたくしはそのような女でございました。けれども、今朝のようなもの思いははじめてなのでございます。信じていただけるでしょうか、わたくしは、はじめて恋をいたしました。

読者としての私は、女の「はじめてものを思ふ朝」を、女の厚顔《あつかま》しさではなく、初々しいしかも鋭い告白として納得する。「はじめて」を厚顔しさでは読まない。なまじ生身の女の分別から、時間をかけた紆余曲折ののちに、女がわれにもなくあげている身心の声を、女の真《ま》新しい経験の言語化として聞く。どのような環境におかれても、自分の身心を対象化してながめられる目がなければ、新しい経験を新しい経験としておどろくことのできる汚れのない感受性がなければ、はかり難い人間の一瞬一瞬を言語化することなど到底不可能である。

私はこの女の歌が好きである。作中歌ならではの張りがよい。

いずれはと予感させられながら、なかなか到り着けなかった場所に、ようやく立たせてもらったという一段落の爽快と、一首に漂っている恥じらいの色気を得難く思う。女に、見下げられても仕方のない条件はいくつかあるのにこの歌の下品でないのもよい。

　恋のかけひきとは、まずこのようにもあるものという、その段取りも辿れる「和泉式部日記」の贈答であるが、限られた人間の時と場に応じての心用いのさまざまや、相手次第の互の内面の変化は、独詠の多い勅撰集や詞華集には当然のことながら辿り難い。日記の女は、新しい恋を得た。それは汚れのない感銘として読む者に真直ぐ届いてくる。しかし人間の感情は持続しない。身分の高い家の女並に、宮の続けての通いを待つには、日記の女はよい条件ではなかった。

　女はこう詠むようになる。

待たましもかばかりこそはあらましか思ひもかけぬ今日の夕ぐれ　　女

〔口語訳〕思いもかけない今日の夕ぐれのわびしさでございます。お歌もお手紙もいただけず、むろん今夜のお越しはないものと存じてはおりますが、たとえお越しをお待ち申し上げるとしても、今のような耐え難い待ち遠しさになろうとはついぞ予想もいたしませんでした。

「思ひもかけぬ」と女は詠む。しかし宮にも北の方がある。まして女自身の立場を省みれば、続けての通いを求めるほうが無理である。女は自分に正直だった。故宮にも誠実なつもりであったが、弟宮の愛を受け入れたのも不真面目な自分ではなかった。だからこそ憚りなくはじめての恋と言うこともできた。
宮からやがて言い訳めいた一首が届く。

なぐさむる君もありとは思へども

ひたぶるに待つとも言はばやすらはで行くべきものを君が家路に　宮

〔口語訳〕遠回しに責めないで、ただもう待っているとさえ言って下されば、ためらわず真直ぐにあなたを訪ねたと思うのですよ。

かかれどもおぼつかなくも思ほえずこれもむかしの縁《えに》こそあるらめ　女

〔口語訳〕お迎えできない夕暮のわびしさなど、心にもない仕合せにいましたので、思いがけなかった待ち遠しさから、ついあのように申し上げてしまいました。けれどももう不安ではございません。これも前の世からの因縁かと存じますので。

宮は、兄宮がとかくの非難のうちに逝ったのも、原因の多くはこの女にあったと承知していながら、そしてもし又自分がこの人と恋仲になれば、身の不利は目にみえているのに、育ちはじめていた恋心にはどうしてもうちかてなかった。美しい後朝《きぬぎぬ》の歌が生れた。世慣れているはずの二人であるのに、贈答には初々しささえ感じられた。

高まった感情にも、やがて自然の変化がおとずれる。台頭する互の分別と、感情の持続への願望とのあらそいが、無意識のうちの相手への責めを引き入れて、温度のやや下った言い訳を詠み交すようになる。そのはじまりがさきの「ひたぶるに」「かかれども」の贈答である。女にも、醒めての反省は苦《にが》くある。兄宮をお送りしてまだ一年にもならないというのに弟宮との新たな契り。偽りの感情ではなかった。それに、「すきずき」しき女としての自覚も、日記の中にはっきりと刻まれている。

幾日かがあった。

宮のしのびの訪れになる。
物詣のための精進を続けていた女は、それにかこつけてつつしみの一夜を明かす。女が意地をみせたとも、拗ねているともみえる宮への対しようである。

いさやまだかかる道をば知らぬかなあひてもあはで明かすものとは　宮

〔口語訳〕いやどうも。まさかこんな恋の道があろうとは思ってもみませんでした。せっかくお会いできたというのに、そのまま夜を明かそうとは。

よとともにもの思ふ人はよるとてもうちとけてめのあふ時もなし　女

〔口語訳〕　あきれておしまいになったのでございましょうね。でも、もの思いの絶えないわたくしには、夜になったからといって、くつろいで目を合わせて眠る時はないのでございます。

「よる」には「夜」と「寄る」を、「め」には「目」と「女」と「妻」を、「あふ」には、「合ふ」と「逢ふ」を掛けて読む。

清少納言のような、風を斬るような機智とは種類が違う。宮の、「あひてもあはで」を、故宮の追慕に運び、絶えないもの思いに「めのあふ時もなし」と転じてみせたところ、巧みである。無理がない。こういう才能は先天的なものか。

しばらく戯れ合いめいた低温のやりとりが続く。相手の呼吸をはかりながらの糸の引き合いなので、ちょっとした油断も相手に優位を与えかねない。相手に責めの口実を与えると、身をひるがえして態勢をととのえる。緊張と弛緩のあいだを揺れての新たな自己演出が始まる。相手の反応が自分を映す鏡になる。映った自分が相手に新たな反応を促してゆく。このあやが、時代と場所を忘れさせる。

＊

女が劣勢に立つ不用意があった。しのびの宮に気づかなかったのである。

女は、宮の関心を求めていたかもしれない参籠に疲れて、つい寝入っていた。門の叩かれる音に気づいた者もいなかった。

開《あ》けざりし真木《まき》の戸口に立ちながらつらき心のためしとぞ見し　宮

〔口語訳〕門を叩いても開けてもらえなかった昨夜は、戸口に立っていて、あなたの情の薄さの何よりの証拠をみたと思いましたよ。

いかでかは真木の戸口をさしながらつらき心のありなしを見ん　女

〔口語訳〕固く閉したままの戸の外から、どうして「つらき心」のありなしがお分りになるのでしょう。

女は、それとなく、自分以外の男の訪れに気を回している宮を恨みに思っている様子である。寝入っていたのはこちらの失態であった。でも、戸を開けに立つ者がいなかったというだけでよこしまな想像はされたくない。勝手過ぎる。あちらこそ、冷いお心を隠すよい口実を見つけられたようなもの。

「まき」は、檜や杉、槙、松などのように、建材に適した上等の木をさす。「真木柱《まきばしら》」の

「まき」。材質の堅さから、「真木の戸」あるいは「真木の戸口」には、容易には破られたり崩されたりしない守りの固さをひびかせることが多い。

宮に、北の方はもとより、天皇や兄弟の親王、まわりの権力者の思惑へのはばかりがなかったわけではない。橘の小枝でのご機嫌うかがいは、女に対する宮の、宮らしい精一杯の愛情表現であったろう。しかし、経緯はともあれ、ともにはじめての、ありふれぬ恋を認め合った高揚がひとたび去ると、自分の居場所が鮮明になり、それぞれの疚《やま》しさやばつの悪さから、立場を逆手にとっての詰《なじ》りや居直りも小刻みに繰り返されることになる。

しかしこれとても愛情の変形なので、互に相手の自分への関心の度合を確かめようとする気持は衰えていない。ことに女の側の、鋭敏な触手を思わせる感受性のはたらかせようには、人の心と軀がいかに多様な音色を出し得るものかを知らせる繊細な柔軟さがあって、それは一首一首の完成度とは別に鑑賞できる、持続的な贈答ならではの人間への立ち入りの軌跡だと思われる。贈答のなし得ること、なし得たことが、定型詩としての和歌の限界よりも可能性に向って開かれている。

＊

小さくない変化が起る。

危険をとび越えようとする宮と女の果敢。

月の夜、女は迎えの車に宮と相乗り、宮の邸の人気ない細殿（殿舎と殿舎をつなぐ細長い屋根のある渡り廊下）に伴われて、人目を避けた二人だけの一夜を物語る。こうした逢瀬の波紋にやがて苦しむのは自分達であると分っていて、分別に背を向ける二人の後朝の別れは、たぐいのないよろこびや、はじめてのもの思いを告げ合った朝からはすでに遠い。「御送りにも参るべけれど、明《あ》かくなりぬべければ、ほかにありと人の見んもあいなくなん」、あなたを送って行きたいが、早朝の外歩きを見咎められて、とやかく言われるのも不本意なのでと言って邸にとどまる宮の、あけぼのの薄明の中で女を見送る立姿が、並のものではなく女にうつっているのは、宮を迎えてではなく外泊しての逢瀬という異常な経験に、女の感覚が常にもまして鋭くなっているせいかもしれない。

日記の初めと同じように、ここでも歌を贈るのは女が先である。

宵ごとに帰しはすともいかでなほ暁《あかつきお》起きを君にせさせじ　　女

〔口語訳〕たとえ宵のうちにお帰しすることはありましても、この度のように暗いうちからの暁起きだけはおさせしたくない、繰り返しそう思っております。

朝露のおくる思ひにくらぶればただに帰らん宵はまされり　　宮

〔口語訳〕早朝に起き出してあなたを送る別れに較べれば、お逢いできないままで帰ってくる宵のつらさのほうが、よほどまさっています。あなたひとりの苦しさだと思わないで下さい。

女は「あな見苦し」と自分をながめている。しかし危険な賭けに出ているような宮の勇気も拒み切れず、北の方への気兼ねも消しかねるなかで、闇を闇と知って闇に引き込まれるわが身を後から追うように宮の邸の端近での逢瀬を重ねる。不安定に掻き立てられる焔の勢と揺れ、そして衰え。日記のこのあとに続く宮と女の離合は、やがて邸の中の住人として、女を迎えようとする宮の決断を促すことになる。逃れ難い仲に深まってゆく二人は、自分達の手で、衰えた焔の勢を取り返そうと幾度も試みている。その工夫によって得た束の間の陶酔が、無責任な風聞や、見たくない光景でむなしい記憶に変る度に、宮は猜疑心をつのらせ、女への求め方も屈折した強さを増している。

松山に波高しとは見てしかど今日のながめはただならぬかな　宮

〔口語訳〕かねてから立っていたあなたの浮名を知らぬ私ではありませんでしたよ。しかし昨夜は見たくないものを見てしまった。それからのもの思いは、今日の長雨同様、並のものではありません。

女も負けてはいない。

君をこそ末の松とは聞きわたれひとしなみには誰《たれ》か越ゆべき　女

〔口語訳〕宮さまこそ多情なお方だというお噂を、わたくしは疾《と》うからうかがっておりますもの。宮さまのようなお心変りと一緒になさらないで下さいませ。わたくしはそういう女ではございません。

「松山に波高し」「末の松」が踏んでいるのは、「君をおきてあだし心をわが持たば末の松山波も越えなむ」という「古今和歌集」（巻第二十東歌）の一首。もしもあなたをさしおいて、わたくしがほかの人に心を移すようなことがあれば、あの末の松山を波が越すでしょう、というもので、浮気はあり得ないこと、あり得べからざることという、女の、夫に対する誓いが詠まれている。

宮の訪れがあった時、女の邸に車が寄せられていたのを、宮は自分以外の男の車と直感して引き返した。宮の贈歌に、女は、誰かが「そらごと」（つくりごと）を宮のお耳に入れたとして戸惑っているが、読者としては単なる来客か、宮が思っているような男の車かは分らない。

＊

女の石山詣の折の贈答にも、責め合いながらも仲だけは絶ちたくない二人の工夫と和解のあとが辿られる。

関越えて今日《けふ》ぞ問ふとや人は知る思ひ絶えせぬ心づかひを　宮

〔口語訳〕事情も告げず、私を置いて籠られるとはひどい仕打ちではありませんか。逢坂の関を越えて今日お便りすることなど想像もなさらなかったのではありませんか。あなたを忘れる時とてない私の気持を、もう少し察していただきたいものです。

あふみぢは忘れぬめりと見しものを関うち越えてとふ人や誰　女

〔口語訳〕近江にいるわたくしのことなどお忘れかと思っていました。逢坂の関を越えてお便りを下さったのは、どなたさまでいらっしゃいますか。

尋ね行く逢坂山のかひもなくおぼめくばかり忘るべしやは　宮

〔口語訳〕ひどいことを仰るではありませんか。はるばる逢坂山の峡《かい》を越えてたずねたかいもなく、「とふ人や誰」ととぼけられるほどに忘れられてしまった私なのですか。

ややあって、

憂きによりひたやごもりと思ふとも近江の海は打ち出《で》てを見よ　宮

〔口語訳〕ひたすら石山籠りを思い立たれたのが心憂さからであったにしても、せめて近江の湖までぐらい出て来て下さい。私に逢いに。

女の突っ張りが少し緩んできた返し、

関山のせきとめられぬ涙こそ近江の海と流れ出づらめ　女

〔口語訳〕宮様とのこれまでと、これから先を思って堰《せ》き止められないわたくしの涙が、近江の湖の水となって流れ出ることでございましょう。

こころみにおのが心もこころみむいざ都へと来て誘ひみよ　女

〔口語訳〕いい加減な気持でここに籠ったのではございません。自分の決心も試してみとうございます。どうぞお便りではなく、ご自身おいでになって、さあ一緒に都へ、と誘っていただきとうございます。

宮は、しかし都を出なかった。出られなかった。そのうちに女が山を出る。

あさましや法《のり》の山路に入りさして都の方《かた》へ誰誘ひけん　宮

〔口語訳〕何ということ。せっかくの決心で法の山路に入られたというのに、途中でおやめになってしまうとは。誰もまだ「都へ」などと誘っていないのに。

山を出でて暗き道にぞたどり来し今ひとたびの逢ふことにより　女

〔口語訳〕ただもう一度宮様にお逢いしたいばかりに、恥も外聞もなく、山を出て、迷い多いこの世に戻ってまいりました。

いさぎよく飾りを取りはらった女の歌が、宮の心に直進しなかったはずはない。

和泉式部には、

あらざらんこのよの外《ほか》の思出《おもひいで》に今ひとたびの逢ふこともがな

という一首がある。「百人一首」に採られてよく知られているが、「後拾遺和歌集」（巻第十三恋三）での詞書は、「心地れいならず侍りけるころ人のもとに遣はしける」となっている。

人には好みの言葉があり、反対に使いたくない言葉もある。少なくとも「今ひとたび」は和泉式部に好まれた言葉であったろう。与謝野晶子は、並の者ならまず警戒してかかるであろう「うつくし」「かなし」を多用して、しかも大方の場合、必然性で読ませるところが凡ならずであるが、詠み残した歌数は多くても、晶子の「うつくし」「かなし」ほど、式部の目立つ好みを思わせる言葉に私はまだ気づいていない。

後拾遺集の詞書でみる限り、逢いたいのが誰であるかは断定できない。ただ、死を前にしたあの世への思い出にという捨て身の恋歌が、いい加減な人に詠みかけられたとは思われないのである。この追い詰められた願望に対して、私は一度として、作者にとってのよい結果を想像したことはないけれど、「あらざらん」一首の中での「今ひとたびの」の凝縮された切実感に較べると、日記の、「山を出でて」に用いられている「今ひとたびの」は、まだ楽天的な余地を残している。

＊

「和泉式部日記」の記述は、四月に始まり、翌年の一月で終る。式部と敦道《あつみち》親王との恋人としての仲は、親王の死まで約四年半続いていたので、日記にはその一部しか扱われていないことになる。

宮が女を邸の住人にさせようとしてから、女がそのことを受け容れるまでにかなり時間がかかっている。宮はそれを女の不実のあらわれとして猜疑をつのらせているが、女のひるみ、迷いとなって示されたのは、多感の式部に失なわれなかったほかならぬ「ほど」の自覚であったろう。年の終りの月、ようやく決心した式部は宮に伴われて宮の邸に入る。果して、年が明けると宮の北の方が邸を出ようとする騒ぎになり、破局を予想させて日記の記事もそこで終っている。

日記の贈答に、一首で自立する、粒立つような歌を多く見出すのは困難である。しかし、心の朝夕そのもののような喜怒哀楽の表現として贈答を読み返すたびに、うたで見出され、うたで確かめられてゆく人間と言葉に愛着を新たにする。そして、粒立つ一首としては、日記にはこのような詠もあることを最後に記しておきたい。人に愛され、人を愛しているを充実感の中に、防ぎようもなくしのび寄るかなしみ、存在のかなしみとでもよびたいものを、無償の行為と知りつつ言語化せずにはいられなかった女の一首である。時と所を超える「うた」である。

なぐさむる君もありとは思へどもなほ夕暮はものぞかなしき

「源氏物語」の贈答

別れし春のうらみ残すな

円地文子訳の「源氏物語」に、私は日常の敬語の用い方についての示唆を得る時が多い。訳文の中の敬語には、訳者の言語感覚と、物語の人間関係についての見方が示されている。私にありがたいのは、文法書の手放せないような窮屈さには無縁で、訳文を読みすすめる快さのうちに、訳者独自の、敬語運用の上での一定基準を読み得るからである。

この、古語のおもかげを漂わせている訳文は、訳者のつくり出した現代語で、特定の時代の、特定の環境の言葉に還元はできない。その中で敬語は、恐らく訳者自身にさえ意識されない自然さで、一定基準のもとに用いられている。他の用語と馴染み合っている。

新聞雑誌やテレビのニュースに即する限り、それは私の知る限りのものでしかないが、極度に敬語の使用が少なくなっている上に、使用の基準さえ疑わせるものも少なくない昨今では、円地訳の敬語の多様を受け容れ難い読者も少なくはないかもしれない。国の取り決めの力は想像を超えるが、敬語の用いようは、その人が人間をどうみているかのあらわれと思う私には、敬語の一方的な嫌悪も、言葉の一律平等化も、人間の自然、本性に即さないので納得し難い。

円地訳における敬語の多様は、繰り返せば他の用語と馴染み合っているのびやかな運用の種々相である。この敬語の多様は、日本人の心の生態の多様、感性と理性の多様としてながめられる。運用者自身に運用の基準があってはじめて生彩を帯びる美しい敬語の例と読む。理由は何であれ、極度に敬語を削るのは、感受性の大幅なはたらきにも逆らうことだと気づく。

かつて敬語は、このようにも多様に、のびやかに用いられていた。日本人は、感受性のはたらきをそのように行使していた。私達は今、なお、敬語をどのように用い得るか。円地訳の敬語の示唆はここに及ぶ。

もとより原典あってのことである。原文に添った敬語の多様である。従って、「源氏物語」の敬語の種々相には、かつての日本人の感受性の生態がきわめて規模大きく示されているとも言えるだろう。これに関連して言いたいのは、「源氏物語」の中には、和歌の機能と効用の種々相が、これ又類稀れな規模で示されているということである。

和歌の機能と効用については、これまでにも先人の多くの言及がある。分析があり、帰納、演繹がある。機能と効用すなわちはたらきの多様は、勅撰和歌集や私家集などを繰り返して丁寧に読めば、自ずと感じられることではある。ただこうした古歌の集では、とかく分散して、あるいは意図的にまとめて示されがちであるが、ひろく人間生活の中でこの多様が、いかに有機的に活用されていたかを見るには、古典日記や古典物語などに詠み込まれているものを読むのがよい。「源氏物語」がことによい。

考証や論考によってではなく、現代小説を読むように物語を読みすすめるうちに、和歌の多様に馴染まされるのが有難い。独詠あり。贈答、唱和あり。代作あり。そこで精神的な領域にとどまらず、実用面にも広く及んでいる和歌のはたらきの日常を、理屈抜きで感じとらされる。暮しとうたの遊離していない日常が流動的に浮び上ってくる。昨今とは明らかに異る和歌と日本人の生活を読むと、そこに見える「現代」はやはり認識の新たな対象になる。

＊

「源氏物語」の作中歌七九五首。

この中では、贈答もその一部でしかない。物語には歌謡も引かれ、漢詩の引用も少なくないので、作中歌ばかり過大評価するつもりはないが、うたのない源氏の物語など考えようもないところから逆に見れば、うたを散文に馴染ませ、うたの濃き薄き色合と香り、高き低き調べの自在な変化を物語の必然とした作者は、うたと物語の双方で、この時期、前例を見ない「革新」の人であったと言うことが出来る。この物語を、今私達は日本古典の代表作だという。恐ろしいばかりの教養が革新の花となり実となるのは、創造の理想であるるのを忘れてはならない。

「源氏物語」の贈答でまず思うのは、作中人物に応じた作者の歌の詠み分けで、これは当然と言えばそれまでだが、読み返してゆくと興は尽きない。その家集では自分をあらわすのに大層禁欲的であり、時も人も限っている紫式部も、物語の中では、容易に他の追随を許さない知識と、周到で大胆な想像をほしいままにして、自身の経験の分散拡大をはかっている。さぞ愉快であったろう。痛快でもあったろう。

主役級の人物はそれらしく、端役も又それぞれの役割を振り当てられて、時により所に応じて、歌は巧拙重軽、複雑単純、多様に詠み分けられている。作中の人物に対する作者の好悪も避け難くにじみ、それらすべてを集めたところに作者の人間解釈の総体が示される。

それにしても、二一世紀ならぬ一一世紀の初頭に、人間の内面に何と深く潜入した女性がいたものかと思わせるのがこの物語の贈答である。人の心の明暗浮沈に、何とよく通じた感受性が生きていたものかと思う。そこでの言葉の用いようは、すなわち心の用いようであったはず、とすれば、このようには言葉も心も用いなくなった人間が、いきおい硬直した気味悪さでながめられるのはやむを得ない。

源氏と女君達との贈答の多様は、源氏に物語の主人公の資格を与える仕組みとしてもなかなかの配慮であるが、源氏と同性との贈答にもいいものがあって、私が好きなのは、朱雀院との贈答である。

朱雀院は桐壺帝の第一皇子。

源氏は第二皇子。

ただし異腹の兄弟で、朱雀院の母は、右大臣の女《むすめ》である弘徽殿《こきでん》の大后。源氏の母は桐壺の更衣。桐壺帝の更衣に対する寵愛の深さに、わが子立坊《りつぼう》への不安に揺れる大后は、更衣への憎怨をあらわにして憚らない。更衣は心労から病む人となり、源氏は三歳で生母と死別する。この、生母とのいち早い別れ、報いられようのない母恋いが、源氏を終生恋する男にした。

第一皇子立坊。

第二皇子臣籍への降下。源氏姓を賜る。

更衣亡きあと、亡き人に生きうつしと進言する人があって入内した先帝の四の宮、すなわち後の藤壺中宮も又源氏ともども桐壺帝の寵愛を受ける。

源氏は元服して葵の上と結婚するが、これは左大臣の女。藤壺に新皇子が生れる。後の冷泉院である。新皇子が源氏の子であるのをこの時期桐壺帝はまだ知らない。代替りがあって第一皇子は朱雀帝となり、藤壺腹の新皇子が立坊。更衣、源氏、藤壺、新皇子へと続く桐壺院の格別のいつくしみに大后は気を緩めず、左右の大臣家は政界の敵対勢力として、以後事あるごとに陰に陽に競い、争うようになる。

朱雀帝は、物語の中では表立つ派手さには恵まれていないが、血筋の因縁にこだわらず、事の分る、ものの見える男性として描かれている。ものがよく見えるためにとかく人を許しがちであり、行動の積極性の薄さから優柔不断のようにも、もどかしくも思われる時がある。

けれども、周囲の声に振り回されず、妥協抜きで自己主張を貫く勁《つよ》さもあって、その一例が須磨に退いて謹慎していた源氏の召還である。もとはと言えば、朱雀帝に愛されていた朧月夜の君との密会が右大臣方に露見して、環境が不穏になったために、源氏が自分から下って行った須磨ではあったが、朧月夜の君は、大后の妹であり、その衣にまつわる薄《うす》二藍《ふたあい》の男帯まで目にしたのが、人もあろうに父の右大臣であったから、大后にしてみれば屈辱もいいところである。

源氏は自粛のかたちをとった。しかしそれは世間向けの詫びであって、心底には、決してさとられてはならない藤壺と共有した罪への怖れがあったろう。朱雀帝はその秘事にこそ通じていなかったものの、朧月夜の君が早くから源氏に惹かれて逢瀬を重ねていたのは知っていた。知っていて長い間二人を責めなかったのは、どちらも失いたくない人だったのであろう。意気地なさで見るより、そういう器量の人であったと見たい。

朱雀帝には又、桐壺院の遺言も心に深く沈んでいる。源氏をあえて臣籍に下した私の考えをあだにはなさるな。在世中と変らず、何事につけても源氏を後見とするように。年齢こそまだ充分ではないかもしれないが、世の政事《まつりごと》を行う者としてはいささかの不安もない。「必ず世の中たもつべき相ある人なり」「さるによりて、わづらはしさに、親王にもなさず、ただ人《うど》にて、朝廷《おほやけ》の御後見をせさせむ、と思ひたまへしなり。その心違《たが》へさせたまふな」

源氏と朧月夜の君との一件に憤懣を嵩じさせている大后は、朱雀帝の源氏召還にはむろん反対である。しかし「罪に怖《お》ぢて都を去りし人を、三年をだに過ぐさず赦されむことは、世の人もいかが言ひ伝へ侍らむ」と執拗に諫めた母の大后に背いて、朱雀帝は源氏赦免召還の宣旨を下す。皇位は東宮（後の冷泉院）に、朝廷の後見役は源氏に、という強い意志の人として、朱雀帝は頼もしさを見せる。

わたつ海にしづみうらぶれ蛭《ひる》の子の脚立たざりし年は経にけり　源氏（明石）

お返しは、

宮柱めぐりあひける時しあれば別れし春のうらみ残すな　朱雀帝（明石）

帰京した源氏が召されて参内した時の贈答である。兄に向って、泣きべそをかきながら甘えて恨みごとを言っているような弟を連想すれば、それは巷にもありそうなながめになるし、まあそう言うな、いつまでも根にもつなと弟をなだめているような兄を連想しても似た感じになる。しかし、ここにいたるまでの物語の経緯、更にこれからの展開の中においてよく読むと、この二首にも微妙な陰翳が増してくる。

〔口語訳〕　海に捨てられた蛭子の神（「日本書紀」の神代紀に出ている伊弉諾《いざなぎ》、伊弉冉《いざなみ》二神の子。三歳になっても脚が立たず、船にのせられて、風のまにまに放ち捨てられたとある）のように、うらぶれて、あわれな年月を過してまいりました。

お返しは、

〔口語訳〕せっかくこうしてめぐりあったのだから、別れた春の恨みは忘れてほしい。

朱雀帝にとって、父院の遺言は、母后の諌めよりも重かった。そのように父院の言葉を受けとめる人としての朱雀帝は、ずっと後に、愛娘女三の宮の後見を源氏にと見定める人にもなって描かれる。源氏の固辞も、ついに崩れる。「物の心」を得ている源氏に女三の宮を託したいという一念は、源氏と朧月夜の君のことも超えて妥協抜きで貫かれる。物語の作中人物が源氏におくっている褒め言葉は沢山あるけれど、「物の心」を得ている人という褒めようは、すぐれて次元が高い。

「わたつ海にしづみうらぶれ蛭の子の」と「宮柱めぐりあひける時しあれば」の贈答に戻ると、源氏がこれほどの比喩で自分の逆境のあわれを対象化したのははじめてである。うらぶれ者の自覚を明確化する源氏には、兄帝への謝罪と甘え、和解への願いがこめられていよう。兄帝にも、周囲の状勢のままに、源氏を見放していた苦い悔いが消えずにあったから、「別れし春のうらみ残すな」になったのであろう。それともう一つ、源氏は、逆境のあわれを言葉にすることで、内奥の怯えに屈しないための勇気を鼓舞したい気持もあったのではないか。東宮誕生の秘密をさとられずに生き続けるには相当のエネルギーが必要とされる。源氏は、自分をおとしめることで自分を力づけている。

この贈答に、「両者の力関係の移行」の表明をみるとされるのは、「歌で読む源氏物語」の又江啓恵氏である（第二巻・106頁・武蔵野書院）。同感である。源氏はやがてわが身に注ぐであろう微光を予感していたからこそ、うらぶれ者の自覚もあらわにできたのであろうと改めて思う。

事実、源氏の須磨下りの前と後で、源氏をとりまく環境は変ってくる。軸になったのは言うまでもなく源氏召還の宣旨である。やがて朱雀帝譲位、冷泉帝即位。弘徽殿の大后の無念。物語の中で然るべき場を得ると、そこに単独では得られないさまざまな意味合いが加わるという、物語の中の贈答ならではのおもしろさである。

＊

源氏と同性との贈答をもう一つ。

相手は左大臣の長男で、正妻葵の上の兄、頭の中将である。宰相の身で源氏を須磨に訪ねれば、右大臣方の反発は必至。それでも臆さず源氏を見舞う。再会に二人は涙、涙。盃をあげて供人ともども名残を惜しみ、別れにのぞんで詠み交したのは、

ふるさとをいづれの春か行きて見む羨しきは帰る雁がね　源氏（須磨）

〔口語訳〕いつふるさとに帰れるのか、それさえ分らない身には、空行く雁が羨しくてなりません。

お返しは、

あかなくに雁の常世《とこよ》を立ち別れ花の都に道やまどはむ　宰相（須磨）

〔口語訳〕心残り多く、あなたとお別れしたくない須磨は仮の常世、この海辺の土地を去って都へ帰る私は道に迷うかもしれません。

源氏と頭の中将は早くから気を許し合う親友であって競争相手。源氏が葵の上と結婚してからは義兄弟の間柄になっている。後年になると、中将の恋の不始末や、子供同士の結婚も絡んで意地の張り合いも見せるが、「紅葉賀」の巻の試楽で、「青海波」を舞った源氏と頭の中将の姿は、宮廷社会における二人の抜きん出た美しさを示して象徴的である。

源氏を須磨に見舞う宰相はいさぎよくて、清々しい。雁の自由によせて、都へ帰る宰相が羨しいと弱音を吐く源氏も、この時ばかりは素直なら、源氏のいない花の都へ帰る自分

は道に迷うかもしれないと返す宰相は、不遇の人へのさりげないいたわりもやさしく、政界の表舞台では隠し合っている人柄の一面も、この贈答では無防備である。

宰相は笛一管を、源氏は黒駒を差し出し取り交しての別れとなる。

付記　帰雁の自由を羨む源氏については、平成十三年九月号の「新潮」に発表した拙稿「我は遷客たり」をお読みいただければ幸いである。

唐人の袖ふることは遠けれど

引き続き「源氏物語」の贈答から。

見てもまた逢ふ夜まれなる夢の中にやがてまぎるるわが身ともがな　源氏（若紫）

返しは、

世語りに人や伝へむたぐひなく憂き身をさめぬ夢になしても　藤壺（若紫）

光源氏と藤壺の宮との不義は、この物語の緊張を支える最大の秘事である。年若い息子と義母のあやにくな恋。息子は才能美貌ともにすぐれながら高麗人《こまうど》の予言もあって臣籍に降下させられた皇子。義母は、その息子と帝寵を競うほどの女御であって先帝の四の宮。今帝の桐壺帝には亡き更衣のおもかげが重なり、息子には、早々に死別した生母を慕う気持も溶け合っている。母なるひとは、その非現実性をもって永遠の異性にもなり得る無限の可能性をそなえて登場する。

やんごとない二人の情事にかかわる作者の筆は、互の地位や品位への気遣いのためか、さすがになおざりでない。表現は余情の喚起において際立ち、露出に劣らぬ抑制の効果を知らしめるものとなっている。

藤壺の里下りは源氏にしてみれば逃したくない好機であった。「心もあくがれまどひて」、日が暮れると宮付きの女房王命婦を責め続けている。責められた挙句、王命婦はいったいどう取りはからったものか、「いかがたばかりけむ」とあって、危険きわまりない逢瀬のすでにかなったことが告げられる。作者は多くの筆数を与えていない。

「なつかしうらうたげに、さりとて（軽々しくは）うちとけず、心深う恥づかしげなる（こちらが恥ずかしくなるような）御もてなし」とは、その夜の宮を描いている文章であるが、「宮もあさましかりしを思し出づるだに」という一節もあって、このような二人の時がはじめてではないことも自ら理解される仕組みになっている。藤壺が心底では遠ざけていない源氏の魅力もそれとなく伝わってくる。

冒頭の引用歌は、里邸でしのび逢った夜の二人の贈答である。

〔口語訳〕　お目にかかる折はあっても宮中ではお逢いできず、それにもう一度お逢いする難しさを思いますと、今はうつつともおぼえぬはかない逢瀬の夢の中にいっそ消え失せてしまいとうございます。

お返しは、

〔口語訳〕許されようもなく、たぐいもないわたくしのこの憂いを、たとえ醒めない夢の中のこととしても、世の人は後々までも語り草として言い伝えるのではないかと空恐しくてなりません。

源氏の贈歌には、絶望に連るものとしての死が引き入れられてはいるけれども、それは、忍び耐えてようやく迎えた至福の時と表裏をなしている。この一首、私は行く先を悲観した嘆きの歌としてよりも、これほどの仕合せを知ったら、もういつ死んでもよいとでも言いたそうな、ききわけのない子がそのまま育ったような若者の憎めない恋歌として読みたい。

いっそ死んでしまいたい、そんな詠みかけで容易に態度を変える藤壺ではないことくらい、源氏にはとうに分っている。突き崩したいような平衡感覚で、しかもやさしく立っている女性《ひと》であるからこそ、源氏はいよいよ離れられなくなっていたのであろう。

この贈答に関する限り、常識の次元で醒めている藤壺の歌は物足りない。夢を夢で受けた返しに、憎からず思っている源氏を又しても拒み切れなかったわが理性の脆さを嘆きはしているものの、表現のふくらみは贈歌に劣る。意識と無意識の両域を自由に往き来している六条の御息所《みやすどころ》と較べてみてもそうと分るように、藤壺の藤壺らしさは、常識へのとらわれにあって、そういう抑制や束縛をよしとする分別ある女性の存在も、物語の交響には大切な要素ではある。

ただここで示されている藤壺の分別は、源氏の高揚によくは対応していない。きわどさはあっても大方の時は分別の人、という藤壺をみせるのも作者の企てのうちとすれば、それはそれで納得できる。物語の中の贈答は「名歌」ばかりである必要はない。呼吸そのものの言葉が証してしまう、人それぞれの多様な時、その時への立ち会いの促しは、しばしば「名歌集」「秀歌集」の枠を超える。

＊

桐壺帝の朱雀院への行幸《みゆき》前に、清涼殿の前庭で女御や更衣方のための試楽が催されている。源氏は頭の中将と「青海波」を舞う。その舞姿は、敵対勢力の右大臣方の人々でさえ絶讃するほどのものであったと作者は書いている。今日の試楽は「青海波」に尽きる、という桐壺帝に感想を求められた藤壺の答は、ただひとこと、格別と拝見いたしました、「ことにはべりつ」。この時宮はすでに源氏の子をみごもっている。無心によろこぶ帝の寵愛はまさり、藤壺の怖れと苦しみは増すばかりである。その翌朝の贈答。

もの思ふに立ち舞ふべくもあらぬ身の袖うちふりし心知りきや　源氏（紅葉賀）

お返しは、

唐人《からびと》の袖ふることは遠けれど立居《たちゐ》につけてあはれとは見き　藤壺（紅葉賀）

〔口語訳〕重ねてお逢いしたい一念はつれなく退けられ、物思いに乱れて試楽の舞などとうてい無理な私が、あえてお前に立ち、袖を振って舞いおさめた心のうちをお分りいただけたのでしょうか。

お返しは、

〔口語訳〕唐楽の古事《ふるごと》には通じておりませんけれども、昨日の舞はお見事と拝見いたしました。

いかにも年下の若者らしい愛情表現で藤壺を追い詰めてくる源氏と、いとおしさも苦衷も「あはれ」一語にこめて防ぎに逃れようとする藤壺との対比。源氏をもうこれ以上近づけてはならない。理性を楯に、藤壺はとりあえず危機を避けたかにみえる。しかし防禦に転じようとしながら、なお断ち難い源氏への執着も消え難く漂っている。

「袖ふること」は、「振ること」に「古事」「故事」を掛けて読む。唐楽の遠い故事には疎いというのは遜《へりくだ》った物言いで、今は女御、やがては后に立つ藤壺が、「青海波」は唐から渡ってきた舞楽だということも承知していてその知識をさりげなく詠み込み、情事の記憶の遠さにも通わせている。そのように作者は詠んでいる。ここでは贈より返しのほうが上手《うわて》である。さきの「世語りに」では表現者としては劣勢に立っていた藤壺が、「唐人の」では優勢に転じている。

＊

九重に霧や隔つる雲の上の月をはるかに思ひやるかな　藤壺（賢木《さかき》）

お返しは、

月かげは見しよの秋にかはらぬを隔つる霧のつらくもあるかな　源氏（賢木）

桐壺院の崩御によって、無双の支えを失った藤壺の后に、異性としてではなく、東宮の後見としての源氏が一層必要になってくる。勢を得た右大臣方に、東宮誕生の秘密はどんなことがあってもさとられてはならない。東宮の将来のために、桐壺の帝にこよなく愛された中宮という地位と誇りにかけて、そして又大切な人である源氏の名誉と安泰の守りにかけて、源氏との罪の共有は二人だけの秘密として隠し通さなければならない。

桐壺院亡きあと藤壺が心から頼みにできるのは源氏ひとりなのに、当の源氏は、表向きはともかく、なお藤壺との時を諦め切ってはいない。それでいて藤壺の頑なな拒否に思い詰めた様子を見せるようにもなっている。

異性としての源氏の欲望を封じ、安全圏にいて東宮の後見と頼む源氏と公然と往き来するために、藤壺がひそかに選んだのは逸早い出家だった。この現実的な決断が藤壺である。藤壺の心準備は着実にととのえられて、自分なりの東宮との別れも終えている。

引用歌は、環境の変った宮中で、帝（朱雀帝）にさえ思うようには会えなくなった身の上を嘆く藤壺と源氏の贈答。故院とのよき日々の記憶があってこそあわれの増す藤壺の詠である。

〔口語訳〕宮中のご様子も変ってしまいました。幾重もの霧にさえぎられているようで思うにまかせず、帝の御事もただおしのびするほかございません。

同じ宮中なのにこの居心地の悪さ、被害妄想ではない。「九重」は数多のものの重なりに宮中を掛ける。「霧」は藤壺方を疎ましく思っている人々。「雲の上の月」は帝をさす。すべて間接の表現。そこに示されている藤壺のたしなみ。人を選んでしか打ち明けられないさびしさを藤壺は自分から詠みかけたのに、源氏の、

〔口語訳〕月かげは以前と少しも変ってはいませんのに、それを隔てる霧のようなあなたの情《つれ》ないお仕打ちが辛うございます。

という返しは、藤壺の一首を細めてしまった。心のゆとりもなく、こうとしか対応できないところに源氏は立たされていると見るべきか。

＊

桐壺院の一周忌の法事に続いて、藤壺の中宮は御八講《みはこう》（法華経を八座に分けて四日間で講じる法華八講の法会）を準備し、その結願《けちがん》の日（八講の最終日）に出家を断行する。人々の動揺は、「御をぢの（比叡山の）横川《よかは》の僧都近う参りたまひて、御髪《みぐし》おろしたまふほどに、宮の内ゆすりて、ゆゆしう泣きみちたり」で最高潮に達する。

月のすむ雲居をかけてしたふともこの世の闇になほやまどはむ　源氏（賢木）

お返しは、

大方の憂きにつけては厭へどもいつかこの世を背き果つべき　藤壺（賢木）

驚きもさることながら、藤壺の決断に最も深く動揺したのは源氏であったろう。出家に踏み切った宮を限りなく羨しいと思う。自分を置きざりにした美しいひとを責めずにいられようか。しかし「責め」は、次のようにしか示されない。

〔口語訳〕澄む月の心境であとをお慕いするとしましても、なおこの世の闇に迷うであろう自分が想像されますのを不甲斐ないことに存じます。子ゆえの闇とはよく言ったものと思われてなりません。

「すむ」には「住む」と「澄む」を、「この世」には「子の世」を掛けて読む。ご自分ひとり、思い切りよく出家なさいましたが、東宮の御事はどうお考えになっていますのか、菩提の道にお入りになったつもりでも、お子を思われる心の闇にはやはりお迷いになることでしょう。後見を託された男は、そう易々と出家など出来ないのです。お分り下さいますか。「この世の闇」をもう一歩源氏に引き寄せて読めば、かけがえのなかった二人の恋愛感情にも響かせることが出来る。

藤壺のお返しは、

〔口語訳〕この世の大方の憂さに耐え難くなって出家いたしましたが、仰る通り、いつになったら本当に世を背く人になれるのか、心もとのうございます。

返しの「いつかこの世を背き果つべき」には、東宮に残る気持だけでなく、この時期に及んでもなお消えやらぬ源氏への迷いも読みとりたい。藤壺の叡智の限界と、源氏が、非現実的な浪曼性とあわせもっている堅実さが、贈答のうちに巧みに分配されていて、これが女というもの、これが男、とでも言いたげな作者の表情を見る思いである。

＊

「賢木」の巻で、秋の嵯峨野が描写されるくだりは、「源氏物語」の文章の中でも私がことに好きな部分である。何よりも文章が静かである。しかもその静かさは、波乱動揺をつつむ表面張力であって、景が情、情が景とひとつになっている。文章の張りは、言葉による表現には幾通りもの次元があることを知らせてくれる。澄んでいて気品のある文章の典型だと思う。

この部分、核になっているのは男女の別れである。出家する藤壺と源氏とのこの世の人としての別れは、「賢木」の巻の柱の一つであるが、その前に、源氏にはもう一つ大きな別れがあって、相手は前の東宮妃で未亡人の六条の御息所である。

源氏の複数の女性のうちで高貴なひととして並び立つのがこの御息所と藤壺で、たしなみの深さと広さは二人に通うものながら、加えてもう一つの憑霊現象、つまり物の怪となって無意識のうちに人を患わせたり死に至らしめたりする能力は、物語の登場人物の中で御息所にしか与えられていない。

人一倍の情理が、持続する沈思の鋭さと強さのために均衡を失う時、御息所は我にもあらず物の怪となって怨みに思い、憎く思っている人に憑《つ》く。そのことを大層恥ずかしく思っている御息所はその度に傷つくという悪循環に苦しんでいる。

前の東宮妃でありながら源氏を通わせるようになったことに負い目を感じる一面も御息所にはある。もともと足しげくは通って来なかった源氏の心の分れてゆく先々を知らされ、一層の心離れは物の怪になる自分も原因の一つかもしれないと憂える。世人の目も無視できない。しかし一旦離れた源氏を引き戻すのも自尊心が許さない。

桐壺帝譲位のことがあって、前の東宮の遺児である姫君（のちの秋好中宮《あきこのむ》）が伊勢の斎宮に卜定《ぼくじょう》されると、御息所は姫君にしたがって伊勢に下向しようと心に決める。藤壺も御息所もひとりで決断する人である。

伊勢への下向を控えて、秋、嵯峨野の野宮で浄めの生活を送っている母娘のもとを、わずかの供人《ともびと》を随えた源氏が訪れる。御息所の決断が源氏に反省と後悔を新たにさせている。同時に気高いなつかしさも。御息所とても源氏の訪れが儀礼とは察しながら、たとえそうでも、なぜもっと早くにこのような心ばえを見せて下さらなかったのかと揺れる。源氏は、御息所の体面を思いやって、精一杯慰留につとめる。親愛よりもとかく敬愛する女性としての心重さが、つねに、自分を憩いや気易さから遠ざけていたのを源氏は意識しているので、御息所のすすんでの京離れに内心安堵していたとも読まれる。そこは文化知ったる高貴な人同士のかけひき、贈答はこまやかで、情緒がある。

あかつきの別れはいつも露けきをこは世に知らぬ秋の空かな　源氏（賢木）

〔口語訳〕あかつきの別れはとかく涙にしめりがちなものですが、今朝の空模様は、これまで目にしたこともないしみじみとしたながめで、お別れいたし難うございます。

お返しは、

大方の秋の別れもかなしきに鳴く音《ね》な添へそ野辺の松虫　御息所（賢木）

〔口語訳〕それでなくても秋の別れはかなしいものなのに、野辺の松虫よ、もうこれ以上鳴く音を添えないでおくれ。

御息所は、万感を振り切るようにして、決心通り伊勢に下って行く。与謝野晶子は、五十四首の「源氏物語礼讃」の中で、この御息所を、「五十鈴川神のさかひへ逃れきぬ思ひ上《あが》りし人の身のはて」とうたった。

のぼりにし雲居ながらもかへり見よ

引き続き「源氏物語」の贈答から。

振り捨てて今日は行くとも鈴鹿川八十瀬の波に袖は濡れじや　源氏（賢木《さかき》）

お返しは、

鈴鹿川八十瀬の波に濡れ濡れず伊勢まで誰か思ひおこせむ　御息所《みやすどころ》（賢木）

斎宮に卜定《ぼくじょう》された姫君（のちの秋好《あきこのむ》中宮）に従って伊勢に下向し、与謝野晶子に、神のさかいに逃れる思い上った人として詠まれた六条の御息所であるが、引用歌は、斎宮の輿の出立に当って源氏が贈った歌と、翌日、逢坂の関の彼方から届けられた御息所の返しである。

〔口語訳〕あれほどお引き留めしたのにその甲斐もなく、私を振り捨ててお発ちになるそのお気の強さ。後悔の涙にむせばれることはないのでございましょうか。ご本心はかりかねます。

お返しは、

〔口語訳〕お言葉ではございますが、伊勢に下って行った者が鈴鹿川のほとりで涙するかどうか、一体どなた様が親身《しんみ》に思って下さるでしょう。わたくしなどもう無きも同然でございます。

斎宮の行列は暗くなってから出立している。源氏邸の二条院はその通路にあり、源氏も、ただ黙っての見送りにはさすがに耐え難く右の一首を榊に挿して届けている。先立つ嵯峨野野宮での別れに、珍しく「柔」の受けを見せた御息所が、今度は一転してきっぱりと「剛」の受けに立っている。源氏が、御息所ならではの筆蹟の美しさに見入りながらも、お歌に、せめてもう少しの色を、と望んだ様子が、「御手いとよしよししくなまめきたるに、あはれなるけを少し添へたまへらましかば……」の地の文に辿られる。

源氏の、自他の体面を慮っての慰留であるのは充分承知していて、それでもひとときの懐しさに引き戻された御息所がはっと我に返り、頭を振って態勢を立て直しでもするように、ご本心でもないのにと高飛車に挑み返す。藤壺とともにたしなみの人として扱われている女性の詠みとしては破調で、女の生身を感じさせるこういう挑みの表現は、藤壺には見られない。藤壺と源氏の、御息所と源氏の個々の贈答だけでなく、互の贈答を読み較べてみると、藤壺にも御息所にも新たに見えてくるものがある。

源氏にとっての御息所は、もとより気楽にうちとけられるような女性ではなかった。しかしそういう位置の高い女性にも近づかずにはいられないのが源氏の性分で、目に見えない壁に向うような気詰りは、当初から予想されてもいただろう。

御息所は、源氏の逸早い心離れに気づいても、年下の源氏に自分がもてあそばれたとは思いたくなかった。前東宮妃の自尊心が許さない。それに間遠になった源氏の訪れではあっても、その都度の礼、更には又折々の礼はつくされていたし、源氏との記憶は、やはり彼が並の男性ではないのを改めて思い知らせて際立つばかりなのである。あのやさしさも冷淡も源氏ひとりのもの。しかし今更、と起ち上る理性が情を踏みつけて御息所は斎宮に従う。

返歌の高飛車は、御息所が払拭しきれない愛憎を、地位と誇りにかけての決意に封じ込めようとしたせいと読む。もしも御息所に、源氏に対する心の揺れが無くなっていたら、こういう詠みにはならなかったろう。大事な決断の時に、源氏への愛憎が生きているのは藤壺も変らないが、少なくとも藤壺はこのようには詠まない、詠めない人として作者は表している。御息所に較べて藤壺がもう一つ具体像を結び難いのは、藤壺の平衡感覚が、生身の挑みを退けているせいかもしれない。

源氏は非凡な演出家でもある証拠に、自分を捨てられたものとして言葉に定めた。けれども捨てられたというなら、御息所の心底にこそその気持は鋭くあったであろう。源氏の正妻葵の上の死後、やがては御息所が、という世人の聞えは、御息所自身のものでもあったと思われる。敗者に甘んじたくない精一杯の抗議もこめたさびしい返歌である。

「八十瀬」の「八十」は、「八十島」「八十の湊」などのように、沢山の意に用いられる。鈴鹿川の沢山の浅瀬の波と、別れを悔いて流れるかもしれない涙とが重なり合うように詠まれている。波に濡れる袖はすなわち涙に濡れる袖。

*

次は前斎宮（のちの秋好中宮）と朱雀院の贈答である。

別れ路に添へし小櫛《をぐし》をかごとにてはるけき仲と神やいさめし　朱雀院（絵合）

お返しは、

別るとてはるかに言ひしひとこともかへりてものは今ぞかなしき　前斎宮（絵合）

十四歳の斎宮に別れの小櫛を挿されたのは源氏の異腹の兄、二十六歳の朱雀帝であった。斎宮の交替は帝の代替りの時と決っているので、その時まで斎宮は帰京できない。櫛の儀での帝の言葉、「京の方へ赴き給ふな」は、自らの在位の長さを、神に捧げる生贄としての斎宮の奉仕に頼むものであったから、その心中は穏やかであるはずもない。

やがて朱雀帝の譲位。

それに伴う斎宮母娘の帰京。

病に臥した御息所は、自分が先立った後の、両親もいなければ然るべき後見もいないわが娘の不幸を思いやるにつけても、後事を託せる人はやはり源氏以外になく、色恋抜きでの世話をと彼に遺言する。「かけてさやうの世づいたる筋に思し寄るな」（澪標《みおつくし》）。言い難いことをはっきり言い遺す御息所に、源氏も、いつまでも昔の自分だと思われたくないとやんわり言い返す。

御息所が亡くなると、源氏は藤壺とはかり、前斎宮を自分の養女として、親代りになって、冷泉帝（桐壺帝皇子、実は源氏と藤壺の不義の子）への入内を決める。

引用の朱雀院の歌は、入内が決って祝の品々が院から前斎宮に贈られる、その中の一つ、挿櫛の箱の飾りの心葉《こころば》に添えられたものである。

〔口語訳〕思えばあなたが斎宮として伊勢に向われる時、別れのしるしの小櫛を挿したのはこの私でした。それを口実にして、二人は遥かに隔てられたまま親しくなってはいけない仲だと神がお定めになったのでしょうか。

「かごと」は「託言」、「託《かこ》ちごと」「かこつけごと」「口実」の意。この一首、全体が院の足摺りとも読める。神の思し召しとでもしなければ折り合いのつかない院の無念が、前斎宮のよき女らしさを伝えてくる。

じつは伊勢下向の時、朱雀帝は、不吉なまでに（「ゆゆしきまで」賢木）美しい斎宮に心を奪われ、涙さえ誘われている。「別れの櫛奉りたまふほど、いとあはれにて、しほたれさせたまひぬ」（同前）。以来斎宮のことは心に深くあり、退下後の入内を望んでいたにもかかわらず、源氏と藤壺との結託によって、冷泉帝に前斎宮を送る立場になってしまった。

かつては母弘徽殿《こきでん》大后の執拗な諫めにも背いて、謹慎中の源氏を召還した朱雀帝である。物語の中では、一度ならず源氏のための不利に甘んじながら、それでも、源氏を「物の心」を得ている、事の分る男性としてよく評価しているのがこの帝で、公平な目がはたらいてものがよく見えるせいか、とかく人を許しがちにもなっている。

藤壺と源氏の結託が意味するところも察知しているが、さすがに前斎宮を見送るこの度の無念は黙し難く、しかし院の性格からして人を傷つけないためにはこう詠むほかはなかったのであろう。前斎宮はすでに二十二歳。女性に敏感な源氏が、前斎宮だけにはきわどい自制で対しているのは、御息所の遺言のためである。

院の贈歌に対して、前斎宮は、あえて焦点を暈《ぼか》したような返歌で応じている。

〔口語訳〕遠くなりました日のお別れの言葉、京に帰るなと仰ったあの一言も、今は身にしみてかなしく思われます。

「かへりて」には「京に帰りて」と「かえって」を掛けて読む。二人の仲に絞られている朱雀院の歌を、二人の仲にとどめず、御息所の生前死後をふくむ境遇の変化に拡散させて、広く流転のかなしみの歌としたところ、前斎宮の知性を読みたい。

＊

次は源氏と前斎宮の贈答。

物語の中での六条の御息所の退場は早い。「六条わたりの御忍び歩《あり》きの頃」で始まる「夕顔」の巻の冒頭に登場、「若紫」「末摘花」「葵」「賢木」「須磨」「明石」の巻を経て、次の「澪標」ではもう病死する。但し、死後も物の怪としての出没は繰り返される。

御息所の葬儀には源氏が心を尽している。以後、御息所との約束を守って、源氏は血縁の人を失った前斎宮の孤独を慰めるべく、度々見舞の消息を遣わしている。

雪や霙《みぞれ》に荒れる一日、人少ない宮の邸内をしのび、今の空をどのようにご覧になっていらっしゃいますかという前書を添えて源氏から贈られたのは、

降り乱れひまなき空に亡きひとの天翔るらむ宿ぞかなしき　源氏（澪標）

お返しは、

消えがてにふるぞかなしきかきくらしわが身それとも思ほえぬ世に　前斎宮（澪標）

返歌の「ふる」には「降る」と「経る」を、「身それ」には「霙」を掛けて読む。

〔口語訳〕雪や霙が降り乱れて荒れ模様の今日は、あなたにお心を残されている亡き御母上の霊が、お邸の上を天翔っておいでになるのかと思いますと、悲しくてなりません。

死者はまだ中有《ちゆうう》にあって成仏していないとされる時期の詠。ここには、御息所から解放されようのない源氏を見ることも出来る。生霊となる御息所は何とも疎ましかった。しかし御息所を伊勢に下らせてしまったことをもふくめて、その原因の一つは明らかに自分にある。果すべき償いをかかえたまま、新たな、大きな約束までさせられた源氏には、故人への懐しさにも忸怩《じくじ》たる反省や御息所の妄執への怖れが重なっていて、「天翔るらむ宿ぞかなしき」は一度憶えると忘れようもない詠みになっている。

返歌のほうは、

〔口語訳〕悲しみのあまり、生きているとさえさだかには覚えられないこの身が、死にもせずこの世にとどまっているというのは何とも辛いことでございます。

「消えがてにふる」は、「消えかねるほど降る雪のように、消えかねて世に経る」の意。

＊

もう一組、源氏と前斎宮の贈答を引く。

正妻の地位こそ与えられなかったが、北の方の葵の上亡きあと、事実上の正妻として源氏を支え続けた紫の上は藤壺の姪。幼女のうちから源氏に引き取られ、源氏の理想のままに育てられている。源氏は、紫の上がしとやかさにつつんでいる忍耐強さに甘えながら残酷にも恋を重ね、港に戻る船のように、紫の上のもとに帰ってくる。

紫の上が出家を望んでも源氏がなかなかそれを許さないのは彼のわがままであるが、それは源氏にとっての紫の上の人間的魅力が、いかに他の女性と異っていたかをも知らせている。紫の上の死は「御法《みのり》」の巻。その後の「幻」の巻では源氏の出家の準備が告げられ、続く「雲隠《くもがくれ》」には本文なし。次の巻では、源氏はすでに故人となって登場する。

紫の上を失った源氏の嘆きは容易に癒されるものではない。そのことを心得た上での前斎宮の弔歌。前斎宮は、今や冷泉院后の秋好中宮。かつて源氏との春秋優劣論（薄雲）で、母御息所と死別した季節でもある秋を好しとしたところからこう呼ばれている。

枯れ果つる野辺をうしとや亡き人の秋に心をとどめざりけむ　秋好中宮（御法）

〔口語訳〕すべてのものが枯れ果てる野辺の景色を心憂くお思いになって、亡きお方は秋をよしとはなさらなかったのでございましょうか。今ようやく分ってまいりました。

詠みの婉曲。

ここにも前掲の「別るとてはるかに言ひしひとこともかへりてものは今ぞかなしき」同様、作者の知性を感じる。

源氏の返歌は、

のぼりにし雲居ながらもかへり見よわれあきはてぬ常ならぬ世に　源氏（御法）

「のぼりにし雲居」については、「紫の上に呼びかける表現」（小学館日本古典文学全集）、「荼毘《だび》の煙となって立ち昇ってしまった空の上」（新潮日本古典集成）とする校注もあり、後者には「春を好んだ紫の上をしのぶ気持」という記述も続いているが、「かへり見よ」の主語を紫の上として読むのはどうしても不自然に思われる。そこは「雲居」を「冷泉院の御所」とする又江啓恵氏の、「いかに源氏が悲しみに打ちひしがれていたとしても、『顧みよ』の主語を紫上とすると中宮への返歌の体をなさず、中宮に対して失礼ではなかろうか」という鑑賞（「歌で読む源氏物語」第三巻・271頁・武蔵野書院）を自然に思う。

〔口語訳〕　院の中宮というお立場にあられても、どうぞ私のことをお忘れにならないでいただきとうございます。私は無常なこの世にもうすっかり飽き果ててしまいました。

紫の上の死が直接のきっかけとはいえ、源氏にここまでの歌を詠ませるのが秋好中宮である。果報の限りを尽しているようでありながら、じつは物語の中で孤独の最も深い源氏、それぞれに愛した大事な女性にことごとく先立たれ、永遠の異性を求め続けてついにみたされることのなかった源氏に、晩年の荒涼からこのような声を上げさせたのが秋好中宮であった。

朱雀院にしても源氏にしても、秋好中宮との贈答は、いずれもよい詠みで注目される。相手によい歌を詠ませずにはおかない女性という印象をもっている。勅撰和歌集に、それと知られる恋歌は一首しか残っていないのに、藤原俊成に恋の名歌を多々詠ませている美《び》福門院加賀《ふくもんいんかが》、後に定家の母となる人の魅力を思い合わせる時もある。

独詠、贈答、唱和をふくめて、物語の中では二二一首を詠まされている源氏であるが、読者としては、幾組かの贈答を反芻するだけで、しばしば、上質の室内楽の演奏会場に身を置くような気分を恵まれている。贈答が、選ばれた人達だけのことではなく、人間の生存の自然として時に快く、時にかなしくさびしく聞えてくる。日々の心の浮沈、抑揚に即して語りかけ、他者の反応を得ては少しずつ深まってゆく生存の本質に時代を忘れてつながってゆく時、「うた」はいい、と心からそう思う。

「建礼門院右京大夫集」の贈答

あはれのみ深くかくべき我をおきて

夕日うつるこずゑの色のしぐるるに心もやがてかきくらすかな

一二世紀後半の後宮に出仕した年若い女房の詠である。

夕日の明りが弱くなって、梢の色も次第に薄れてゆく。俄かに曇った空から時雨がきた。あたりの景色はもうすぐ暗さに沈むであろう。それは物思うことを知ったわたくしの心の内さながらのながめであるという一首。初めて男と女の仲を知った女房が、里下りの折に詠んだものとして詞書では回想されている。

「蜻蛉日記」の作者もそうであったが、最初の後朝《きぬぎぬ》の歌の返しから、歓びよりも嘆きのほうを強調する例は珍しくない。それが貴族の女のたしなみでもあるかのように。その一方では、経験は重ねているのに、わたくしは初めて恋をいたしましたと、仕合せな朝を憚りなくうたっている「和泉式部日記」の返しの例もある。

「夕日うつる」の作者には、これも詞書によると、心おきなく話し合える男性が少なくなかった。後宮につとめていれば、殿上人や同僚達に限らず他人の恋を見聞く機会は多かったであろう。作者の才色に対する周囲の関心も想像できるし、自身も「更級日記」の作者のように、ひたすら内にこもる性格でもなかったらしい。ただ警戒心は強くて、言い寄られても巧みにかわし、自分だけは「なべての人のやうには」恋などするまいと律していた。

この物堅さは環境に学んだのかもしれず、まだ若い女の我執にもとれる。自尊心や理想の高さをうかがわせもする。それにもかかわらず「契りとかやは逃れ難くて、思ひのほかに物思はしきこと添ひて」という一節があって、思いもかけずわがこととなった恋の苦しさをもらしているのが「夕日うつる」である。

これは贈答ではない。独詠である。恋を知った心の乱れ、それもやがてこみ入った暗さに沈んでゆきそうな心の内を予感しての詠ではあっても、例えば「蜻蛉日記」での後朝の返し、「思ふことおほゐの川の夕暮は心にもあらず泣かれこそすれ」よりも嘆きを密に感じるのは、作者の自己観察と表現がより進んでいるためかと思う。

逃れ難き契りによる苦しみは言い訳にも聞える。けれども「夕日」一語にこめられている淡い甘美には、驚き恐れながらも恋に潜ろうとする自分への期待も残っている。そのいずれをも殺さずひき受けようとしている姿勢で嘆きの彫りは深くなり、生動し、その質は密なものとして感じられる。

この女房には、しかし次のような詠もある。

越えぬればくやしかりける逢坂をなにゆゑにかは踏みはじめけむ

これも独詠である。「かへすがへすくやしきことを思ひし頃」の一節をもつ詞書が付く。「夕日うつる」と嘆かせたのは、平氏の、年下の殿上人だった。「越えぬれば」と悔しがらせたのはずっと年上の、色好みの聞えも高い藤原貴族なのである。例によって作者はこの貴族との隔たりを何とか保っていたのに、若い殿上人との仲を知られてから相手は積極的になり、煽られるようにして作者との逢瀬を果している。

ここから、二人の男性の間で揺れる女の物思いは、「夕日うつる」の予感に違わず、一層難儀なものになってゆく。すでに人に愛され、愛している身が心ならずも又他の人を受け入れてしまった。悔しさはあるのに、年下の人とは異るやさしさを知らされ、そればかりか、年長者特有の狡さにも気づかされているのに、迎えの車を空では返せない自分の弱さがかなしい。

この二首を読み較べてみると、作者がこだわっている「心ならずも」の思いは、「夕日うつる」よりも「越えぬれば」により強い。自分をより強く責めている。それに、「夕日うつる」一首には、暗さに沈んでゆく心の動きは見られても、悔しさの入り込む余地はない。そこが違う。そうではあっても、異る男性との初めての契りを、ともに贈答のかたちでは残さず、周到に自分の側からの独詠にとどめて、相手の情感を相手の事実としては残していない作者に、ある時私ははっとなった。並の回想ではない、と。
右の引用歌二首、「建礼門院右京大夫集《うきょうのだいぶ》」の所収である。

＊

「建礼門院右京大夫集」（家集）の作者は、第八〇代高倉天皇（一一六一―一一八一）の中宮徳子（建礼門院・平清盛女《むすめ》）の女房であった。父は能書の藤原行成の後裔《こうえい》世尊寺《せそんじ》伊行《これゆき》、母は雅楽寮の伶人大神《おおみわ》基政の女で箏の上手が伝えられる。伊行には源氏学で初めての注釈書「源氏釈」がある。

近年「自分史」という語をよく目にするが、言葉に定めるわが歳月という点では、古くからの家集にも女の仮名日記にもすでにその傾向はあった。長文の詞書と三五〇首の家集であり、同時に又戦乱の世を生きた一女性の回想の歌日記とも読める「建礼門院右京大夫集」もその例外ではない。

保元の乱後の武家勢力と摂関貴族との対立、平家納経や平清盛太政大臣出現に象徴される平氏の栄華、源平争乱、平氏の滅亡、鎌倉幕府開設という、変動激しい時代の外では生きられなかった一個人の見聞をもとに、自分では選べない時代を、人はどのように生きていたかが、部分部分でしかなくても抽象的にではなくあらわされている。

源氏との戦いにもはや望みはなく、避け難く迫っている死を恋人に告げ、必ず菩提を弔ってくれと言い遺して最後の戦場に西下する若き武将平資盛《すけもり》（一一六一―一一八五・内大臣平重盛二男）。その恋人が、資盛との日々を「夕日うつる」に回想している建礼門院右京大夫である。

この資盛との出会いと別れが、家集成立の契機であったことは一読して疑いようもない。事実壇の浦における源平の戦いで、平氏一族の滅亡をわが運命として資盛が入水したのを伝え聞き、その衝撃に、悲鳴、絶叫、慟哭を圧し殺しているような詠出が少なくないため、この家集が、二〇世紀の戦争経験者にさえひろく馴染まれる要素はあった。

なべて世のはかなきことをかなしとはかかる夢みぬ人や言ひけむ

かなしともまたあはれとも世のつねにいふべきことにあらばこそあらめ

ためしなきかかる別れになほとまる面影ばかり身にそふぞ憂き

まことにためしのない別れではあったろう。思われ、思った人が資盛一人でなかったのを家集前半では隠していないが、この資盛との死別の衝撃こそ紛れもない家集の要である。

資盛が、すでに死地に向っているのを承知はしていても、悲報を得るまでは宙を踏む思いの明け暮れ。それでも、認めたくない事実と認めざるを得ない事実との対峙の時は訪れる。このすさまじい自分の状態が易々と他人に分るはずもない。かなしいというのはあたらない。あわれと言ってもそれは自分の気持の事実を伝えはしない。忘れようとしてかえって身に添うあの人の面影。何としたことか……。

「寿永元暦《げんりやく》などの頃の世の騒ぎは、夢ともまぼろしとも、あはれともなにとも、すべてすべていふべききはにもなかりしかば、よろづいかなりしとだに思ひわかれず、なかなか思ひも出でじとのみぞ、今までもおぼゆる」

いったい何事が起ったのか。あれは何であったのか。未だに事の判別も出来ず、むしろ思い出したくないほうが先に立つ。居住まいを正し、呼吸をととのえて一気に語り出されたような家集後半のこのはじまりを、「平家物語」や「太平記」の冒頭とともに記憶させられた年代があったかと思う。私でさえ、いつのまにか忘れられなくなっている。

確かに強烈な印象を与えずにはおかない長い詞書であり、悲痛の絶唱である。悲痛に優越感さえ与えていると思われかねない表現が続く。ただ、こういう部分にだけ執していては、この家集の規模の大きさや質の豊かさを切り捨てることになるかもしれない。

平清盛が太政大臣になるのは一一六七年。作者の中宮女房としての出仕は、通説での推定に従うと一一七三年頃から五年間ほど。家集後半が資盛との死別で一気に悲劇性を高めているのに対して、前半は、藤原氏や平氏の公達の入り乱れる、まだはなやかさの残っている女房時代の回想が主になっている。

高倉上皇の崩御で終る家集前半に、後半の切迫感、悲愴感はない。けれども志に反して恋を知り、思うにまかせぬもう一人の自分を連れ歩くその揺れが、投げやりにではなく見届けられている。扱い難い人間が、厄介な生存のままに、互に心を覗き合って時を刻んでいる。その表現は捨て難いと思うようになってから作者を見る目もかなり変ってきた。

作者に「越えぬればくやしかりける逢坂を」と詠ませたのは、後世にも似絵《にせえ》（肖像画）の大家として名の伝わる藤原隆信（一一四二―一二〇五）であった。父は皇后宮少進《しょうしん》藤原為経（寂超）。母は藤原親忠女、美福門院加賀《びふくもんいんかが》。加賀はのちに藤原俊成と結婚して定家ほかを生んでいる。資盛との恋も、隆信との恋も、さきに記した作者の宮廷出仕のうちに始まり、その間に二人の男性はそれぞれ正妻とおぼしき女性と結婚している。そういう時代であった。

この家集で、作者は、史書や公文書では届き難い筆の穂先を柔らかにして、自分の生きた時代環境、生活の習慣、人間関係を無理なく取り込み、歴史としての人間の日常を具体的に伝えているが、詞書と和歌の調和も、前半と後半の対比も、又その前半の中での資盛と隆信の対比も効果的であり、結果からみてきわめて計画的である。

作者の記憶の強さと血筋にも恵まれた文学的資質をうつすこの計画性は、意図倒れに終ることなく、あくまでも個の運命に即した「自分史」の記述を、期せずして時代の証言にまで高めることになった。「伊勢物語」「源氏物語」をはじめとして、先立つ先人の詩歌、日記、物語の類に広く親炙している作者が随所でのびやかに示されているのは、伝統を言葉で生きている実践者としての右京大夫を証す事実にもなっている。

＊

家集前半での資盛と隆信の対比について。贈答から。

浦みてもかひしなければ住《すみ》の江《え》におふてふ草をたづねてぞみる　資盛

〔口語訳〕あなたの冷たさを恨んでみてもはじまらないので、住の江に生えているという忘れ草をたずねてみましたよ。

返し

住の江の草をば人の心にてわれぞかひなき身をうらみぬる　右京大夫

〔口語訳〕住の江を忘れ草とは、お人違いをなさいますな。思っても思うかいのない身を恨んでいるのはこのわたくしでございますのに。

とかく自分に物思いをさせた資盛が、父内大臣のお供で住吉詣でをする。帰京後、資盛は洲浜に歌を結びつけた萱草をのせて贈ってきた、その時の贈答である。恋のかけひきは、それでもまだのどか。穏やかな遊びもある。ゆとりがある。ところが、世馴れた隆信との贈答となると、調子が変ってくる。

浦やましいかなる風のなさけにてたく藻のけぶりうち靡きけむ　隆信

〔口語訳〕まったく羨ましい。どんな風に誘われて靡いてしまわれたのか。

返し

消えぬべきけぶりの末は浦風に靡きもせずてただよふものを　右京大夫

〔口語訳〕さほど長くもないわたくしのいのちでございます。心細くてもどなたにも靡かず、物思いに漂っておりますのに。

当らず障らずのやりとりだけはしていた隆信が、資盛との仲は聞き及んでいるぞと言わぬばかりに皮肉をきかせて近づいてくる。更には図々しさをもって。

あはれのみ深くかくべき我をおきて誰に心をかはすなるらむ　隆信

〔口語訳〕あなたにはこれほど思いを深くかけている私というものがいるではありませんか。私にこそあなたはあわれをかけるべきなのです。その私をさしおいて、いったい誰と心を交しているのですか。

返し

人わかずあはれをかはすあだ人になさけ知りても見えじとぞ思ふ　右京大夫

〔口語訳〕お相手を選ばずあわれを交すお人には、たとえこちらが好きになっても、本心は見抜けないように振舞いますもの。

彼女のほうも負けてはいない。いまいましさも抑え難い返しは、

又、

行く末を神にかけても祈るかなあふひてふ名をあらましにして　隆信

〔口語訳〕賀茂の祭の社の前で、二人の恋の行末を神にかけて祈ります。「あふひ」という名を頼みにして。

「あふひ」は「葵」に「逢ふ日」を掛けて読む。

返し

もろかづらその名をかけて祈るとも神の心に受けじとぞ思ふ　右京大夫

〔口語訳〕そんなことをなさっても、あなたのようなお方では、神様にはとても通じな

いと思います。

「もろかづら」（諸葛）は、二葉葵を桂の折枝にかけて、賀茂祭の日、冠、烏帽子、車の簾などにつけた。

こうしたやりとりのあとに、「越えぬればくやしかりける逢坂を」が詠まれる。自分を責めながらも迎えの車に乗って隆信の邸での逢瀬を重ねる。隆信には結婚話が持ち上っている。

誰《たれ》が香に思ひ移ると忘るなよ夜な夜ななれし枕ばかりは　右京大夫

〔口語訳〕あの方の思いがたとえ他に移るとしても、馴れた枕だけはわたくしを忘れないでほしい。

右京大夫は、本当はこんなふうに詠みたくなかったろう。彼女が帰ってのちに、これ見よがしに書き置かれたその一首を隆信が読んで、

心にも袖にもとまる移り香を枕にのみや契りおくべき　隆信

〔口語訳〕移り香は、私の心にも袖にもしみわたっているのに、枕にだけ頼ろうとするそちらを恨みに思います。

もろともにこと語らひしあけぼのに変らざりつる時鳥《ほととぎす》かな　右京大夫

〔口語訳〕明け方ご一緒に時鳥の声を聞いた日のことをおぼえていらっしゃいますか。あの時と少しも変らない時鳥の声を聞きました。それにひきかえ、あなたは……。

返し

思ひ出でてねざめし床のあはれをも行きて告げける時鳥かな　隆信

〔口語訳〕それはもう、あの時のことを私も思い出していた証拠ですよ。ただ一人、眠りを遠ざけられている私の気持をそのまま告げに行った時鳥の声なのだから。

この厚顔《あつかま》しさ。隆信の言い訳からも少しずつ生彩が失われてゆく。こちらを向いていて下さるはずもないのに、夢にお立ちになるのはなぜ、と訝《いぶか》る作者に、夢路を通う私の心の程を思い合わせよと返す隆信。更には、そうでございますね、夢の中でさえあなたは冷いお方でしたものと詠む作者。応酬は次第に揚足取りの様相を帯びて、隆信との間もようやく遠くなってゆく。

私が、独詠で始まる二人の回想にはっとしたのはほかでもない。前半、贈答では隆信とのそれにより多く場を与え、後半、資盛追悼の独詠に歌才を賭けたと思われる家集全体の統一に、この独詠二首がいかによく効いているかを感じたためである。

隆信との贈答は、作者の感受性の質を示すのに欠かせない。しかし、前半でもし資盛にも同じような贈答の量を与えていたら、恐らく後半の緊迫感はうすれたであろう。追憶の資盛を際立たせるには、日常性の映され易い贈答から遠ざけ、隆信よりも寡黙にしなければならない。二人への異る気遣いも、二人を愛した自分へのいたわりをも含めて、まず二つの恋を自分の立場で認め、作品としての統一をはかっている作者の計画性に、私が遅まきながら気づいたということなのであろう。

「長秋詠藻」「長秋草」「拾遺愚草」の贈答

──藤原俊成・藤原定家の贈答

うき世の中の夢になしてよ

建礼門院右京大夫《うきょうのだいぶ》が、ある時期の年上の恋人として家集に贈答を残している藤原隆信（一一四二―一二〇五）は、藤原定家（一一六二―一二四一）の異父兄に当る。すなわち、二人の母はともに美福門院加賀《びふくもんいんかが》、隆信の父は藤原為経（寂超）、定家の父は藤原俊成という間柄である。

家集「建礼門院右京大夫集」の巻末を見ると、定家が右京大夫に対して、「新勅撰和歌集」撰進に当っての撰進資料の打診をしたことが分る。以下の贈答がそれを示す。例によって長い詞書である。

老ののち、民部卿定家の、歌をあつむることありとて、「書き置きたる物や」とたづねられたるだにも、人かずに思ひ出でていはれたるなさけ、ありがたくおぼゆるに、「『いづれの名を』とか思ふ」ととはれたる、思ひやりのいみじうおぼえて、な

ほただ、へだてはてにし昔のことの忘られがたければ、「その世のままに」など申すとて、　右京大夫

言の葉のもし世に散らばしのばしき昔の名こそとめまほしけれ

返し　民部卿

おなじくは心とめけるいにしへのその名をさらに世に残さなむ

とありしなむ、うれしくおぼえし

老いてからのこと、民部卿定家が勅撰集を編まれるに当って、書き置いた歌があるかとたずねて下さった。人かずの中に入れていただいているそのお心のほどもさることながら、作者の名はどちらを望むかとまで問うて下さった思いやりはいたく身にしみて、つい望むままに、

〔口語訳〕もしもわたくしの歌を残していただけるのでしたら、忘れ難い昔の名でとどまりとうございます。

と申し上げた。それに対する定家の返しは、

〔口語訳〕分りました。同じことならお望みのように、心にとめていられる昔の名を、

歌とともに後の世に伝えましょう。

建礼門院右京大夫の作として二首を収める「新勅撰和歌集」が成り立った時、右京大夫はすでに老境に入っていた。定家が「いづれの名を」と訊いたのは、彼女が建礼門院(高倉天皇中宮徳子)のもとを退出してから、第八二代の後鳥羽天皇の内裏にまた出仕したためである。

一門とともに都を逃れ、西海に身を沈めながら救われたかつての女主人は、出家して、大原の寂光院に身をひそめた。その悲運のひとを見舞い、

今や夢昔や夢と迷はれて(一本・辿られて)いかに思へどうつつとぞなき

と目のあたりにする無常の世に、ほとんど人心地を失うほどの嘆きをうたった時には、退出してからすでに八年あまりの歳月が過ぎていたが、更にまた何年かを経て再び内裏への出仕となったらしい。「今や夢」は、右京大夫の家集のほか「風雅和歌集」にも収められている。

右京大夫の生没ははっきりしていない。本位田重美氏ほかのご研究に教わり、一一五七年頃を出生時期とみる通説に従えば、定家は数歳の年下になる。かつての恋人の弟でもある定家にやさしさを見せられた八十歳に近い老右京大夫の心中はいかようであったろう。読者として、贈答の詞書から、思いがけず同じ頃を生きていた人々への関心をそそられるのはよくあることだが、右京大夫の家集もそうさせる傾向は強く、さきの詞書など、勅撰

集撰進の準備のありようの一端を知らせるものとしても興深い。
その生没年は前後するものの、右京大夫が生きていた時代の、どこかで共存していた人々を、ここで改めて辿ってみる。

藤原清輔（一一〇四—一一七七）
源頼政（一一〇四—一一八〇）
藤原俊成（一一一四—一二〇四）
寂超（一一一五？—？）
西行（一一一八—一一九〇）
平清盛（一一一八—一一八一）
崇徳院（一一一九—一一六四）
後白河院（一一二七—一一九二）
寂蓮（一一三九？—一二〇二）
藤原隆信（一一四二—一二〇五）
源頼朝（一一四七—一一九九）
式子内親王（一一四九—一二〇一）
建礼門院平徳子（一一五五—一二一三）
慈円（一一五五—一二二五）

藤原家隆（一一五八―一二三七）
高倉天皇（一一六一―一一八一）
平資盛（一一六一―一一八五）
美福門院加賀（?―一一九三）
藤原定家（一一六二―一二四一）
藤原良経（一一六九―一二〇六）
後鳥羽院（一一八〇―一二三九）

さし当っては本書に関りのある人々の中からの選出に過ぎないが、何と言っても、「新古今和歌集」の主要歌人が並び立っているさまは壮観である。

保元、平治の乱の後、新興武家勢力と摂関貴族との対立は続き、平氏の興亡あって後はついに鎌倉幕府の開設をみるが、この間貴族達は、中央政権の場からは次第に遠ざけられながらも、伝統文化の継承者として、和歌を守り、和歌を深め、その道に拠って為政の実力者に対抗すべく暗黙の結束をはかっている。その中心的存在が、宮廷政治の回復と、伝統文化の実践として和歌の隆盛を願った後鳥羽院であり、院の下命によって、和歌史上稀な芸術的深化を誇り得る「新古今和歌集」が成り立った経緯を思うと、平穏無事の時代における文学の稔りの困難も考え合わされて、古今集とは異る新古今集の充実に、おのずから別の視点を求められることにもなる。

＊

右京大夫は「新勅撰和歌集」初出の歌人であり、当然のこととして新古今集の歌人ではなかった。戦乱の世を経験したのは彼女の意志ではない。しかし平資盛《すけもり》とのいたましい生別、死別のないところで家集が生れたかどうか。残酷を餌に育つ詩は時を選ばない。選ばれた人だけが詩を育て、詩に育てられる。新古今集の詩の集としての充実も、宮廷貴族が経験した危機感に相即させて考えたいところがある。ひろく「あはれ」に発している日本人の美意識が、「幽玄」に理想を見定めてゆくのも、危機感への対応と無縁ではなかったろう。

中世和歌の理論上の支えの言葉を、俊成、定家は多く残してくれた。中世に文芸評論家はまだいない。詠歌にすぐれていなければ、詠歌作法について他者から訊ねられはしないし、歌合の判者に請われることもない。独詠にすぐれる俊成父子であるが、贈答にもやはりよいものが残っている。

定家は、俊成が数えで四十九歳の時の息子である。俊成はすでに藤原為忠の女《むすめ》を妻としていたにもかかわらず、為忠の息子為経（寂超）の妻であった美福門院加賀（藤原親忠女）と結婚して（ただし為経出家後）定家ほかをもうけている。定家には兄姉が多い。定家の系累・経歴については、主として久保田淳氏の「藤原定家」（「王朝の歌人9」集英社）に多くを教わっている。同腹異腹の兄姉の中には、秀でた人が多くみられる。俊成が実際に艶福家であったかどうかについては、私自身まだよく読み込んではいないが、結果として、多くのすぐれた子女を育て、歌の家をひろく守る地道で精力的な努力を積んで、ひとり和歌といわず、日本の文化を支えた怪物的威力については迷いなく讃えたい。

その俊成との贈答の相手が、定家の母と「明記」されて残るのは、「新古今和歌集」巻第十三恋歌三の以下の一組である。

女に遣はしける　　皇太后宮大夫俊成

よしさらばのちの世とだに頼めおけつらさにたへぬ身ともこそなれ

返し　　藤原定家朝臣母

頼めおかむただささばかりを契りにてうき世の中の夢になしてよ

〔口語訳〕いいでしょう。もうこれ以上お逢いできないというのであれば、せめてあの世での契りを頼みにさせて下さい。さもなければ、とうてい生きてゆけそうにもありませんから。

お返しは、

〔口語訳〕お約束いたしましょう。あなたとはただそれだけのご縁として、これまでのことは、今生でみた夢の中の出来事にして下さいませ。

俊成の家集「長秋詠藻」（川村晃生校注「和歌文学大系22」明治書院）を見ると、詞書は「つれなくのみ見えける女に遣はしける」となっているが、女は特定されていない。川村氏の校注テキストでは三一三から三六〇までが恋歌で、引用歌は三二〇・三二一として収められている。この引用歌のあと、独詠、贈答、いずれも対象不特定の作品が続いているが、詞書を辿ると、「逢ひがたくて逢ひたりける女に」「いかなる朝にか、人に遣はしける」「又、女に遣はしける」「恨むる事ありてしばし言はざりける女に、又文遣はすとて」「春のころ、しのぶる事ある女のもとに遣はしける」、などと続き、中には加賀との贈答と読みたいものもいくつかある。

むろん家集では構成の効果が図られるので、相手が分っている贈答に続くからといって、同じ組み合わせで読む必要もない。過去の文学に広く明るく、女性関係の細くなかった俊成のこと、経験の再構成に虚実は流れ合い、人為は周到に砕かれてもいようが、それでも返しの作者は不明のまま、加賀との贈答かと読みたいものが出てくるのは、やはり歌の収められている位置と、贈答の印象の強さのせいであろう。

結論を先に言うと、「よしさらば」「頼めおかむ」の贈答は、私の知る限りの贈答の中では抜群のものと思う。いかにも思いに耐えかねた男の強い口調で始まる贈歌が、憐憫を乞うとまでは言えないにしても、心細さにくずおれる自然で今一度迫っているのに対して、「頼めおく」一語を踏んでの返しは、「源氏物語」の恋の贈答を背景にした、二人の間を肯定も否定もしていない余情の女歌。

いや、表向きは、自分の意志で恋の終りを宣言しているような、今度お逢いする時はあの世で。今までのことはどうぞこの憂き世での夢となさって下さいますように、と、男の側から見れば何を勝手なと言われかねない、事の決着のつけ方も一方的な気強い詠みである。しかし、「ただざばかりを」の「さばかり」に立ちどまると、あの世に向ってのことだけではなくて、この世であったことの「重さ」にも掛けて読みたくなる。

更に、「うき世の中の夢になしてよ」の命令形は、贈り主に対してだけの命令形でよいのか。むしろこれは、自分自身に対する間接の命令形、断ち難い情の処理の仕方を、自分に命じているのだととれば、この返しは、決して恋の終りを認めているのではなく、むしろ、くずおれる相手を余情のうちに引き入れ、心の通い路を閉してはいないところから、平坦ではあり得ない二人の恋の行方をいっそう期待させるものとなっている。

むろん贈歌のくずおれには、この期に及んでもなお儀礼の姿勢としての余裕は残されているので、返歌の重層性とも均衡は保っている。この返しで、二人の間にすでに異性としての関りがあり、それもかなり難しい関係であったらしいことが分る。又、男の執念に揺れはないが、女の内面の揺れは、女が理を立てようとするための揺れで、それがむしろ女の情を知らせている。情のにじみを防げない。

「よしさらば」一首と、「頼めおかむ」の詠みの呼応には隙がない。「頼めおく」を共有してそれぞれの世界がひろがってゆくさまは、まるで片腕を組んで向き向きに快い回転を続けている男女の姿を目のあたりにするようでもある。忍ぶ恋の限界をうたった女歌として、式子内親王の「玉の緒よ絶えなばたえねながらへば忍ぶることの弱りもぞする」(新古今集)があるけれど、逢えない恋の苦しさの表現として比較してみると、この男歌の作者のしたたかさはさすがである。したたかさは、狡さではない。

「頼めおかむ」を返された俊成に、光源氏と藤壺の贈答はたちどころに起ち上ったであろう。俊成の詠歌の大事に古典の学びがあり、稀なたしなみの人としての俊成をよく理解していればこその加賀の詠、「源氏物語」の濃密な一場面にひびかせて歌境の増幅をはかっている加賀に、俊成は思慕を新たにしたかもしれない。

この贈答の背景になっていると思われる源氏と藤壺の贈答は、里下りした藤壺と源氏がしのび逢った夜のことで、すでに取り上げている(227頁〜)。宮中では会えても逢うことは出来ず、今一度逢えない苦しさを思えば、はかない逢瀬の夢の中にいっそ消えてしまいたいと詠む源氏に、藤壺はこう返す。許されようもなく、たぐいもないわたくしのこの憂いを、たとえ醒めない夢の中のこととしても、世の人々はいつまでも許さず語り草にするのではないか、それが恐しくてなりません、と。

見てもまた逢ふ夜まれなる夢の中にやがてまぎるるわが身ともがな　源氏（若紫）

返歌

世語りに人や伝へむたぐひなく憂き身をさめぬ夢になしても　藤壺（若紫）

加賀の返し、「頼めおかむ」の一首だけみても、その歌才は知られよう。贈歌に対する礼は失なわず、節度は保っていて自己主張は明白であり、王朝の優美と妖艶をくみ上げながら更に陰翳と鋭さを添えている一首。しかもこの一首は贈歌に引き出され、贈歌に促された一首であり、結果として、贈歌だけでも、返歌だけでも成り立たない時空がつくり出されているのを私は強調したい。贈歌が、返歌を得て独自性を更に輝かせているのもそのことのうちである。

王朝の多くの女房と異り、引用歌を例外として、加賀の私生活への手がかりは乏しい。しかし想像される困難をこえてやがて俊成加賀は夫となり妻となる。二人の間に生れた息子定家が、後年、

春の夜の夢の浮橋とだえして峯にわかるる横雲の空　（新古今集）

の作者となるのは偶然ではないと思う。

隆信、定家の母に凡なる女性が想像されようか。この加賀が亡くなった時、式子内親王と俊成、良経と定家、定家と俊成、殷富《いんぷ》門院大輔《もんいんのたいふ》（後白河院皇女亮子内親王女房）と定家との間で贈答が交されている。以下それらを読んでみる。

嘆きつつ春より夏も暮れぬれど

藤原俊成（一一一四―一二〇四）の家集「長秋草」に、以下のような詞書をもつ、亡妻美《び》福門院《ふくもんいん》加賀《かが》（?―一一九三）哀傷の九首が収められている。

建久四（一一九三）年二月十三日、年頃のとも子共の母かくれて後、月日
はかなく過ぎゆきて、六月つごもりがたにもなりにけりと、夕暮の
空もことに昔の事ひとり思ひ続けて、ものに書き付く

「年頃」は年来の意に読む。「子共の母」とは藤原定家（一一六二―一二四一）の母。加賀と死別した俊成に過ぎゆく月日のはかなさ。それでも四ヵ月が経って、六月ももう末になった。夕暮の空を格別の思いでながめやると、とりわけ昔の事などひとり思い続けられて、ついものに書き付けた、というのである。

加賀とは、若さに走った恋ではなかった。ともに宮廷に関る貴族であり、妻子もあれば夫も子もある有識の男と女が、しのぶこと多い仲らいを続けて後にようやく辿りついた結

婚であった。二人の間に定家が生れた時、俊成はすでに五十歳に近づいていた。ところで、ものに書き付けたという詞書の一節をそのまま受け取れば、この哀傷九首は特定の誰かに贈られたものではない。しかし「長秋草」ではこの九首のあとに、

これらを思ひかけず前斎院の御そに、人の伝へ御覧ぜさせたりければ

という詞書をもつ前斎院式子内親王（一一四九—一二〇一）の一一首（一〇首と一首、二度に分けての詠）が続けて収められている。これは九首全部に対応する詠ではないが、大方は対応する。

詞書には、思いもかけずこれらの歌を前斎院のもとにお伝えした人がいたためにご覧下さり、前斎院から賜った御歌は以下の如くである、とて、加賀の死を悼み、俊成の悲傷をともに嘆く前斎院の一一首が続く。そのあとに俊成の一首がくる。

御返しに

とあって、前斎院のお心のあたたかさに涙して返歌を差し上げた次第が辿られる。

思いもかけず前斎院にお目にかけるべく取りはからったのは誰であったのか。これについては久保田淳氏が「新古今歌人の研究」（東京大学出版会）で、式子内親王に仕えている俊成の娘が、父親に無断でなしたことかと推定されている。

「賀茂斎院記」によると、第七七代の天皇であった後白河院（一一二七—一一九二）の皇女式子内親王の、第三一代斎院としての卜定《ぼくじょう》は一一五九年であり、その退下は「皇帝紀抄」

第七によると、一一六九年であった。

俊成が、和歌の本質や和歌の歴史などを論じ、抄出歌とともに示している「古来風躰抄《こらいふうていしょう》」は、前斎院の求めに応じて成った歌論の書である。前斎院の作品には、百首歌の形をとっているものが多い。俊成が編んだ「千載和歌集」に収められている前斎院の歌は九首。この時、和泉式部の歌は二一首で、女性では最高の首数になっている。

定家の「明月記」を見ると、前斎院よりも十三歳年少の定家が、父俊成に伴われて三条の前斎院のもと（三条高倉第）に初めて参入したのは一一八一（治承五）年正月三日のこと、以後定家は俊成に伴われて度々伺候するようになる。すでに定家の二人の姉は女房として出仕していたし、俊成は前斎院の歌の師であったと推定されてもいる。「明月記」のさきの正月三日の条に、「今日初参、仰せに依りてなり。薫物馨香芬馥《けいこうふんぷく》たり」（原文白文）と記す定家は、前年従五位上となったばかりであった。初参の折のこの印象に残る記事は、晩年の前斎院に病悩の加わるさまを案じ、見舞い、自身病といつわって大事な詩歌の集いにも出席せず、案じられる心の重さのままに引き籠り、小康が伝えられれば喜ぶという、前斎院の病状に即しての一喜一憂を隠さぬ一二〇〇（正治二）年の記事とともに、定家の式子内親王に対する気持の関りようを知らせている。

俊成とその娘、息子達と式子内親王との間には、長年の繋りがあった。そうであればこそ、亡妻をしのぶ父親の独詠を、父親に無断で娘の女房が前斎院のお目にとまるようにとりはからったかという久保田淳氏の説も納得される。さすがに歌の家の一族である。
さて肝腎の哀傷歌であるが、俊成の九首と、それを読まれて俊成に贈られた前斎院の一首のうち、対応すると思われるもののうちから数組、便宜上ここに抜き出し、対応させて読んでみることにする。

くやしくぞ久しく人に馴れにける別れも深く悲しかりけり　俊成（長秋草）

〔口語訳〕別れがこれほどまでに深くかなしまれるのも、あのひとに長年よく馴れ親しんだせいかと思うと、むしろそのことが悔やまれる。

時のまの夢まぼろしになりにけむ久しく馴れし契と思へど　前斎院（同右）

〔口語訳〕久しい間、稀な睦じさでお過しになったお二人だと思いますのに、それも一瞬の夢幻と化したのでしょうか。

俊成歌の「久しく人に馴れにける」を肯定して反復しながら、俊成の後悔に対して、それも夢幻か、とひらいたところ、前斎院らしい詠みと思う。前斎院に次の一首のあることを改めてかえりみる。

見しことも見ぬ行末もかりそめの枕に浮ぶまぼろしの中　（前小斎院御百首）

更に右の二首から連想した和泉式部の歌二首。

捨て果てむと思ふさへこそ悲しけれ君に馴れにしわが身と思へば　（和泉式部続集）
白露も夢もこの世も幻もたとへて言へば久しかりけり　（宸翰本・松井本和泉式部集）

「白露も」の歌は、短かさ、はかなさといえば、すぐにたとえに引かれる白露、この世、幻といえども、恋する人との逢瀬の時の短かさ、はかなさに較べれば、それでもまだ久しい、の意。

さきの世にいかに契りしちぎりにてかくしも深く悲しかるらむ　俊成（長秋草）

〔口語訳〕別れがこれほどまでに深く悲しまれるのはなぜかと、あれを思いこれを思いしてみるが、私達二人は、いったい前世でどういう契りを交していたものか。ついそんなことまでさかのぼってみたくなる。

限りなく深き別れの悲しさは思ふ袂も色変りけり　前斎院（同右）

〔口語訳〕ご愁傷の深さいかばかりかとお察しいたします。及ばずながらお悲しみを思う涙（血涙、紅涙）でわたくしの袖も色が変ってしまいました。

俊成歌の「かくしも深く悲しかるらむ」を踏む。

おのづからしばし忘るる夢もあればおどろかれてぞさらに悲しき　俊成（長秋草）

〔口語訳〕時には悲しみを忘れて夢に見ることもある。けれどもそういう時には、目覚めてからの悲しみはかえってより深いものになっている。

今はただ寝《ね》られぬ寝《い》をや嘆くらむ夢路ばかりに君をたどりて　前斎院（同右）

〔口語訳〕今はもうおやすみになれないご自分を嘆いておいででしょう。夢の中だけでなつかしいお方をお辿りになって。

山の末いかなる空のはてぞとも通ひてつぐる幻もがな　俊成（長秋草）

〔口語訳〕あの桐壺院の歌ではないが、妻の魂がそこにあるというのなら、どんなに遠い所であってもそこまで通って行って、この私の気持を告げてくれる幻術士はいないものか。

「源氏物語」で、寵愛の更衣を失った桐壺院の哀傷とひびき合う一首。

たづね行く幻もがなつてにても魂《たま》のありかをそこと知るべく　（源氏物語・桐壺）

桐壺院の歌は「長恨歌」を曳いている。幻術士は玄宗の悲願を受けて、亡き楊貴妃の魂のありかを探し求める。「源氏物語」の中で、紫の上に先立たれた源氏には、

大空を通ふ幻《まぼろし》夢にだに見えこぬ魂の行方たづねよ　（源氏物語・幻）

の詠もあった。

つとに「源氏物語」を重んじてきた俊成には、「山の末」一首も自然の詠出であったろう。俊成歌の背後に当の物語を読み、「幻」を踏んで物語の趣向を生かしながらの前斎院の対応も、古歌の学びといわず、その馴染みの柔らかな深さにおいてすぐれた人ならではのものと思われる。すなわち、

雲のはて波間《なみま》をわけて幻もつたふばかりの嘆きなるらむ　前斎院（長秋草）

〔口語訳〕幻術士が、波間を分け、雲の果てまでもお探しして、亡きお方に伝えずにはいられないほどのご愁嘆とお察しいたします。

俊成歌の「山」と「空」に、ここでは「雲」と「波」が対されている。俊成歌よりも更に動きが出ている。

嘆きつつ春より夏も暮れぬれど別れはけふのここちこそすれ　俊成（長秋草）

〔口語訳〕春このかた嘆きくらして、夏も早暮れてしまった。それなのに別れはなお、今日のことのように思われる。

この一首は、俊成の加賀哀傷の中では、私のことに好きな一首である。口調がいい。ことさら憶えようとしなくても憶えさせられてしまう。初句から三句まで流れるように読んできて、四句、五句でとどまる。深まる。広がってゆく。この対照の効果は意図倒れにな

っていない。私はこの一首を、恣意により、遥か後代の、一人にて負へる宇宙の重さよりにじむ涙の心地こそすれ　与謝野晶子（白桜集）
にひびかせる。

秋来ぬと荻の葉風に知られても春の別れやおどろかるらむ　前斎院（長秋草）

〔口語訳〕今はもう秋。荻の葉風がそれを知らせるにつけましても、深いお嘆きは春のお別れに始まっているのを、今更のように思っております。

俊成の哀傷九首のうちから、さし当って五首、対応する前斎院の哀傷とともに読んできたが、前斎院から贈られた一一首の最後の一首は、

又

身にしみて音に聞くだに露けきは別れの庭を払ふ秋風　前斎院（長秋草）

となっていて、既述したように、俊成の九首に対して贈られた一〇首に、更にもう一首加えられた前斎院の心遣いのあったことが分る。

〔口語訳〕その音を聞くだけで身にしみて涙を誘われるのは、人亡き邸の庭を吹きわたる秋風です。

「音に聞く」には、「秋風の音を実際に聞く」に、「様子を伝え聞く」を掛けて読む。
この前斎院の詠のあとに、初めて、俊成の返歌がそれとして示される。

御返しに　　　　　　　　　　　　　　　　　　　　俊成（同右）

色深き言の葉おくる秋風によもぎの庭の露ぞ散り添ふ

荒れ果てて蓬の茂るにまかせた庭に置く露に、前斎院のねんごろな言葉をいただいて心動かされた俊成の涙が、露となって更に散り添うさまを詠んでいる。

〔口語訳〕色深い木の葉を送ってくる秋風が、蓬の生い茂るさびれた庭の露に、更に涙の露を散り添わせることでございます。もったいないお言葉、身にしみて有難く承りました。

俊成にしても前斎院にしても、ともに異質の独詠で立つ人であるが、加賀の死を契機として詠み交されたこれら一連の作品には、おのずから三者の人間的な関りようがしのばれる。儀礼はそれなりに差し引いてみるとしても、加賀の魅力の乏しいところでは、まずこうした作品の成立は望めないと思う。

天下の歌びとが、大事なひとに先立たれて我にもあらず時のはかなさに漂う、その個に徹した詠みに、先人作品の哀愁、悲傷が抑え難くにじめば、その詠みに身を添わせるように詠み出されている前斎院の作品にも、静かにたくわえられた文化はにじむ。

強調も屈折も、前斎院歌の馴染むものではない。しかしその静と雅をかねた透明感は、王朝の優雅に深く潜りながら幽玄の境に詩の理想を見た俊成の詠とひびき合って、特有の雰囲気をつくり出している。贈答のうたとしては直接性にやや欠けるけれども、俊成歌の詠みぶり、前斎院歌の対応のしよう、最後の俊成の「御返しに」を読めば、慣例にこだわることもないと思われてくる。

日本の男歌と離れてはあり得ない日本の女歌であるが、もう大分前に、私は、日本の女歌には三つの山脈が走っていると書いたことがある。和泉式部と与謝野晶子をつなぐ大山脈。式子内親王、俊成卿女、山川登美子をつなぐ中山脈。そしてもう一つは、永福門院《えいふくもんいん》で支えられている、どちらかといえば孤立した山脈である。一九八五年の「山川登美子『明星』の歌人」（講談社）の中で書いた。この考えは今も変っていない。

一一九三年の美福門院加賀の死は、和歌の歴史の上でも、小さなことではなかった。というのも、今読んできた夫俊成の哀傷の歌、前斎院式子内親王の哀傷の歌にとどまらず、息子定家と父俊成、藤原良経と定家、殷富《いんぷ》門院大輔《もんいんのたいふ》（後白河院皇女亮子内親王女房）と定家との間で、通り一ぺんとは見過せない贈答が生れているからである。一人の女性の死によって生れる歌の多寡を言おうとするのではない。生れた作品の質に即して考えたいのである。引き続き加賀哀傷の贈答から、定家と俊成の場合を読んでみる。

亡き人恋ふる宿の秋風

藤原俊成（一一一四―一二〇四）の家集「長秋草」に、息子定家（一一六二―一二四一）との贈答が収められている。俊成の妻、美福門院加賀《びふくもんいんかが》が亡くなったのは一一九三（建久四）年の二月十三日。贈答は、同じ年の野分の頃である。

七月九日、秋風荒く吹き雨そそぎける日、左少将（定家）まうで来て帰るとて、書き置きける

たまゆらの露も涙もとどまらず亡き人恋ふる宿の秋風

〔口語訳〕逆さまにゆかぬ月日は過ぎて、今はもう秋。母上をしのぶ邸に吹きつける風があまりに強いので、草葉に置く露も私の涙もはしから散らされてしまいます。亡くなるまで母の住んでいた邸に雨を伴った風が吹きすさんでいる。瞬時もとどまるこ

となく吹き散らされる露と涙。ただ一滴の涙ではなく、あとを絶たない涙をはしからあらしに攫《さら》われて、かなしみに沈むことも、恋しさに思うさま身をゆだねることもできない作者にあわれが増す。作者の心情に逆らうような環境の景を配して、作者の悲哀はかえって強調される。それに対して俊成は、

返し

秋になり風の涼しくかはるにも涙の露ぞしのに散りける

〔口語訳〕秋になり、風が涼しく変ってゆくのと見合うように、かなしみの涙の増すのをどうすることも出来ないでいます。不甲斐ないとは思いつつ。

哀傷のうちにも詩の輝きを失っていないのが定家の「たまゆらの」一首であろう。対する俊成の返しは、むしろ散文的な沈着で均衡を保っている。

この贈答の背景に点滅する、あるいはこの贈答が曳いている「源氏物語」「伊勢物語」については、さきにも掲げた久保田淳氏の「藤原定家」（「王朝の歌人9」集英社）に委しく述べられている。むろん出典に気を向けなくても、読者に応じての満足感を与えられる贈答ではあるが、本歌、類歌、物語などの典拠を、こちらの学びに応じて知れば知るほど作品に豊かさが加わり、感銘の多様化、重層化を経験することになる。

感銘を得ながら、自分の読みの程度を意識せずにいられなくなるのは、すぐれた歌の作用のうちだと思っているが、俊成、定家の歌が曳いて立つ文化は、とりわけ層の厚さ、裾野の広さで注目される。自身の詠歌が、先人の詩心とともに生きる実践であることを理屈抜きで示している人達である。

「長秋草」が収める前掲の加賀哀傷の贈答は、定家の家集「拾遺愚草」にも収められている。「下」の「無常」の項。ただし定家の贈の詞書は「長秋草」とは異る。

　秋野分せし日、五条へまかりて帰るとて

とあって、「返し」は「入道殿」。五条は俊成の邸である。

ところで、「新古今和歌集」巻第八哀傷歌には、定家の「たまゆらの」一首は採られているけれど、俊成の返しは無い。これを読む限りでは独詠との区別はつかない。勅撰歌集でも私撰歌集でも、もともと贈答であったもののいずれかだけを収めている例は少なくないので、私など知らずに独詠と読んでいるものがさぞ多いだろうという不安は続いている。

新古今集での「たまゆらの」一首の詞書が、これ又「長秋草」とも「拾遺愚草」とも異っている。すなわち、

　母の身まかりにける秋、野分しける日、もと住み侍りける所にまかりて

作者は「定家朝臣」。「もと住み侍りける所」は、五条の俊成邸。

新古今集が除いた俊成の返しは、今度は「玉葉和歌集」巻第十七雑歌四に、「皇太后宮

大夫俊成」の一首として収められる。ただしこの方は詞書で、定家歌への返しである旨が記されている。

前中納言定家母の思ひに侍りける頃、「たまゆらの露も涙もとどまらず亡き人恋ふる宿の秋風」と詠みて侍りける返事に

独詠か。それとも贈答のうちか。こういう扱いにふと佇んで、勅撰、私撰歌集の構成や撰者の意図についてあれこれ推測するようにもなる。

＊

美福門院加賀の死を契機として詠まれた贈答を、更に「拾遺愚草」に拠りながら抜き出してみる。

「下」の「無常」の項。殷富門院大輔《いんぷもんいんのたいふ》（後白河院皇女亮子内親王女房）からの弔歌。

きさらぎの頃、母の思ひになり侍りし、とぶらふとて、大輔

つねならぬ世は憂きものといひひてげにかなしきを今や知るらむ

加賀の死は、繰り返せば一一九三年二月十三日。詞書の「思ひ」は、「もの思い」の意から「喪」「服喪」の意に用いられる。例えば「古今和歌集」では、巻第十六哀傷歌の詞

書の中に、「母が思ひにて詠める」「父が思ひにて詠める」「思ひに侍りける年の秋」などの例を続けて見出すことが出来る。

〔口語訳〕無常の憂き世だとはよく口にし合ったものでしたが、今は逃れようのないかなしさのうちに、そのことを身にしみて感じていらっしゃるのでしょう。わたくしも同じでございます。

返し

かなしさはひとかたならず今ぞ知るとにもかくにも定めなき世を

〔口語訳〕仰る通りです。気楽に定めなき世などと言い合っていた頃とは全く違って、とにもかくにも無常の世のかなしさひとかたならず、こうして沈み暮しております。

思うに、心に落ち着きを取り戻している定家であれば、つまりもう少し余裕が出てきていれば「とにもかくにも定めなき世を」という詠みにはならなかったかもしれぬ。それは後代の一読者の勝手な想像に過ぎないが、心情を一括して一歩身をひいた詠みではなく、選んだ個々の言葉で、具体的に、的確に心情を絞り上げてゆく労を惜しまなかったのではなかろうか。私にはかなしみに疲れている定家が見える。それに殷富門院大輔に対しては、詩人はいくらか気を許していたか、とも思う。

大輔の生没年ははっきりしていないが、一一九二（建久三）年の殷富門院の出家に従って出家したらしい。大輔は、歌林苑の会衆《えしゅう》の一人とされている。俊成の一つ年上で東大寺の僧でもあった源俊恵（一一一三—?）が、自坊で主宰する月例の歌会に集ったのが歌林苑の会衆で、その中には藤原清輔、源頼政、寂蓮、藤原隆信、二条院讃岐らの名がみえるし、俊恵を歌の師とした鴨長明（一一五五—一二一六）の「無名抄」には、俊恵の歌論が多く紹介されている。

俊恵、俊成、定家、ともに同時代にあって、ともに「余情」を重んじていながら、俊成、定家の歌風と俊恵のそれとは、理想とするところに微妙な違いがあった。私が俊恵という人を遠くの人ではなく感じるようになったのは、「無名抄」の中で長明が、俊恵が内々で言ったとして紹介している俊成歌の批評を読んだ時からである。

ある時俊成のもとを訪れた俊恵が、彼に代表歌をたずねた。俊成が答えた「おもて歌」（代表歌）は、

夕されば野辺の秋風身にしみて鶉《うづら》鳴くなり深草の里

であった。俊恵は、人々が褒めるのはむしろこちらではないかと次の一首をあげてみせる。

面影に花の姿を先立てて幾重越え来ぬ峯の白雲

すると俊成は、「夕されば」のほうが比較にならないほどいい出来だと思うと言った。俊恵の俊成歌の批評はそのあとである。

俊成の「夕されば」一首は、「身にしみて」という第三句（腰句）を残念に思う。なぜかというと、これほどの歌は、さらっと詠み流してしかも身にしみるように感じさせてこそ心憎くもあれば優れているとも言える。直接の言葉を重ねて、歌の究極（詮）はこれこれであると説明してしまったためにかえって薄くなった。それが残念なのだ、と。

俊恵にとって、俊成の自讃歌は言い過ぎなのである。心《しん》になるものを作者は直接言うべきではない。そういう言葉は用いないで、読者の情緒経験の演出に努めるのが作者だと言いたかったのだと思う。この時俊恵が自分の代表歌としたのは、

み吉野の山かき曇り雪降ればふもとの里はうちしぐれつつ　（新古今集巻第六冬歌）

であった。

やがては優艶も吸収してゆく俊成の幽玄であるが、俊恵歌の無欲の前では執着に難ありと見られたであろう。

俊恵の父は、歌論書「俊頼髄脳《としよりずいのう》」でも知られる源俊頼である。俊恵の歌に、権勢欲や名誉欲はほとんど感じられない。自分では歌論を記してもいないらしい。流派、系統を超えた感覚で自坊を開放していた彼のもとへは多くの歌びとが寄っている。ともに多くの敬愛者、支持者を擁していた俊恵と俊成が、それでも時に互にそれとなく意識し合っている様子も辿られる。この二人を近代の歌界においてみるとすれば、さしずめどういう歌人が相当するのか、そんなことを考えていると、歌林苑の時代、「六百番歌合」の時代といえど

も腥《なまぐさ》さそのものに感じられてくる。

　こういう歌の環境を考えると、大輔が加賀哀傷の弔問歌を定家に贈ったこと自体、親しさだけであったろうかと思いたくなる。実のない儀礼だけとは読まれないし、そうかといって哀傷のほかの目的意識を読みとるには大輔の「つねならぬ」一首は複雑さに欠ける。そうは言うもののやはり、俊成、定家の、時代の歌びととしての居場所をそれとなく感じさせる贈答として私は意識する。大輔の無意識であったかもしれぬ処世を含めて。

*

　定家が母を喪った同じ年の同じ月、八日遅れの二月二十一日に、三位中将藤原公衡《きんひら》（一一五八―一一九三）も亡くなっている。定家は公衡と親しかった。公衡の母は、俊成と同じく俊忠を父とする。「拾遺愚草」（下・無常）には、

　　三位中将亡くなりての秋、母の思ひ（喪）にてこもりゐたる九月尽
　　日、山座主《ざす》にたてまつる

という詞書の一〇首があって、山の座主慈円《じえん》（一一五五―一二二五）の返し九首と慈円からの詠二首がそれに続く。

　慈円のことには、少しふれている（91頁～）が、関白藤原忠通の息である。関白九条兼《かね》実《ざね》（一一四九―一二〇七）は同母兄。従って藤原良経（一一六九―一二〇六）は甥に当る。法

性寺座主、天台座主、第七七代後白河、第八二代後鳥羽両帝の護持僧をつとめた。諡《おくりな》は慈鎮。加賀と公衡とを相次いで失い、増幅された嘆きに沈む定家が、七つ年上の慈円に贈った歌の中から、対応歌と思われるものとともに読んでみる。

見し人のなき数まさる秋の暮別れ馴れたる心地こそせね　定家

〔口語訳〕知る人の死を重ねた秋の暮ですが、いっこうに死別に馴れたという気持にはなれないでいます。

人の世の霜に時雨をそめかへて別れ馴れたる心地こそすれ　慈円

〔口語訳〕私はすでに年老いてしまったせいか、時雨を霜に変え、季節とも人とも別れるのには馴れた気持でいます。あなたもやがては馴れられるでしょう。

あけくれてこれもむかしになりぬべし我のみもとの秋と惜しめど　定家

〔口語訳〕人は逝き、季節は移り、今はただ自分だけが変らないもとの秋だと惜しんでいますが、これとてもいつかは昔のことになってしまうのでしょうね。

思ひ出づるきのふの秋はむかしにてこのごろ思ふ行末の春　慈円

〔口語訳〕思い出すと、昨日の秋はもう昔のことになっています。この頃しきりに思うのは過ぎた秋ではなく、これからの春のことばかりです。

まださめずよしなき夢の枕かな心の秋を秋に合はせて　定家

〔口語訳〕秋さながらの哀愁を、秋に合わせて心に秘めたまま、つまらない夢から私はまださめておりません。

ひとりのみ夜も明けやらぬ秋の夢のさは又さめぬ君もありける　慈円

〔口語訳〕この私ときたら、ひとりで夜も明けやらず嘆いていますのに、まことに世はさまざま、あなたのように秋の夢からさめないお人もあるものだと知りました。

「御返し」となってまとまっている慈円の応答歌のうち、この三首だけについて言うなら、定家の嘆きに安易な共感を示さず、より広大な時空に定家を押し出してゆくような詠みに特色がある。初めて経験するさびしさを訴えたかった定家にしてみれば、とりあえずはやさしいともいえない返しを読まされることになるが、こういうやさしさもあるのを理解できない定家でもなかったろうし、自分の弱気に鞭を得たい甘えもあったか、とも思う。慈円は先へ先へと歩み、時折振り返っては喘ぐ定家に手をさしのべている。このような贈答を私はまだ他に知らない。

今日を限りの別れなりけり

藤原俊成（一一一四―一二〇四）の家集「長秋草」や藤原定家（一一六二―一二四一）の家集「拾遺愚草」に拠りながら、美福門院加賀《びふくもんいんかが》（?―一一九三）の死に因んでどのような贈答が生れていたかの拾い読みを続けてきた。

ただ一人の女性の死をきっかけとして、さざ波立つように、故人と繋りのある人の間で次々に哀傷の歌が詠み交されている。この現象に即してみると、故人の人間関係や生活環境の習慣、うたと遊離していない日常が、一対一の贈答によるよりももう少し幅広く見えてくる。

加賀の場合は、第七四代鳥羽天皇（一一〇三―一一五六）の后美福門院に仕えたという後宮での役割、宮廷の内外、貴族社会での人間関係も特殊であったから、そのことを反映して、しのび合いにもとかくよく知られた歌びとの名が残っている。こういう例がひろく他に及ぶとは考えられない。加賀自身の人柄や資質、才能だけではなく、歌界で重きをなし、すでに出家の身ではあってもかつては皇太后宮大夫をもつとめた夫俊成や、俊成の期待を背負っている息子定家、俊成と加賀との、理由あっての遅い結婚で生れた定家への配慮も、人々のしのびには綯《な》い交ざっていたであろう。

けれども、いかに特殊であっても、日本のある時ある所で、贈答はこのように生れていたという事実だけは認めざるを得ない。名のある歌びとが、故人との繋りのままに、強く、弱く声をあげている。読書量の多くもない私が、たまたま立ち止らされた事例に過ぎないが、事例としては贅沢な事例だと思う。和歌の歴史の中にながめてみてそう思う。一つの死に因む贈答に限って辿ると、限られてかえってはっきり見えてくることもある。しのび方の比較から、人それぞれの人との対応の仕方、心の用い方を知らされる。

遠くのはずの人が遠くの人ではなく、日常性と流動性で感じられる瞬間が度々訪れる。一二世紀末の彼等の哀傷の時を、彼等の贈答に添ってともに生きる作業を、今しばらく続けることにする。

＊

「拾遺愚草」に戻る。

母親を失い、次いで親しい友達の三位中将藤原公衡《きんひら》（一一五八—一一九三）とも死別した定家は、その増幅された嘆きを慈円《じえん》（一一五五—一二二五）に訴えた。慈円の返しのあと、殷富門院大輔《いんぷもんいんのたいふ》との再びの贈答が来る。次いで定家の主家藤原良経（一一六九—一二〇六）からの五首と、定家五首の返しになる。

良経の経歴を今一度記すと、父は関白九条兼実《かねざね》。妹任子は後鳥羽院后宜秋門院《ぎしゆうもんいん》。慈円の甥になる。家集に「秋篠月清集《あきしのげつせい》」あり。「新古今和歌集」巻頭歌の作者。「六百番歌合」の主催者で「千五百番歌合」の判者の一人。しかもその判詞は絶句であった。後年、後鳥羽院歌壇に重きをなす良経は、若い詩人達の熱い敬愛の対象であり、自身若い詩人達のよき理解者、庇護者でもあった。この良経が、加賀の亡くなった年の雪の朝、定家に哀傷の歌を贈ってくる。良経は定家の七つ年下である。

もっとも良経とは、それより早く、加賀が亡くなった翌月の末にすでに贈答はあった。

おなじ三月尽日、大将殿より

春霞かすみし空の名残りさへ今日を限りの別れなりけり

（拾遺愚草下、新古今集巻第八哀傷歌）

御返しに

別れにし身のゆふぐれに雲消えてなべての春は恨みはててき（拾遺愚草下）

大将殿（良経）の歌の詞書に言う「おなじ月」とは、一一九三（建久四）年の三月。大輔から定家へ贈られた既出の歌に、「きさらぎの頃、母の思ひ（喪）になり侍りし、とぶらふとて」という詞書のものがあって、その贈答の次に収まるところから、一首は、三月末の行く春の挨拶をも兼ねた歌になっている。「新古今和歌集」での詞書は、「定家朝臣、母の思ひに侍りける春の暮に遣はしける」。作者は摂政太政大臣。返しは収録されていない。

〔口語訳〕亡きお母上をしのばせる霞の空の名残りさえ、いよいよ今日限りの春とのお別れですね。

詠歌で、「霞の衣」が喪服の意味で用いられている例は珍しくない。又、「野辺の煙」と同じように、「霞」は火葬の煙にも繋る。「春霞かすみし空の名残りさへ」という、直接の表現を避けた詠みは、読む者の死者への情をゆるやかに刺激し、自身も間接の追想に共にふけるいたわりを見せて優しい。追悼にも例外のない時の限りを詠み、哀愁、心遣りともにゆきわたった一首と思う。春霞にかすむ空が詠まれているのに少しの濁りもない。

それに対して定家は、

〔口語訳〕残されて心もとない身に、亡き人ともしのんでいた夕暮の雲も消えて、春という春をすっかり恨んでしまったことでございます。

「ゆふぐれに」は、母に先立たれた身の黄昏にも似た心細さに、現実の夕暮を重ねる。

さて、五首に五首の贈答は、

おなじ年の雪のあした、大将殿より

白妙の外山の雪をながめてもまづいろ思ふ君が袖かな

人のよは思ひなれたる別れにて朝日に向かふ雪のあけぼの

いかに君思ひやるらむ苔の下を幾重《いくへ》山路の雪埋むらむ

まださめぬ昨日の夢の袖の上に絶えず掬《むす》べる雪の下水《したみづ》

なほ残れ明けゆく空の雪の色この世のほかの後《のち》のながめに

〔口語訳〕人里に近い山に積った白雪を眺めるにつけても、まず思うのはあなたがお着けになっている喪服の色です。

います。

〔口語訳〕定めなき世の別れにも慣れて、雪のあけぼの、むなしい思いで朝日に向っているのでしょうか。

〔口語訳〕母上を葬られた苔の下を、あなたは一体どのような気持で思い遣っていられるのでしょうか。山道の雪が幾重にも降り埋めているあの冷い場所を。

〔口語訳〕お別れは、まだ覚めやらぬ昨日の夢の心地で絶えず涙していられることでしょう。幾度も雪どけ水を掬ばれるように。

〔口語訳〕明けてゆく空の下の白雪に、あの世での思い出のために、どうか消えないでいてほしいと願っています。

定家を思い遣る良経の心の内が、雪景の屛風を徐《おもむろ》に開いてゆくかのように示される。喪服の色、朝日に向ってさえ覚えるはかなさ、山道の土の下に眠る人、あの世での思い出にしたい眺め、そうした一連のものが、いずれも朝の雪景とともに詠み出される。その屛風絵に従うにつれて、ただ一首だけでは落ち着けなかった作者と逢う。他の誰でもない良経が、定家を思い、定家の母を思い、更には自分の後世《ごせ》にまで気持を及ばせて生きた時間、歴史としての良経が顕《た》ってくる。

定家はどう返したか。

衣手に果てなき涙まづくれて変る外山の雪をだに見ず

雪積りふりゆくかたぞあはれなる思ひなれたる別れなれども

おなじ世になれし姿は隔りて雪積む苔の下ぞしたしき

去年《こぞ》は見ぬ昨日の夢の数添ひて桜に似たる軒の雪かな

心もてこの世のほかを遠しとていはやの奥の雪を見ぬかな

返歌を一読して、一首ずつ、贈歌の歌語を踏んでいる対応に気づく。すなわち「外山の雪」「思ひなれたる別れ」「苔の下」「昨日の夢」「この世のほか」がそうである。こうした対応には、用語の共有にとどまらぬ詩情共有の連帯感もあろう。反復による儀礼の関係確認から、より心情に分け入った敬愛、親密の表明もあって、藤原俊成の哀傷に対応する式子内親王の哀傷の例（280頁〜284頁）よりも、なお徹底した対応になっている。

〔口語訳〕　外山の雪に私の喪服の色をお思い下さるお心のほど、身にしみて覚える有難さながら、春このかた絶える間もなく袖にかかる涙にくれて、未だに雪景色も目にしていないのでございます。

〔口語訳〕仰せのように、私も又別れには慣れたつもりでおりますが、それでもなお雪の降り積むように過ぎ去っていった日々があわれに懐しまれてなりません。

〔口語訳〕この世であれほど親しんだ母の姿はなぜか朧ろになって、雪の幾重にも降り積っている苔の下がかえって親しく思われるのでございます。

〔口語訳〕去年はまだ見ることもなかった昨日の夢のような別れのかなしみが添って、軒の雪も、母とともに春に散った桜に似てながめられることでございます。

〔口語訳〕今の私には、後世はまだ遠い怖い場所でございます。それゆえ、この世を捨てた人の籠る岩屋の奥の雪さえまだ見られずにおります。

加賀が亡くなってかなりの月日を経ての哀傷である。さしとめるすべもない暮しの進行の中で、折節に、格別威儀をただしてというのではなく、当り前のようにこうした挨拶を交していた人達を知ると、このような習慣を失って久しい私達の日常生活が浮び上り、追悼といわず、現代人の言葉の挨拶と否応なしに向き合うことにもなる。

「拾遺愚草」は、このあと西行、良経の死に因む定家の贈答に移るが、その前に、「新古今和歌集」の収める俊成と良経の贈答一と組を読んでおく。

＊

詩才も志もあった藤原良経の早世は夙《つと》に惜しまれてきた。定家より三十五年も早かったその死は、一二〇六（元久三）年のことである。じつは、その六年前の一二〇〇（正治二）年に良経は妻を失っていた。この年は、第八二代の天皇であった後鳥羽院（一一八〇―一二三九）の、「正治二年初度《しょど》百首和歌」「正治二年第二度百首和歌」でも記憶される年である。のちに新古今集（一二〇五年撰進）巻頭歌人に撰ばれる良経はむろん詠進の一人で、すでに「六百番歌合」などを主催していた彼は、歌界の熱気の中で当時は左大臣の職にあった。藤原俊成と妻と死別した良経との贈答は、

権中納言道家の母（良経の妻）かくれ侍りにける秋、摂政太政大臣のもとに遣はしける　　皇太后宮大夫俊成

限りなき思ひのほどの夢のうちはおどろかさじと嘆きこしかな

返し　　摂政太政大臣

見し夢にやがてまぎれぬわが身こそとはるる今日もまづかなしけれ

（新古今集巻第八哀傷歌）

〔口語訳〕お嘆きのあまり、今は夢のうちにお過しであろうとお察しいたし、あえてお見舞いもご遠慮して、おしのびするばかりの日を重ねてまいりました。

返しは、

〔口語訳〕夢のような妻の死でした。出来ることならその夢にまぎれ果ててしまいたかった。こうしてあなたのお見舞いを受けるにつけても、生きながらえているこの身がかなしいのです。

「夢の世」と言う。この世のはかなさを言い、人の命のはかなさを言う。「夢」には、寝て見る夢もあればさめて見る夢もある。お声をかけないのが親切と控えに控えた俊成への返しに、良経は「見し夢」という語句を使った。この語句に死別のはかなさを読み、その上でありし日の妻と見たよき夢をも重ねたくなるのは、「見し夢にやがてまぎれぬわが身こそ」が「源氏物語」の作中歌を呼ぶからである。

見てもまた逢ふ夜まれなる夢の中にやがてまぎるるわが身ともがな　源氏（若紫）

返歌

世語りに人や伝へむたぐひなく憂き身をさめぬ夢になしても　藤壺（若紫）

この贈答と、この贈答に深く拠っている俊成、加賀の贈答については一度ならず述べた。出来れば夢にまぎれ果てたかったのにそれもかなわず、とわが身を疎ましくながめている良経歌には、別れの悲哀に、睦じかった夫婦生活の思い出を重ねて読みたい。良経にしてみれば、俊成歌に触発された自分の返しを、俊成は「源氏物語」の歌とともに読んでくれるであろう、彼ならば必ず、と思っていたに相違ないし、「夢のうちはおどろかさじと」という俊成歌にも、さりげなく誘いは仕組まれている。

言葉の触手は鋭敏に働いて、持つべき知識と感じるべきものに感じる心を持っていればこそ互に共有できる詩情が、二人の間柄をよりこまやかにしている。あるいはより強靭にしている。そこには言葉の遺産を享けて、先人とともに生きてゆく自分達の強い肯定がある。それは細まること、薄まることをよしとしない、自分達の作品にかける共通の姿勢でもあったろう。二人のひるみのない詠みぶりにそれを感じる。

平らかにながめて、日本の和歌の歴史から外しようのない二人が、哀傷に、先人文化の坩堝《るつぼ》のような「源氏物語」の、支えの一つにも当る贈答をひびかせているのに気持を新たにする。しかもこの時、俊成はすでに八十代の半ばを過ぎ、良経は三十代に入ったばかりであった。

俊成、良経、それに加賀をも加えた「源氏物語」作中歌の享受に、平安末期から鎌倉初期に生きた歌人達の、志向の一筋を見てもいいかと思う。「古今和歌集」が成立しておよそ三百年。後鳥羽院を中心に、新時代を和歌で結集しようとする人達、「新古今和歌集」の撰進を間近に控えている人達に私が一様に感じるのは、彼等の言語生活の水準の高さである。それは「源氏物語」といわず、彼等があやかっている先人文化の恩恵の厚みである。恩恵の多寡は、知識の多寡とは違う。もっと肉体的なものであり、先人と自分の、言葉による人間の探索と開発の質量に関っている。従って恩恵に際限はない。この法則が生きる限り、詩情の交響も、余韻の豊かさも、人間による、人間への立ち入りの結果として鑑賞できる。先人の言葉の仕事のないところに今日の私はない。先人の言葉の後押しで未知なる自分の探索と開発に向う明日の私も。

*

西行が亡くなった。一一九〇（文治六）年。西行は、俊成より四年後れの一一一八年の生れである。俗名佐藤義清、法名円位。鳥羽上皇に仕えた北面の武士でもあった。「拾遺愚草」にまだ健在だった藤原公衡《きんひら》との贈答がある。

建久元年（文治から建久への改元は四月）二月十六日、西行上人身まかりにける、終り乱れざりける由聞きて、三位中将（公衡）のもとへ

望月の頃はたがはぬ空なれど消えけむ雲の行方かなしな　（定家）

上人先年詠にいはく、願はくは花のしたにて春死なむそのきさらぎの望月の頃、今

年十六日望日《ぼうじつ》なり

返し

紫の色と聞くにぞなぐさむる消えけむ雲はかなしけれども

〔口語訳〕春、望日の頃、花の下で死にたいという願い通りになられた上人ですが、望月の空から消えてしまった雲の行方はかなしくてなりません。

返しは、

〔口語訳〕消えてしまった雲の行方を思えば私もかなしい。ただ、紫雲に乗ったみ仏の来迎《らいごう》をみたご臨終とうかがったのがせめてもの慰めなのです。

その真意は恐らく単純ではなかったと思うけれども、西行は、晩年の自歌合《じかあわせ》「宮河歌合」の加判を、孫ほども年齢差のある定家に依頼した。対をなす自歌合「御裳濯河歌合《みもすそかわ》」は俊成に依頼した。出家の身でありながら両自歌合は伊勢神宮内宮外宮への奉納が目的であったという。実生活のつかみ難さ、想像の及び難い配慮の複雑さは、西行が詠歌に当って、多くの時、固有名詞を周到に消しながら詩情の確立に賭けていった、そのエネルギーに転化されているのかもしれない。

西行が亡くなった年の秋、良経は、自邸で百首歌「花月百首」を主催する。しかし「拾遺愚草」は、公衡と西行の死を悼み合った贈答の次に、良経の急逝を嘆く宮内卿との贈答を収めている。昨日まで蔭と頼んだ桜花が、春のあらしにひと夜の夢と散ったはかなさを良経の死にたとえ、宮内卿に、良経を失った悲嘆からすれば、一夜のあらしに桜の散ることなど比較にもならないと返されている定家は時に四十四歳、良経は三十七歳の死であった。

付記

「贈答のうた」は、講談社の雑誌「本」の二〇〇〇年一月号から二〇〇二年三月号まで連載した。その間、二回（二〇〇〇・七、二〇〇一・七）休載した。出版に際して若干手を加えた。本文で引用した原典は、主として左の諸本に拠らせていただいた。

新編国歌大観（角川書店）　和泉古典叢書（和泉書院）
日本古典文学大系（岩波書店）　笠間注釈叢刊（笠間書院）
新日本古典文学大系（岩波書店）　訳注藤原定家全歌集（河出書房新社）
日本古典文学全集（小学館）　西行全集（日本古典文学会）
新潮日本古典集成（新潮社）　岩波文庫日本古典
和歌文学大系（明治書院）　講談社学術文庫

辞典類では「和歌大辞典」（明治書院）「日本古典文学大辞典」（岩波書店）ほかを使用した。

参考図書からの引用については、その都度出典を記したが、それ以外にもひろく学恩を受けている。併せて感謝とお礼を申し上げる。古歌古文の表記、句読点は私意にもとづく。

連載中は石坂純子さん、出版では見田葉子さんのお世話になった。見田さんは「日本の文学論」に続くご縁である。校閲の方はもとより、本書の成立を助けて下さったすべての方々に、ここで改めてお礼を申し上げる。

平成十四年十一月

著　者

自分の国にはこんなにもいいうたがある

著者から読者へ

竹西寛子

「贈答のうた」を文庫にして下さるという。有難いことである。私は、和歌の歴史のないところには、現代の日本語もあり得ないと思っている。よいうたに逢った時の幸福感はなにものにも替え難い。本書のおおけない企てについては、ちょうど五年前の親本の「はじめに」で記している。

久々に全体を読み返してみて、自分の国にはこんなにも沢山いいうたがあったということに感慨が改まった。ほとんど真新しい感慨であった。「公」と「私」の両面にわたっている古人の言葉の暮らしが、近い世、今の世ばかりか、近い未来のそれにまで思惟を運ばせてくれる。結果として本書は、ある時期の自分のほどを隠せぬ詞華集にもなった。異る時期には当然異る選歌も可能なはず。引用できなかった多くのうたに謝りながら、今はささやかな詞華集の成り立ちをよろこび、馴染んでこその古歌という気持に縋って、ことに若い人々に本書を差し出したい。そのためには何といっても文庫という形が有難いのである。講談社文芸文庫出版部長田道子氏の懇ろなお力添えにお礼を申し上げる。

平成十九年十一月

部分としての協力

解説

堀江敏幸

人は又その心の揺れを、沈黙に封じ込め得る存在でもある。けれども私がこれから付き合ってゆこうとしているのは、沈黙を守り通せなかった人々であって、頼られている言葉は詩歌、すなわち「うた」が中心である（「はじめに——なぜ贈答のうたか」）。

＊

「うた」は孤独を選択できない。形のうえでの、個々の詠みびとの精神の上での孤立は可能であっても、前後にひろがる言の葉のながれを完全に断ち切ることはできないし、また、許されない。言葉のあたらしさは、新奇な素材の発掘によってではなく、すでにある言葉の、あたらしい詠み方から生まれる。何度も何度も繰り返し身体に染み込ませてきた言葉だけが、理論を超えた出会いを用意してくれるのであって、心を打ち、心に余る表現の飛躍は、そのような咀嚼を経てはじめてもたらされるのだ。

竹西寛子（平成15年秋）

一首の「うた」の、前後左右に目を配ること。その力がたとえ最高度のものでなくとも、たがいに引き合う詠歌が集まって大きな楕円軌道を描き、単体では不可能な磁場を徐々につくりあげる。わずかな弾みを効かせて軌道を外れたとしても、それは言葉の小宇宙のなかでふたたびべつの軌道を描くだけの話で、中心は失われることがない。無限に変化し、無限にひろがる軌道修正は許しても、中心の一点をかきくもらせることはないのだ。「うた」を詠むひとは孤独でありうる。孤独だと思い込むこともできる。詠むまえに黙り込むことだって許されるだろう。ところがいったん詠まれた「うた」は、個々のストイシズムを幸福に裏切る。

＊

沈黙を守り通せず、言葉に頼った人々。いつか、だれかが読んでくれればいい、だれかが理解と共感を示してくれるまで待てばいい、しかし、たとえいま身のまわりに耳を傾けてくれるひとがいなくても、自分はこう語らずにはいられないのだ――、それが独詠だとするなら、そもそもの前提として、他者＝受け手が存在している場に目を向けるのが贈答である。もちろん独詠であっても、何年か後にいまとはべつの自分が読み返すことになるのであれば、ひとりの他者を得たと考えていいのかもしれない。散文の世界には「往復書簡集」と呼ばれるありがたい文学形式があって、他者の言葉を全身で聴きとり、理解し、自身の言葉とぶつけあいながら開かれていくやりとりを、読者は間近で見つめうるのだが、後世に遺すことを意識しなかったものであれ、最初から雑誌等で公開を前提として書かれたものであれ、そこには単独で発した言葉とは異なる世界がひろがっている。たとえ送り主の手紙しか収録しない「書簡集」であっても、見えない複数の受け手の顔を想像しつつ、一対多のなかから浮かび上がるさまざまな声の周波数をとりあつめることもできるのだ。

＊

往復。あるいは、往還。本書では、それが「うた」の世界の「贈答」という、あたりまえのようでまことに特別な領域に絞られている。もとより言葉の往還は、竹西寛子の文学の基盤となる、きびしく、そしてやわらかく開かれた感性の規矩とでも言うべきものだ。他者との声の交わしあい、言葉の行き来を、つかず離れず見据えること。その彼らの声の共演＝競演＝供宴＝饗宴＝協演（言葉遊びではなく、「贈答」にはこれらすべてがふくまれている）が、思いがけないプロンプターとなってこちらに息を吹き込み、自分のなかのなにかを変容させうるくらいの近さで辛抱強くつき従うこと。竹西寛子はそれを、斎宮の潔癖と女御の謙虚をもって実践しつづける。

＊

人が沈黙を守り通せないのは、言葉を届けるべき人、届けたいと思う人がいるからである。贈答という言葉のなかには、すでに自分ひとりではどうにもならない他者の存在がある。他者の声に耳を傾けられる者は、自身の孤独を知り、他者の孤独にそれを重ね合わすことのできる人、そして、完全に重ね合わせることの不可能をよく知る人だ。竹西寛子という書き手は、自分に厳しい。そこまで厳しくしなくてもいいのではないかと思えるほどに。自分に厳しい人は、他者にやさしい、とよく言われるけれど、他者に対しても厳しい。他者が他者自身に対して見せる、その厳しさの処理の仕方に感応しうる者だけが、真のやさしさに近づきうる――、そうした読み書きに携わる者の倫理を身体にしみ込ませているからだろう。しかし、『贈答のうた』においては、その厳しさの輪と共振するやさしさの輪のゆれが、いつもより大きい。

*

ひとくちに贈答と言っても、さまざまな種類がある。たがいの身分、境遇、状況の差によって、また、相手の性格や親しみの度によって、滲み出てくる言葉の「余り」具合がちがってくる。やりとりとしては最も儀礼的で、最も窮屈と思われがちな賀歌や天皇・皇族の贈答から語り起こされているのは、つよい意志のあらわれだ。勅撰集の賀歌すべてに贈歌が収められているわけではないこと。天皇家を中心とした磁場のなかでは、敬意からして「御返し」が少なくなるのは当然であること。政治の中枢にいる人々だからこそ、人間としての器の違いが、一首と一首のくみあわせのなかに深く刻まれること。儀礼もあれば虚礼もあり、その裏面の「なまぐささ」もあり、なにからなにまで許容しうる柄の大きさもある。一見のっぺりした儀の世界で、だれが、だれの、どんなところに目を注ぎ、自分のなかのどんな部分に聴診器を当てて相手に言葉を発しているかを、著者は慎重に探る。

＊

勅撰和歌集にはじまって、『伊勢物語』『蜻蛉日記』『和泉式部集』『和泉式部日記』『源氏物語』『建礼門院右京大夫集』へと進み、最後に俊成と定家の贈答として、『長秋詠藻』『長秋草』『拾遺愚草』に到るまでに展開されているのは、いわば贈答を基とした究極の「歌合わせ」である。最初からふたつが並べられているために、撰者みずから編集しているようには見えないけれど、どの組み合わせを抽出し、どのように配列していくか、その手際はアンソロジーの編者のものであり、個々の事例に添えられた読みはすぐれた判詞として読者を導く。

例を挙げておこう。『後撰和歌集』から、宇多天皇と、その女御温子の女房であった伊勢が、ともに後宮を去るときの「うた」。

別るれどあひも惜しまぬ百敷を見ざらんことや何かかなしき（伊勢）

身ひとつにあらぬばかりをおしなべてゆきめぐりてもなどか見ざらん（帝）

この二首のやりとりに添えられた読解は以下の通りである。

緊張に充実している贈歌に対して、返歌はいたってゆるやかである。表向き、礼のならいに踏みとどまりながら、暗に真情の推察を哀願しているような贈歌への対応に返歌が見せた寛大さ、器量の大きさには、とりあえずは相手に対するいたわりの優しさを読むことは出来る。しかし、果してどこまでのいたわりか、この贈答を繰り返して読んでいると、居場所の次元の違いが次第にはっきり見えてきていたましい。

とりわけ気になるのは、「身ひとつにあらぬばかり」である。人の心の広さとか思いやりを通り越して、退路の用意にはぐらかされたくないという気持がつのってくる。このような扱いを受けるのも宮廷女房の運命のうちなのか。私達は、後宮制度の具体的なありさまを、日記や物語、随筆の類によっていろいろ知らされてきたけれども、この伊勢と宇多天皇の贈答例を知ると、後宮制度の非情な一面が実感として迫ってきて、古今のみならず後撰、拾遺と三つの勅撰を通じて女の歌人では収録首数首位の伊勢でさえ吹き払えなかった心の闇を、一瞬覗き見たかという気持になるのである。

うたの背後にある時代を理解するために必要な知識の活用が、ここでは否定されていない。それどころか、知識は蓄積し、適切に用いるのがあたりまえのこととして、さらりと流されている。そのうえで、伊勢という女性の「心の闇」を——べつの例でなら、和泉式部の「防ぎようもなくしのび寄るかなしみ、存在のかなしみとでもよびたいものを」——、彼女ひとりの言葉であったら存在さえ知られていなかったかもしれない深い闇に迫る。しかも、それが「一瞬覗き見たか」という控えめな表現をとおして、より鮮明にこちらに伝えられるのだ。伊勢の闇を掻きださせた天皇の存在、逆に言えば、腹のなかに収めておくはずだった闇を引き出されてしまった伊勢の側の、困惑の一歩手前のふるえまでがここで読まれている。分析と批評と鑑賞と詠嘆をひとまとめにした、精神の総合的な働きとしての「読み」。「うた」という大きなつづれ織りの、一本一本の糸の染料を特定し、退色の加減を見極め、そのうえで原色を再現する力を持ちながら、ありのままの組み合わせの妙を認めて、なお退色のままのうつくしさを肯定する勇気も失わないことの大切さを、この「読み」は私たちに教える。

＊

大切なのは、あくまでふたりという単位だ。ひとりずつの孤独があわさって、ふたりだけの孤独になる。その孤独に触れ得た読み手だけが、「詠み交すことではじめてひらかれてゆく」道の筋をたどることが許される。宇治前太政大臣藤原師実（一〇四二〜一一〇一）が、賢子の実の父である六条右大臣源顕房（一〇三七〜一〇九四）のもとへ詠んだうた——

ゆき積もる年のしるしにいとどしくちとせの松の花咲くぞ見る（太政大臣）

積もるべしゆき積もるべし君が代は松の花咲く千たび見るまで（六条）

白河院（一〇五三～一一二九）の中宮、賢子が東宮妃として入内した日は雪だった。それを踏まえて、養父である師実が顕房に「うた」を贈る。そこから、右の人間関係に加え、政治のうえでの大きな変化の予兆までが察知され、十五年後、上皇となって院政を行い、藤原氏の批判者となる白河院の姿が予見されていたとすれば、ここに祝いの言葉だけではない不穏な音が響いてくる、とされたうえで、読みはこうつづく。

ただそれはそれとして、この贈答で私が注目するのは、返歌の、「積もるべしゆき積もるべし」の口調に示された勢である。ひとりでは沈黙に終りかねない情が、きっかけを得て誘い出され、調子づいて思わず本音を吐くという呼応の弾みに、一首一首では表しきれない世界がつくり出されている点である。それは一を千にして返すという強調を自然にする拠りどころの一つでもある。

さらにまた、——

（……）他者を得て開かれてゆく心の世界を具体的に示している師実と顕房の贈答には、時の隔りを忘れさせるおもしろさを感じている。特殊な時代環境にあって厚い礼の衣をまとった祝賀とは言いながら、言葉が引き出す無意識について、自制が飼い育てる激情について、他人が見せる自分について、あるいは自他の協力ではじめて果される表現領域の拡大について、表現の機能をめぐってこの贈答の促すものは、私には小さくない。

一瞬覗き見たか、という引きの感覚と、小さくない、という自己抑制のバランスが、「うた」の選択と解釈にも用いられる。「うた」の大きさを再認識し、心を打たれても、その衝撃が「大きかった」と著者は言わない。外から見てもわかるほどの激震だったというような大袈裟な口調はけっして使わない。「小さくない」と言い換えるこの抑制のありかたを、読者はおそらく、伊勢が醍醐天皇に贈った歌を読み解く箇所の、「後宮の生活に馴染んだ女房の詠歌の上での本心のつつみ方、抑制の仕方が、表現における不自由だけでなく、逆に余韻としての本心の強調を自由にする、間接表現の限りない自由についても考えさせる」との一節に重ねたくなるだろう。

＊

「独詠ではなく贈答という、他者への訴えや他者への反応で初めてあけられる心の風穴が、独詠ではとかく隠されがちな内心の景色を開いてゆくさまに注目させられる」、あるいはまた、物語、日記、随想のなかに引かれる「うた」について、「必ずしも文学の質の高さで読まれるものばかりではない。大切なのは、作品の仕上りへの部分としての協力であろう」というように、同種の読みはいくつも記されている。『風雅和歌集』の、伏見院の作風をめぐっては、「一見消極的にととのっている印象の歌の平明が、ひたすら異質のものとの争いを避け逃れて安穏に即こうとした無気力の結果ではなく、少なくとも万葉以来の歌の歴史を経験してのちに探り当てられた境地であったことは納得せざるを得ない」とも書かれている。「万葉以来の歌の歴史を経験してのちに探り当てられた境地」とは、じつに重い評言だ。はっきりとそう語られているわけではないものの、言葉はすべて「部分としての協力」なのである。日常の言葉と、表現行為を意識しての言葉の最も大きな相違は、この「部分としての協力」をどれだけ身に染み渡らせるかにあるだろう。言葉でしかできないこと、言葉だからこそできることへの信頼を失わず、しかも歌い出された作品をじぶんひとりの手柄にしない、そういう前提なくして予想を超える「個」の表現はないのだ。

＊

ところで、本書で最も感銘を受けた「読み」の実践のひとつに、口語訳がある。先ほどあえて省いておいた伊勢と宇多天皇のやりとりの現代語訳は、以下の通りである。

「尽きぬ思いで立ち去って行く私と、ともに別れを惜しんでくれるでもない百敷なのに、もう二度とは見られないだろうと思うことが、どうしてこれほどにまでかなしいのか、自分でも分らなくなっております」（贈）

「百敷はもう見られない、そんなふうに考える必要はない。帝はわたし一人ではないのだから、かつてわたしに仕えてくれたように、次々に新しい帝に仕えてくれればよいではないか。かなしまないでほしい」（返）

背景を知れば理解が深まる、というのは、はたして当然のことだろうか？「うた」の深い読み込みが、これまで見えていなかった背景へ読者の視線を淡々といざなっていくところに、批評を超えて震える手つきがなければ、このような訳は用意できない。もとより引用は、地の文に他者の声を直接引き込む、ある意味で危険な賭けのようなところがある。声を多層にし、深みを持たすための意識的な引用は、本歌取りの大切さからも明らかだし、引用そのものがひとつの批評行為にもなる。しかし口語訳は、またべつのものである。それは外国語の翻訳と同等の、批評を消化したうえでの、もっと柔軟な創作行為に近い。つまり、本書の「口語訳」のなかには、短篇小説のなかでしか出会えないような言葉の運びと感情の機微があるのだ。いかなる評釈本とも温度のちがう言葉の提示に読者は打たれ、引用歌とおなじくらいの時間をかけて、それを味読することになる。

＊

短篇小説、と言ったのは、著者自身がすでに、小説の読後感を一首のうたに返すような体験を『古今和歌集―古典を読む28』（岩波書店）のなかで記されているからだが、じつは、ここにも往還の秘跡はあって、歌から小説へと向かうベクトルも無視されていない。初期の短篇「ありてなければ」（『儀式』所収）は、『古今集』の詠みびと知らずの一首、「世の中は夢かうつつかうつつとも夢ともしらずありてなければ」（あってないのが世の中。あるからないのが世の中。夢なのか。うつつなのか。言いさだめてみて何になろう＝竹西訳）の世界を、ではなく、その世界とのかかわりから生まれるおのれの変容を織り込んだものだった。三十一文字が、小説創作をうながす力になる。もっといえば、「ありてなければ」の七文字が、残りの二十四文字のみならず、蓄積されてきた日本語すべてをもって表現の背中を押す。小説と歌との、これも「贈答」といっていいのではないだろうか。小説、批評、エッセイ、詩、戯曲といったジャンルを線で結んで多角形をつくるのではなく、個々の分野でしか成り立たない核と核の「贈答」と考えれば、精神も柔軟になる。こうして「うた」を読む批評行為と、小説や随想を書く行為が地続きになってゆく。自分のなかで大切に育ててきたそれぞれの分野で言葉を贈り、贈られ、返し、返される。本書の

『贈答のうた』カバー
（平14・11　講談社）

『往還の記』函
（昭39・9　筑摩書房）

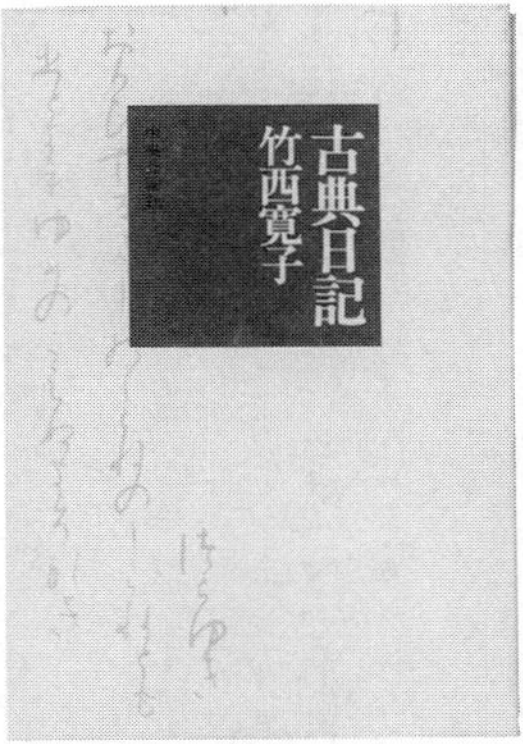

『古典日記』函
（昭50・6　中央公論社）

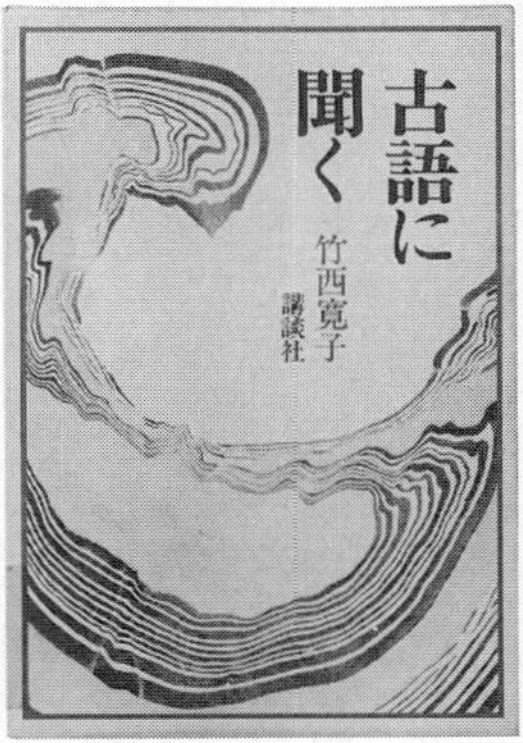

『古語に聞く』函
（昭56・5　講談社）

土台はもちろん「うた」にある。けれども、「贈答」の方に重心を置いたとき、さらに広大な仕事の骨格が見えてくることになるだろう。

＊

『源氏物語』のなかで、源氏は独詠、贈答、唱和と、多彩な場でのうたを二二一首読んでいるという。だが「読者としては、幾組かの贈答を反芻するだけで、しばしば、上質の室内楽の演奏会場に身を置くような気分を恵まれている。贈答が、選ばれた人達だけのことではなく、人間の生存の自然として時に快く、時にかなしくさびしく聞えてくる。日々の心の浮沈、抑揚に即して語りかけ、他者の反応を得ては少しずつ深まってゆく生存の本質に時代を忘れてつながってゆく時、「うた」はいい、と心からそう思う。」一首一首の際だちは、もちろんある。それは独詠であり、独奏であり、独唱となるだろう。『贈答のうた』には、小説との往還とともに、これまで著者が積み重ねてきた思索の数々が、まさしく「上質の室内楽」のように流れ込んでひとつの響きを醸し出している。過去に心にとめた著者の言葉が、行のあいだからあらわれでて、声低い合唱のようにも、旋律が旋律を追うポリフォニーのようにも響く。自身の言葉が、書かれた時代を超えて、あちこちで共鳴し合う。

＊

新聞の小さな紙面を使った連載、『月次抄』（青土社）のなかに、「羅《うすもの》」という章がある。

『源氏物語』の頭の中将が、内大臣にあがっていたころ、羅の単衣姿でうたたねをしている娘の雲居の雁を見て、結婚前の娘がそのような格好でとたしなめる場面を引きながら、著者は、父親には羅一枚透かして見える肌の白さ、美しさもちゃんと見えていたとして、その「間接の美学」にも触れ、最後にこんな言葉を添えていた。「羞恥心には理性の養いがいる。隠すことが卑怯だとは限らないし、間接では物事は伝わらぬとも言えまい。世の中には、物事をごまかしたり曖昧にするためにではなく、本質をより強く表わすために、あえて隠さねばならないこともあると思うのである。」「贈答のうた」の数々を提供してい る歌びとたちはみな、おそらくそうした上質の羞恥心を備えているのだろう。そして、理性の養いを超える羞恥がつよい表現となって、思いがけない力を与えてくれる奇蹟をも、一度ならず知ることのあった人たちなのだろう。ひとの心の動きの、なんと豊かなことか。そして、それを言葉に置き換えてくれた理性の、なんとありがたいことか。理性と羞恥心を結ぶこと。それは、批評と実作を結ぶことでもある。著者自身は「うた」を詠む人ではない。しかし、小説と批評と随想を、どの分野にも独断を持ち込まずに行き来し、休まず、急がず歩み続けてゆくその姿じたいがひとつの「うた」であり、読者におのずと「返し」をうながす贈答への誘いなのである。

年譜

竹西寛子

一九二九年（昭和四年）

四月一一日出生、広島市皆実町。父七兵衛、母コシヅの長女。兄一人、のちに弟一人。家業は醸造業。

一九三六年（昭和一一年）七歳

四月、広島偕行社附属済美学校に入学。

一九四二年（昭和一七年）一三歳

四月、広島県立広島第一高等女学校に入学。太平洋戦争末期は学徒動員により被服支廠、兵器支廠、糧秣支廠、東洋工業などに働く。

一九四五年（昭和二〇年）一六歳

二月、父没。八月、広島市に原子爆弾投下される。

一九四六年（昭和二一年）一七歳

四月、広島県立広島女子専門学校国語科に入学。町はいたるところ廃墟のままの状態。

一九四九年（昭和二四年）二〇歳

三月、同校を卒業。東京都品川区に移転。

一九五〇年（昭和二五年）二一歳

四月、新学制の早稲田大学第一文学部文学科（国文学専修）三年に編入学。

一九五二年（昭和二七年）二三歳

三月、同校を卒業。河出書房に入社。主に日本文学関係の編集に従う。

一九五七年（昭和三二年）二八歳

同社倒産により解雇される。筑摩書房に入

社。『現代日本文學全集』『古典日本文学全集』などの編集に従う。本居宣長の著作におどろく。

一九五八年（昭和三三年）二九歳

同人誌「現代叢書」、丹羽文雄主宰「文学者」、「思想の科学」などに評論を発表し始める。母発病、以後入退院を繰返す。八月、世田谷区に移転。

一九六二年（昭和三七年）三三歳

九月、エッセイ〈水についての一章〉（立体放送劇化され）ＮＨＫラジオ。一二月、筑摩書房を退社。

一九六三年（昭和三八年）三四歳

七月～翌年三月、長篇評論〈往還の記―日本の古典に想う〉「文学者」に連載。一二月、初めての小説〈儀式〉「文藝」。

一九六四年（昭和三九年）三五歳

夏、八丈島からの帰途、船上で屛風波に怯える。

四月、〈往還の記〉により第四回田村俊子賞受賞。八月、〈原爆の記憶―草深い廃虚の風景〉「朝日新聞」。九月、『往還の記　日本の古典に思う』（新稿〈続往還の記〉を加え）筑摩書房。一二月、〈心と言葉〉「文學界」。

一九六五年（昭和四〇年）三六歳

一月～四月、〈女性と文学―王朝の作家と作品〉「毎日新聞」三九回。六月～一二月、「週刊読書人」に〈文芸時評〉六回。九月～翌年一二月、〈心・ことば・うた〉「音楽の友」に連載。一一月、〈女性と文学〉野上彌生子との対談「婦人之友」。

一九六六年（昭和四一年）三七歳

一〇月、〈源氏物語論〉「中央公論」。一一月、〈記録と小説〉「芸術生活」。

一九六七年（昭和四二年）三八歳

春、足摺岬へ。

一月、〈とはずがたりと王朝日記〉「文学」。〈なまみこ物語論〉「展望」。同月～翌年七月、野上彌生子ほか九人の女性を訪ねて〈私の明治大正昭和史〉「婦人公論」に隔月連載。三月、評論集『源氏物語論』筑摩書房。一〇月、講演〈古典と現代〉早稲田大学国文学会大会・同大学小野記念講堂。一二月、〈M・デュラスの魅力〉「季刊・世界文学」。

一九六八年（昭和四三年）　三九歳

四月、〈本居宣長とわたし〉「東京新聞」二回。七月、〈古典の魅力〉「毎日新聞」。一〇月、〈途中下車〉「季刊藝術」。一一月、〈樋口一葉〉「毎日新聞」二回。

一九六九年（昭和四四年）　四〇歳

四月より早稲田大学教育学部講師、王朝作家作品研究を担当（平成八年まで）。五月、講演〈主張と放棄〉朝日講堂。七月、〈作家と作品　宇野千代・中里恒子〉『日本文学全集49』集英社。八月、短篇集『儀式』（儀式・ありてなければ・幕・途中下車・遠吠え　収録）新潮社。一二月、〈波多野精一著「西洋哲学史要」〉「群像」。

一九七〇年（昭和四五年）　四一歳

一月より〈文学のこころ〉「中國新聞」に週一回連載、一年間。二月、〈川端康成における王朝〉特集川端康成「國文學」。三月、〈道づれのない旅〉「群像」。四月、『人と軌跡―9人の女性に聴く』（〈私の明治大正昭和史〉改題）中央公論社。七月、原民喜著『夏の花』〈解説　広島が言わせる言葉〉晶文社。一一月、『道づれのない旅』新潮社。

一九七一年（昭和四六年）　四二歳

一月、〈モーツァルト交響曲第四〇番ト短調に〉「ユリイカ」。四月、〈古典への往還〉秋山虔氏との対談「風景」。六月、〈王朝詞華集日記〉「新潮」。〈理の恢復〉「人間として」高橋和巳を弔う特集号。〈未知への試み―福永武彦小論〉『現代日本文學大系82』筑摩書房。九月、〈物の怪のこと〉「朝日新聞」。

一九七二年（昭和四七年）　四三歳

一月、〈鶴〉「新潮」。四月、〈神馬〉「季刊藝術」。六月、〈和歌的なるもの〉「新潮」臨時増刊川端康成読本。〈東方の歌〉「群像」。七月、評論『式子内親王・永福門院—日本詩人選14』(書下ろし) 筑摩書房。八月、円地文子著『なまみこ物語』〈解説〉新潮文庫。九月より〈古典日記〉「歴史と人物」に連載、一七回。円地文子訳『源氏物語』全一〇巻月報に〈解説〉新潮社。一〇月、抄訳〈和泉式部集〉『日本の古典11』河出書房新社。一二月、アキレス腱断裂のため虎の門病院分院に入院、手術を受ける。

一九七三年(昭和四八年) 四四歳

三月、退院。六月、『式子内親王・永福門院』により第一回平林たい子文学賞受賞。七月、〈「明月記」のこと〉「毎日新聞」。九月、〈川端康成　人と作品〉川端康成著『雪国』新潮文庫。一〇月、〈文学論の言葉〉「新潮」。

一九七四年(昭和四九年) 四五歳

二月、〈日本の山〉「藝術新潮」。『ものに逢える日』新潮社。三月、母没。四月、〈「文学者」終刊〉「文学者」。七月、評論『紀貫之—日本の旅人2』(書下ろし) 淡交社。

一九七五年(昭和五〇年) 四六歳

二月、辻邦生著『夏の砦』〈解説〉新潮文庫。四月、抄訳〈蜻蛉日記〉『日本の古典4』世界文化社。五月、福永武彦著『愛の試み』〈解説〉新潮文庫。六月、短篇集『鶴』(去年の梅・鮎の川・鞍馬の一夜・霊鳥・鶴・神馬・王朝詞華集日記・仮りの宿・侍従の恋　収録) 新潮社。長篇評論『古典日記』中央公論社。八月、〈日本語で生きるということ〉「婦人公論」。〈アマリア・ロドリゲスの「暗いはしけ」〉「讀賣新聞」。一二月、〈天の眼・心の鬼〉「國文學」。

一九七六年(昭和五一年) 四七歳

三月、『鶴』により第二六回芸術選奨文部大臣新人賞受賞。〈春〉「新潮」。四月、〈吉沢検校の古今組〉「短歌」。五月、〈古典の恩恵〉『岩波講座文学7』月報。六月、〈青葉の時へ〉「ミセス」。『現代の文章』筑摩書房。八月、〈人と旅〉平山郁夫氏との対談「婦人之友」。一一月、講演〈樋口一葉の文学について〉没後八〇年記念・台東区立一葉記念館。同月より教科用図書検定調査審議会委員、一〇年間務める。一二月、〈王朝の美〉秋山光和氏との対談「藝術新潮」。〈宇治の王朝〉『平等院—古寺巡礼京都8』淡交社。

一九七七年（昭和五二年）四八歳

一月、〈「百人一首」をめぐって〉大岡信氏との対談「國文學」。同月より〈月次抄〉「朝日新聞」に週一回連載、一年間。〈古語に聞く〉「本」に連載、四年間。二月、『青葉の時へ』新潮社。〈和泉式部〉『人物日本の女性史1』集英社。四月～翌年四月、〈管絃祭〉「波」に連載。九月～翌年一二月、円地文子との〈連載対談〉『円地文子全集』全一六巻月報　新潮社。一〇月、『古典日記』中公文庫。

一九七八年（昭和五三年）四九歳

一月、〈宮島—その歴史の跫音〉河上徹太郎との対談　RCCテレビ。二月、〈歌の力〉「朝日新聞」四回。三月、〈与謝野晶子讃〉「太陽」。〈和語漢語をめぐって〉岩淵悦太郎、斎藤修一、千宗室3氏との座談会「ことば」（文化庁）。七月、長篇小説『管絃祭』新潮社。一〇月、『管絃祭』により第一七回女流文学賞受賞。『月次抄』青土社。同月より〈詞華抄〉「日本經濟新聞」に七年間、六一回。

一九七九年（昭和五四年）五〇歳

一月より〈耳目抄〉「ユリイカ」に連載中。六月、長篇評論『歌の王朝』（書下ろし）読売選書。講演〈「あはれ」から「もののあはれ」へ〉紫式部学会・学習院大学。七月、

〈愛するという言葉〉「ユリイカ」。一一月、講演〈読み書き〉全国高等学校国語教育研究連合会研究大会・青山学院講堂。一二月、〈カラヤン讃〉ほか「東京新聞」四回。

一九八〇年（昭和五五年）五一歳

一月、『愛するという言葉』新潮社。〈初瀬の王朝〉『長谷寺—古寺巡礼奈良13』淡交社。二月、『空に立つ波　古今和歌集—平凡社名作文庫19』（書下ろし）。〈古典そして言葉〉林大との対談『日本國語大辞典3』縮刷版月報　小学館。三月、〈兵隊宿〉「海」。〈香り—中世的世界と香〉北村君太郎との対談「is」（ポーラ文化研究所）。四月、円地文子訳『源氏物語5』〈解説〉新潮文庫。五月、〈根の気分〉『音楽の手帖　マーラー』青土社。八月、〈落伍者の行方〉「ユリイカ」。九月、『往還の記』中公文庫。一〇月、〈若松賤子〉『近代日本の女性史2』集英社。一一月、〈巌本真理〉『同3』。

一九八一年（昭和五六年）五二歳

六月、日本作家代表団（団長山本健吉）の一員として訪中。北京、西安、紹興、杭州、上海を巡る。八月、札幌行。

一月より〈ひとつとや〉「毎日グラフ」に連載、一六〇回。二月、『土佐日記・更級日記—現代語訳・日本の古典7』学習研究社。五月、『古語に聞く』講談社。六月、〈兵隊宿〉により第八回川端康成文学賞受賞。七月より自然環境保全審議会委員、四年間務める。九月、『落伍者の行方』青土社。一〇月、〈湖〉「海」。〈王朝女流歌人の系譜〉犬養廉との対談「短歌」。〈琵琶の旅〉「太陽正倉院シリーズ」。一一月、〈詩心の針〉特集唐木順三の人と思想「信濃教育」。一二月、全国高校生読書体験記コンクール（一ツ橋文芸教育振興会）中央選考委員となる。

一九八二年（昭和五七年）五三歳

一月、『儀式』中公文庫。三月、『私の平安文

学』福武書店。五月、短篇集『春』（春・迎え火・夜の明けるまで・春過ぎて・市・降ってきた鳥・一丁目でしょう・湖・花の下 収録）新潮社。六月、連作短篇集『兵隊宿』（少年の島・流線的・緋鯉・虚無僧・先生の本・兵隊宿・洋館の人達・蘭―書下ろし・猫車 収録）講談社。七月、〈黒についての随想〉特集黒「Viewかんざき」（神崎製紙）。九月、〈「古今集」と「新古今集」〉大岡信氏との対談「現代思想」。一〇月、〈音のパレット〉「ユリイカ」。

一九八三年（昭和五八年）五四歳

一月、『鶴』中公文庫。三月、『ひとつとや』毎日新聞社。〈伊勢物語への招待〉『一冊の講座 伊勢物語』有精堂。五月、〈二つの祖述〉「文學界」。七月～九月、〈時のかたみ〉「朝日新聞」に週一回連載。八月、ほるぷ出版『日本の原爆文学1』に〈広島が言わせる言葉〉、『同4』に〈儀式〉ほか。九月、〈夢と現実の接近〉岩波書店『日本古典文学大辞典』内容見本。

一九八四年（昭和五九年）五五歳

一一月、日本中国文化交流協会代表団（団長井上靖）の一員として訪中。北京、烏魯木斉《ウルムチ》、吐魯番《トルファン》、西安、上海を巡る。

一月、第三〇回NHK青年の主張全国大会の審査、第三二回まで。〈福寿草〉「文藝春秋」。二月、〈秘色のこと〉特集青磁の世界「淡交」。三月、『時のかたみ』新潮社。五月、『続ひとつとや』毎日新聞社。六月、〈思惟の花―野上彌生子の文学〉「新潮」。〈グレコのお辞儀〉「海燕」。七月、『音のパレット』青土社。

一九八五年（昭和六〇年）五六歳

一月、円地文子著『源氏物語私見』〈解説〉新潮文庫。同月より〈日本の恋歌〉「婦人之友」に連載、一年半。三月、〈蟻なりければ〉「寒雷」五〇〇号記念特別号。〈私の広島〉広島県民文化センター開館記念講演。四月より〈俳句によまれた花〉「婦人と暮し」に連載、二年間。六月、〈「森」の道〉追悼野上彌生子「新潮」。『読書の歳月』筑摩書房。七月、『管絃祭』中公文庫。『道づれのない旅』再刊　彩古書房。八月、〈時の縄〉『女たちの八月十五日』小学館。九月、〈理性の力―行きて行かざる夏に〉「世界」。『竹西寛子の古今集　空に立つ波』再刊　平凡社。一〇月、長篇評論『山川登美子　「明星」の歌人』（書下ろし）講談社。『ものに逢える日』再刊　彩古書房。

一九八六年（昭和六一年）　五七歳

春、対馬へ。国境をのぞむ。一一月、加藤和代氏と訪中。北京、西安、上海を巡る。

一月、『山川登美子』により第二七回毎日芸術賞受賞。平林たい子文学賞選考委員となる（平成一〇年同賞終了まで）。〈『忘音』より〉飯田龍太特集「俳句」。五月、〈比叡の雪〉「ユリイカ」。六月、〈広島の言葉〉「文学」。七月、〈長城の風〉「文學界」、長篇小説〈長城の風〉の分載を始める。八月、〈原爆の日に思う〉ＮＨＫ国際放送。九月、〈蛇笏の句〉「山梨日日新聞」。一〇月、講演〈うたの力〉ＮＨＫ学園全国短歌大会・ＮＨＫホール。

一九八七年（昭和六二年）　五八歳

一月、〈追悼円地文子〉佐伯彰一、瀬戸内晴美両氏との鼎談「群像」。『句歌春秋』新潮社。同月～六月、「日本經濟新聞」の〈あすへの話題〉二四回。三月、淡交社『庭園―古美術読本3』を編む。〈神馬〉『少年少女日本文学館21』講談社。四月、〈古今集から新古今集へ〉久保田淳氏との対談「國文學」。六月、〈朝の公園〉「日本經濟新聞」。七月、〈臼井吉見氏を悼む〉共同通信社配信。『竹西寛子の松尾芭蕉集・与謝蕪村集―わたしの古典18』（書下ろし）集英社。九月、『日本の恋歌』岩波新書。一一月、〈カミーユ・クローデル展〉「文學界」。一二月、〈平安文学と漢詩〉『西域《シルクロード》・黄河名詩紀行4』日本放送出版協会。

一九八八年（昭和六三年）　五九歳

春、吉野山へ。絶好の花の時。

一月、『俳句によまれた花』夏梅陸夫写真　潮出版社。同月より〈水の断章〉「なごみ」に連載、二年間。二月、〈定型詩の力〉「文学」。『王朝文学とつき合う』新潮選書。三月、作品社『桜―日本の名随筆65』を編む。八月より〈詞華断章〉「朝日新聞」に月一回連載、六七回。九月、〈現在形の力〉追悼中村光夫「新潮」。〈海上の館〉『厳島神社―不滅の建築4』毎日新聞社。一〇月、川崎市宮前区に移転。この年、野上彌生子賞読書感想文全国コンクール中央審査委員となる（平成一五年同賞終了まで）。

一九八九年（昭和六四年・平成元年）六〇歳

夏、隠岐へ。秋、天橋立。

一月～三月、〈日本の女歌〉NHK教育テレビ　市民大学、一二回。三月、川端康成文学賞審査委員となる（平成一〇年同賞第一期終了まで）。四月より「NHK婦人百科」に連載エッセイ、一年間。五月、『湖　自選短篇集』（兵隊宿・虚無僧・蘭・春・迎え火・降ってきた鳥・湖・花の下・鶴・神馬・霊鳥・鮎の川・儀式　収録）學藝書林。同月～六月、〈日本文学における東洋と西洋〉早稲田大学理工学部講義。六月、〈いにしえの言葉と心〉辻邦生との対談「波」。〈懐しの「ト・アペイロン」〉『波多野精一全集1』月報　岩波書店。〈バッハ礼讃〉『名随筆選　音楽の森1』音楽之友社。九月、『比叡の雪』青土社。〈おくのほそ道・解説〉『日本の古典3』新潮カセットブック。一〇月、〈挨拶〉「海燕」。『古語に聞く』ちくま文庫。一一月、『ひとつとや』福武文庫。

一九九〇年（平成二年）　六二歳

春、淡路島行。

二月、〈節分と父〉「酒」。〈挽歌を生の讃歌に〉追悼草野心平「歴程」。四月、〈丘の上の煙〉「ユリイカ」。〈町のながめ〉「赤旗」四回。七月、講演〈書と文学〉出光美術館。八月、『百人一首―古典の旅8』（書下ろし）講談社。『丘の上の煙』青土社。一〇月、〈靄のうちそと〉大特集山川登美子の世界「短歌」。講演〈樋口一葉と与謝野晶子〉山梨県立文学館。一二月、『続ひとつとや』福武文庫。

一九九一年（平成三年）　六三歳

一月、〈与謝野晶子〉NHK教育テレビ20世紀の群像、四回。〈野上文学と風土〉野上彌生子賞読書感想文全国コンクール表彰式記念講演・大分県庁正庁ホール。同月～一二月、〈百人一首〉紀伊國屋講座・同ホール。

三月、『水の断章』（新稿三篇加え）淡交社。

四月、〈「蘆」を読む〉追悼特集井上靖「新潮」。『朝の公園』読売新聞社。七月、『兵隊宿』講談社文芸文庫。一〇月、〈紅葉の時〉浅野喜市写真『古都紅葉』毎日新聞社。〈平安の現代文学「源氏物語」〉『源氏物語講座1』勉誠社。講演〈井伏鱒二と正宗白鳥〉早稲田と文学の一世紀展記念・西武百貨店池袋店。一一月、講演〈旅の詩人〉開館一〇周年記念・江東区芭蕉記念館。一二月、〈西安秋日〉「新潮」。

一九九二年（平成四年）　六四歳

一月、短篇集『挨拶』（砂の柱・朝の尺八・小春日・松風・挨拶・人力車・茅蜩・鵜飼のあと・埠頭・おとしぶみ　収録）福武書店。

二月、〈九十九歳のピアニスト〉「文藝」。〈衆人愛敬〉『能・狂言・風姿花伝―新潮古典文学アルバム15』。三月、〈権力者のつとめ〉『平等院―日本名建築写真選集3』新潮社。

四月、〈歌から物語へ〉小町谷照彦氏との対談「國文學」。〈王朝の漢詩〉「東京新聞」四回。同月より〈言葉のうちそと〉「NHKテレビ英会話Ⅱ」に連載、一年間。五月、〈感覚の解放〉『蕪村全集1』月報 講談社。六月、やまなし文学賞選考委員となる（平成一七年まで）。〈古典の授業〉「国語通信」。同月より〈国語の時間〉「週刊読売」に連載、八〇回。七月、『山川登美子』講談社文芸文庫。八月、〈埒が明く〉「文學界」。九月、〈遜る言葉〉「Poetica」。〈大御酒《おほみき》参る―平安文学のお酒〉「酒文化研究」。川端康成著『反橋・しぐれ・たまゆら』〈解説〉講談社文芸文庫。一〇月、〈夫婦〉「別册文藝春秋」。一二月、〈太宰府の秋〉「ユリイカ」。

一九九三年（平成五年） 六四歳

一月、〈随筆の時代〉「朝日新聞」。〈消えた時間の気味悪さ―日記の愉しみ〉「マダム」。同月〜翌年九月、評論〈日本の文学論〉「群像」に連載。三月、『古今和歌集―古典を読む28』（書下ろし）岩波書店。六月、坪田譲治文学賞選考委員となる。七月、網野菊著『一期一会・さくらの花』〈解説〉講談社文芸文庫。一〇月、〈訪問シリーズ7 竹西寛子〉インタビュー「民主文学」。『人と軌跡』中公文庫。一一月、〈藤原道長〉『エッセイで楽しむ日本の歴史 上』文藝春秋。『太宰府の秋』青土社。『式子内親王・永福門院』講談社文芸文庫。一二月、〈「白骨の御文」のこと〉「月刊住職」。

一九九四年（平成六年） 六五歳

この年度々京都へ行く。一一月、城崎、出石行。

一月、〈草原の歌〉「新潮」。四月、『王朝文学とつき合う』ちくま文庫。五月、作家・評論家としての業績により第五〇回日本芸術院賞受賞。講演〈井筒の世界〉国立能楽堂。六月、〈中国―自分の暦に重ねて〉水上勉との対談「波」。『国語の時間』読売新聞社。『長城の風』新潮社。九月、〈盂蘭盆の夜に〉「ノーサイド」。一〇月、〈悼文〉追悼特集吉行淳之介「新潮」。同月～翌年八月、「神戸新聞」の〈随想〉（平成七年、阪神淡路大震災のため一時中断）一一回。一一月、〈万年筆と私〉『萬年筆物語』丸善株式会社。一二月、日本芸術院会員に選ばれる。『詞華断章』朝日新聞社。

一九九五年（平成七年）　六六歳

この年大分、広島、武生行。

一月、〈白沙村荘行〉「新潮」。〈随筆の野上彌生子〉野上彌生子賞読書感想文全国コンクール表彰式記念講演・大分県共同庁舎。二月、〈海からの風〉「ユリイカ」。三月、『飯田蛇笏集成6』〈解説〉角川書店。五月、〈庭の恵み〉中根金作監修・日弃貞夫撮影『庭の意匠』日本放送出版協会。同月より随想〈山河との日々〉連載—「波」二二回、「新潮」ほぼ隔月六回、平成一〇年九月完。六月、〈蟋蟀の壺〉「文學界」。岩波文庫『野上弥生子随筆集』を編み〈解説〉。講演〈古典鑑賞と窪田空穂〉空穂忌記念・早稲田大学小野記念講堂。八月、『日本の文学論』講談社。九月、〈批評の饗宴〉「本」。一〇月、短篇集『春・花の下』（ありてなければ・去年の梅・春・迎え火・夜の明けるまで・春過ぎて・市・降ってきた鳥・湖・花の下　収録）講談社文芸文庫。講演〈もののけの行方〉源氏物語アカデミー・武生市文化センター。一二月、墨書〈花にわかれぬはるはなし〉日中婦人書道交流展・（北京）中国美術館（翌年一一月、東京セントラル美術館）。

一九九六年（平成八年）　六七歳

この年度々京都行。奈良行。

一月、〈氷の枕〉「新潮」。〈日本文学の言葉〉大岡信氏との対談「群像」。『古今集の世界へ—空に立つ波』朝日選書。二月、『竹西寛子の松尾芭蕉集・与謝蕪村集—わたしの古典』

集英社文庫。三月、〈自分と出会う〉「朝日新聞」。六月、『竹西寛子著作集』全5巻別冊1(1小説・2評論―古典・3評論―近代・4随想I・5随想II・別冊―批評抄)新潮社。〈言葉に心を探る〉インタビュー「波」。〈自由の涼しさ―宇野千代氏を悼む〉「朝日新聞」。大原富枝著『建礼門院右京大夫』(巻末エッセイ―定めなき人の世を)朝日文芸文庫。九月、〈同音異字〉「群像」。〈「大和物語」四十一段〉「新潮」。一〇月、〈船底の旅〉「群像」。〈土曜インタビュー 竹西寛子さん〉「赤旗」。この年より隔年、文化功労者選考審査会委員を務める(平成一三年まで)。

一九九七年(平成九年) 六八歳

春、伊勢。秋、伏見、岩出山行。

一月、〈桜〉「文學界」。同月より日本芸術文化振興会評議員会評議員、一〇年間務める。三月、『管絃祭』講談社文芸文庫。『古今和歌集―古典を読む』岩波同時代ライブラリー。四月、〈岩波新書を語る〉荒川洋治、紀田順一郎両氏との鼎談「図書」。五月、〈女房文学の中の京都〉毎日放送歴史講座・(大阪市)ギャラクシーホール。同月~八月、〈元隣の俳文〉〈「猿蓑」の序〉〈蕪村の俳文〉〈也有の俳文〉「狩」に連載。六月、『詞華断章』朝日文芸文庫。九月、『往還の記――日本の古典に思う』岩波同時代ライブラリー。一〇月、『庭の恵み―古人とともに』河出書房新社。一二月、兄没。〈言語生活の衰弱〉「文化庁月報」。〈古典の中の「いつくしみ」〉「COMMUNICATION」(NTT出版)。『海からの風』青土社。『「百人一首」を旅しよう―古典を歩く8』講談社文庫。〈「古今和歌集」の時代について〉『和歌文学大系19』月報 明治書院。

一九九八年(平成一〇年) 六九歳

一〇月、角館、安来行。田沢湖、宍道湖。

一月、〈椿堂〉「群像」。〈『源氏物語』の歌と平安の女歌〉瀬戸内寂聴氏との対談、特集日本の女歌「すばる」。二月、『日本の女歌』NHKライブラリー。〈漢字の国と漢字を借りた国〉『宋・元の書—故宮博物院10』日本放送出版協会。三月、〈「王朝の文学」から「王朝物語」へ〉追悼特集中村真一郎の遺産「新潮」。七月、〈源氏物語の女性たち—能の主人公《ヒロイン》〉横浜能楽堂講座・同能楽堂、二回。八月、NHKハイビジョン中継「水上の平安絵巻—宮島・管絃祭」に出演（小説〈管絃祭〉朗読入り）。九月、瀬戸内寂聴著『白道』〈解説〉講談社文庫。一〇月、『山河との日々』新潮社。一一月、『日本の文学論』講談社文芸文庫。一二月、大活字本シリーズ『管絃祭』埼玉福祉会。同月より日本中国文化交流協会常任理事。

一九九九年（平成一一年）　七〇歳

一月、大分行。三月、『井上靖短篇集4』〈解説〉岩波書店。五月、『志賀直哉全集6』〈解説〉岩波書店。六月、〈川端賞の四半世紀〉水上勉、川端香男里氏との鼎談　川端康成生誕百年記念特集「新潮」。九月、講演〈短篇小説の川端康成〉神奈川近代文学館。一〇月、〈悠々として〉追悼辻邦生「新潮」。一一月、〈哀愁の音色〉「ユリイカ」。

二〇〇〇年（平成一二年）　七一歳

九月、帯広行。

一月、〈くじ〉「群像」。〈雲間の月〉「新潮」。〈墨書の魅力〉「墨」。『国語の時間』河出文庫。同月より評論〈贈答のうた〉「本」に連載、二五回。二月、〈「見る」に始まる〉「學鐙」。『文学私記』青土社。六月、大野晋著『日本語の年輪』〈解説　明晰への意志〉新潮文庫。一〇月、劇団手織座公演　大西信行脚本・演出〈管絃祭〉東京芸術劇場小ホール。

二〇〇一年（平成一三年）　七二歳

六月、堺行、一〇月、盛岡行。

一月、〈少しの春〉「日本近代文学館」。大活字本シリーズ『兵隊宿』埼玉福祉会。三月、早稲田大学芸術功労者として顕彰される。同月～四月、「表彰記念―竹西寛子展」同大学中央図書館。四月、勲三等瑞宝章受章。〈幻夢の馬―水上勉「醍醐の桜」再読〉「國文學」。七月、『哀愁の音色』青土社。この年、ユネスコの機関誌（「Le Courrier de l'UNESCO」「信使」等28ヵ国語版）に〈厳島―世界遺産の遺跡〉。

二〇〇二年（平成一四年）七三歳

一月、〈木になった魚〉「群像」。三月、〈求法の旅人〉『平山郁夫　平成の画業1』講談社。四月、〈日本の古典〉「學鐙」。五月～六月、〈いつもそばに本が上・中・下〉「朝日新聞」。七月、〈定型にいて垣を払う〉「短歌研究」斎藤史追悼特集Ⅰ。〈祖述の恩恵〉『小林秀雄全集別巻Ⅱ』新潮社。同月より評論〈陸は海より悲しきものを―歌の与謝野晶子〉「婦人之友」に連載、二〇回。九月、〈言葉遣いについて〉「文藝春秋」臨時増刊号美しい日本語。一一月、『贈答のうた』講談社。一二月～翌年二月、岩波書店『広島が言わせる言葉―自選竹西寛子随想集1』『あるじなき梅―同2』『山河との日々―同3』。

二〇〇三年（平成一五年）七四歳

二月、大分行。一一月、秋田行。冠雪の鳥海山を望む。

三月、講演〈定型の器〉「白露」創刊一〇周年記念全国俳句大会・甲府富士屋ホテル。四月、〈時のかたち〉「朝日新聞」四回。同月より一ツ橋文芸教育振興会理事。七月、『虚空の妙音』青土社。九月、〈鶴〉『戦後短篇小説再発見14』講談社文芸文庫。一〇月、〈歌の認め方〉「新潮」特集折口信夫歿後五〇年。一二月、『贈答のうた』により第五六回野間文芸賞受賞。

二〇〇四年（平成一六年）　七五歳

六月、伊勢斎宮行。

一月、野間文芸賞〈受賞の言葉〉「群像」。〈うたの春〉共同通信社配信。四月、〈わが賀茂〉『賀茂社　上賀茂神社・下鴨神社—日本の古社』淡交社。六月、〈虚空の花〉『辻邦生全集1』月報　新潮社。七月、〈周到な果断〉『田辺聖子全集8』月報　集英社。八月、講演〈私と宮島〉旅館「岩惣」創業一五〇周年記念・〈宮島町もみじ谷〉岩惣。九月、『陸は海より悲しきものを—歌の与謝野晶子』筑摩書房。一〇月、〈「勅撰和歌集」と私〉日本芸術院会員特別講演会・同院会館。一一月、〈谷の椿〉追悼水上勉「新潮」。講演〈日常と言葉〉江東区立砂町小学校。

二〇〇五年（平成一七年）　七六歳

一〇月、京都、宇治行。

一月〜一二月、〈景物遊話〉「なごみ」に連載。五月、『蘭　竹西寛子自選短篇集』（神馬・兵隊宿・虚無僧・蘭・小春日・茅蜩・市・湖・松風・鮎の川・鶴　収録）集英社文庫。八月、〈新聞の文章の時代〉「中國新聞」紙齢4万号記念。九月、〈感じ分けるということ—古今集五首　新古今集五首〉小特集古今集一一〇〇年・新古今八〇〇年「新潮」。一一月、講演〈「夏の花」の喚起〉原民喜生誕一〇〇周年祭記念・広島世界平和記念聖堂。講演〈言葉で生きる〉全国高等学校国語教育研究連合会兵庫大会・神戸文化ホール。

二〇〇六年（平成一八年）　七七歳

一月、〈放せない手綱〉「しんぶん赤旗」。四月、講座〈私の好きな短編小説〉朝日カルチャーセンター新宿。同月より講座〈紫式部〉同センター横浜。六月、〈跋文『平野萬里評論集』に寄せる〉『平野萬里評論集』砂子屋書房。七月、『「いとおしい」という言葉』青土社。八月、〈記憶の継承—歌枕と本歌取〉英訳され「JAPAN ECHO」。〈蘭〉陸静華編

著『日語綜合教程5』上海外語教育出版社。九月、『自選随想集　京の寺　奈良の寺』淡交社。一〇月、〈五十鈴川の鴨〉「群像」。

二〇〇七年（平成一九年）　七八歳
三月、〈毎日の言葉〉平成一八年度市立図書館読書普及講演会・川崎市中原市民館。五月〜六月、墨書〈清心月照〉『平成の餘香帖』完成記念展・太宰府天満宮。七月、〈言葉を恃む〉「図書」。九月、講演〈廃墟の月―与謝野晶子の一首から〉日本近代文学館成田分館開館記念・成田山書道美術館。

（著者作成）

著書目録

竹西寛子

【単行本】

往還の記　日本の古典に思う　昭39・9　筑摩書房
源氏物語論　昭42・3　筑摩書房
儀式　昭44・8　新潮社
人と軌跡―9人の女性に聴く　昭45・4　中央公論社
道づれのない旅　昭45・11　新潮社
式子内親王・永福門院―日本詩人選14　昭47・7　筑摩書房
ものに逢える日　昭49・2　新潮社
紀貫之―日本の旅人2　昭49・7　淡交社
鶴　昭50・6　新潮社
古典日記　昭50・6　中央公論社
現代の文章　昭51・6　筑摩書房
青葉の時へ　昭52・2　新潮社
管絃祭　昭53・7　新潮社
月次抄　昭53・10　青土社
歌の王朝（読売選書）　昭54・6　読売新聞社
愛するという言葉　昭55・1　新潮社
古語に聞く　昭56・5　講談社
落伍者の行方　昭56・9　青土社
私の平安文学　昭57・3　福武書店
春　昭57・5　新潮社
兵隊宿　昭57・6　講談社
ひとつとや　昭58・3　毎日新聞社
時のかたみ　昭59・3　新潮社

続ひとつとや　昭59・5　毎日新聞社
音のパレット　昭59・7　青土社
読書の歳月　昭60・6　筑摩書房
山川登美子　「明星」の歌人　昭60・10　講談社
句歌春秋　昭62・1　新潮社
日本の恋歌（岩波新書）　昭62・9　岩波書店
俳句によまれた花（写真　夏梅陸夫）　昭63・1　潮出版社
王朝文学とつき合う（新潮選書）　昭63・2　新潮社
湖　自選短篇集　平1・5　學藝書林
比叡の雪　平1・9　青土社
百人一首—古典の旅8　平2・8　講談社
丘の上の煙　平2・8　青土社
水の断章　平3・3　淡交社
朝の公園　平3・4　読売新聞社
挨拶　平4・1　福武書店
古今和歌集—古典を読む28　平5・3　岩波書店
太宰府の秋　平5・11　青土社
国語の時間　平6・6　読売新聞社
長城の風　平6・6　新潮社
詞華断章　平6・12　朝日新聞社
日本の文学論　平7・8　講談社
庭の恵み—古人とともに　平9・10　河出書房新社
海からの風　平9・12　青土社
山河との日々　平10・10　新潮社
文学私記　平12・2　青土社
哀愁の音色　平13・7　青土社
贈答のうた　平14・11　講談社
自選竹西寛子随想集1　広島が言わせる言葉　平14・12　岩波書店
自選竹西寛子随想集2　あるじなき梅　平15・1　岩波書店
自選竹西寛子随想集3　山河との日々　平15・2　岩波書店
虚空の妙音　平15・7　青土社

陸は海より悲しきものを―歌の与謝野晶子 平16・9 筑摩書房
「いとおしい」という言葉 平18・7 青土社
自選随想集京の寺 奈良の寺 平18・9 淡交社

【現代語訳】

和泉式部・西行・定家―日本の古典11＊ 昭47・10 河出書房新社
枕草子 蜻蛉日記―日本の古典4＊ 昭50・4 世界文化社
空に立つ波 古今和歌集―平凡社名作文庫19 昭55・2 平凡社
土佐日記・更級日記―現代語訳・日本の古典7 昭56・2 学習研究社
竹西寛子の松尾芭蕉集・与謝蕪村集―わたしの古典18 昭62・7 集英社
蜻蛉日記1―週刊 日本の古典を見る18 平14・8 世界文化社
蜻蛉日記2―週刊 日本の古典を見る19 平14・9 世界文化社

【全集】

竹西寛子著作集 全5巻 別冊1 平8・6 新潮社
日本の古典7 昭46・5 河出書房新社
現代日本文學大系82 昭46・6 筑摩書房
現代日本文學大系92 昭48・3 筑摩書房
現代の女流文学1 昭49・9 毎日新聞社
筑摩現代文学大系97 昭53・3 筑摩書房
昭和批評大系5 昭53・3 番町書房
日本の原爆文学1 昭58・8 ほるぷ出版

日本の原爆文学4　昭58・8　ほるぷ出版
少年少女日本文学館21　昭62・3　講談社
昭和文学全集30　昭63・5　小学館
長野県文学全集〔第Ⅲ期〕1　平2・11　郷土出版社
女性作家シリーズ14　平10・1　角川書店
批評集成・源氏物語3　平11・5　ゆまに書房
川端康成文学賞全作品Ⅰ・Ⅱ　平11・6　新潮社

【文庫】

古語に聞く（解＝犬養廉）　平1・10　ちくま文庫
ひとつとや（解＝諏訪春雄）　平1・11　福武文庫
続ひとつとや（解＝諏訪春雄）　平2・12　福武文庫
兵隊宿（解＝庄野英二　案＝紅野敏郎　著）　平3・7　講談社文芸文庫
山川登美子（人＝高橋英夫　年＝著者　著）　平4・7　講談社文芸文庫
人と軌跡（解＝紅野敏郎）　平5・10　中公文庫
式子内親王・永福門院（人＝雨宮雅子　年＝著者　著）　平5・11　講談社文芸文庫
王朝文学とつき合う（解＝犬養廉）　平6・4　ちくま文庫
春・花の下（解＝荒川洋治　案＝尾形明子　著）　平7・10　講談社文芸文庫
竹西寛子の松尾芭蕉集・与謝蕪村集―わたしの古典（解＝柳瀬万里　鑑＝稲葉真弓）　平8・2　集英社文庫
管絃祭（解＝川西政明　年＝著者　著）　平9・3　講談社文芸文庫

古今和歌集—古典を読む　平9・3　岩波同時代ライブラリー
詞華断章（巻末エッセイ＝辻邦生）　平9・6　朝日文芸文庫
往還の記—日本の古典に思う（解＝中村真一郎）　平9・9　岩波同時代ライブラリー
「百人一首」を旅しよう—古典を歩く8（解＝小町谷照彦）　平9・12　講談社文庫
日本の女歌　平10・2　NHKライブラリー
日本の文学論（解＝辻邦生　年＝著者　著）　平10・11　講談社文芸文庫
国語の時間　平12・1　河出文庫
戦後短篇小説再発見14（解＝川村湊）　平15・9　講談社文芸文庫
京都I—私の古寺巡礼1　平16・10　光文社知恵の森文庫
奈良—私の古寺巡礼3　平16・12　光文社知恵の森文庫
蘭　竹西寛子自選短篇集（解＝池内輝雄　鑑＝大岡玲　年＝著者）　平17・5　集英社文庫

「著書目録」には原則として編著・再刊本等は入れなかった。／＊は共訳を示す。／【文庫】の（　）内の略号は、解＝解説　案＝作家案内　人＝人と作品　年＝年譜　著＝著書目録　鑑＝鑑賞を示す。

（著者作成）

参考文献

竹西寛子

竹西寛子　『日本の文学論』平10・11 講談社文芸文庫
竹西寛子　挨拶の喪失　平14・12「本」
三浦雅士　文学季評上・下　平15・1・21〜22「読売新聞」夕刊
松平盟子　『贈答のうた』平15・2「短歌研究」
井上康明　『贈答のうた』平15・2「白露」
堀江敏幸　ふたりで詠みあう、開く心の景色　平15・2・9「朝日新聞」
岡野弘彦　王朝相聞のうた絵巻　平15・3「新潮」
樋口覚　Review Books　平15・3「群像」
岩田正　『贈答のうた』平15・3・17「しんぶん赤旗」
中野幸一　『贈答のうた』平15・4「國文學」
佐伯裕子　『贈答のうた』平15・5「短歌朝日」
島内景二　他者と響映する「うた」　平15・6「短歌往来」
長田群青　『贈答のうた』平15・6「白露」
樋口覚　竹西寛子の近作を読む　平15・10・4「図書新聞」
竹西寛子（野間文芸賞）受賞の言葉　平16・1「群像」
秋山駿・川村二郎・河野多恵子・坂上弘・津島佑子・三浦哲郎　選考委員のことば　平16・1「群像」

わ

を

初句索引の配列順は
歴史的仮名遣いによる

作品索引

あ

か

初句索引

あ

贈答歌作者索引

＊は作中人物

あ

か

さ

本書は、『贈答のうた』（二〇〇二年一一月二九日、講談社刊）を底本とした。

贈答《ぞうとう》のうた
竹西寛子《たけにしひろこ》
二〇〇七年一一月一〇日第一刷発行
二〇一九年九月三日第二刷発行
発行者——渡瀬昌彦
発行所——株式会社 講談社
東京都文京区音羽2・12・21 〒112-8001
電話 編集(03)5395・3513
販売(03)5395・5817
業務(03)5395・3615
デザイン—菊地信義
印刷——豊国印刷株式会社
製本——株式会社国宝社
本文データ制作—講談社デジタル製作

定価はカバーに表示してあります。

講談社
文芸文庫

ISBN978-4-06-198494-3

講談社文芸文庫

青木 淳選	建築文学傑作選	青木 淳――解
青柳瑞穂	ささやかな日本発掘	高山鉄男――人／青柳いづみこ－年
青山光二	青春の賭け 小説織田作之助	高橋英夫――解／久米 勲――年
青山二郎	眼の哲学|利休伝ノート	森 孝一――人／森 孝一――年
阿川弘之	舷燈	岡田 睦――解／進藤純孝――案
阿川弘之	鮎の宿	岡田 睦――年
阿川弘之	桃の宿	半藤一利――解／岡田 睦――年
阿川弘之	論語知らずの論語読み	高島俊男――解／岡田 睦――年
阿川弘之	森の宿	岡田 睦――年
阿川弘之	亡き母や	小山鉄郎――解／岡田 睦――年
秋山 駿	内部の人間の犯罪 秋山駿評論集	井口時男――解／著者――年
秋山 駿	小林秀雄と中原中也	井口時男――解／著者他――年
芥川龍之介	上海游記|江南游記	伊藤桂一――解／藤本寿彦――年
芥川龍之介 谷崎潤一郎	文芸的な、余りに文芸的な|饒舌録ほか 芥川vs.谷崎論争 千葉俊二編	千葉俊二――解
安部公房	砂漠の思想	沼野充義――人／谷 真介――年
安部公房	終りし道の標べに	リービ英雄－解／谷 真介――案
阿部知二	冬の宿	黒井千次――解／森本 穫――年
安部ヨリミ	スフィンクスは笑う	三浦雅士――解
有吉佐和子	地唄|三婆 有吉佐和子作品集	宮内淳子――解／宮内淳子――年
有吉佐和子	有田川	半田美永――解／宮内淳子――年
安藤礼二	光の曼陀羅 日本文学論	大江健三郎賞選評－解／著者――年
李良枝	由熙|ナビ・タリョン	渡部直己――解／編集部――年
生島遼一	春夏秋冬	山田 稔――解／柿谷浩一――年
石川 淳	黄金伝説|雪のイヴ	立石 伯――解／日高昭二――案
石川 淳	普賢|佳人	立石 伯――解／石和 鷹――案
石川 淳	焼跡のイエス|善財	立石 伯――解／立石 伯――年
石川 淳	文林通言	池内 紀――解／立石 伯――年
石川 淳	鷹	菅野昭正――解／立石 伯――解
石川啄木	雲は天才である	関川夏央――解／佐藤清文――年
石原吉郎	石原吉郎詩文集	佐々木幹郎－解／小柳玲子――年
石牟礼道子	妣たちの国 石牟礼道子詩歌文集	伊藤比呂美－解／渡辺京二――年
石牟礼道子	西南役伝説	赤坂憲雄――解／渡辺京二――年
伊藤桂一	静かなノモンハン	勝又 浩――解／久米 勲――年

▶解=解説 案=作家案内 人=人と作品 年=年譜を示す。 2019年8月現在

講談社文芸文庫

伊藤痴遊	隠れたる事実 明治裏面史	木村 洋——解
井上ひさし	京伝店の烟草入れ 井上ひさし江戸小説集	野口武彦——解／渡辺昭夫——年
井上光晴	西海原子力発電所|輸送	成田龍一——解／川西政明——年
井上靖	補陀落渡海記 井上靖短篇名作集	曾根博義——解／曾根博義——年
井上靖	異域の人|幽鬼 井上靖歴史小説集	曾根博義——解／曾根博義——年
井上靖	本覚坊遺文	高橋英夫——解／曾根博義——年
井上靖	崑崙の玉|漂流 井上靖歴史小説傑作選	島内景二——解／曾根博義——年
井伏鱒二	還暦の鯉	庄野潤三——人／松本武夫——年
井伏鱒二	厄除け詩集	河盛好蔵——人／松本武夫——年
井伏鱒二	夜ふけと梅の花|山椒魚	秋山 駿——解／松本武夫——年
井伏鱒二	神屋宗湛の残した日記	加藤典洋——解／寺横武夫——年
井伏鱒二	鞆ノ津茶会記	加藤典洋——解／寺横武夫——年
井伏鱒二	釣師・釣場	夢枕 獏——解／寺横武夫——年
色川武大	生家へ	平岡篤頼——解／著者——年
色川武大	狂人日記	佐伯一麦——解／著者——年
色川武大	小さな部屋|明日泣く	内藤 誠——解／著者——年
岩阪恵子	画家小出楢重の肖像	堀江敏幸——解／著者——年
岩阪恵子	木山さん、捷平さん	蜂飼 耳——解／著者——年
内田百閒	[ワイド版]百閒随筆 I 池内紀編	池内 紀——解
宇野浩二	思い川|枯木のある風景|蔵の中	水上 勉——解／柳沢孝子——案
梅崎春生	桜島|日の果て|幻化	川村 湊——解／古林 尚——案
梅崎春生	ボロ家の春秋	菅野昭正——解／編集部——年
梅崎春生	狂い凧	戸塚麻子——解／編集部——年
梅崎春生	悪酒の時代 猫のことなど —梅崎春生随筆集—	外岡秀俊——解／編集部——年
江國滋選	手紙読本 日本ペンクラブ編	斎藤美奈子-解
江藤淳	一族再会	西尾幹二——解／平岡敏夫——案
江藤淳	成熟と喪失 —"母"の崩壊—	上野千鶴子-解／平岡敏夫——案
江藤淳	小林秀雄	井口時男——解／武藤康史——年
江藤淳	考えるよろこび	田中和生——解／武藤康史——年
江藤淳	旅の話・犬の夢	富岡幸一郎-解／武藤康史——年
江藤淳	海舟余波 わが読史余滴	武藤康史——解／武藤康史——年
遠藤周作	青い小さな葡萄	上総英郎——解／古屋健三——案
遠藤周作	白い人|黄色い人	若林 真——解／広石廉二——年
遠藤周作	遠藤周作短篇名作選	加藤宗哉——解／加藤宗哉——年

遠藤周作	『深い河』創作日記	加藤宗哉――解／加藤宗哉――年
遠藤周作	[ワイド版]哀歌	上総英郎――解／高山鉄男――案
大江健三郎	万延元年のフットボール	加藤典洋――解／古林 尚――案
大江健三郎	叫び声	新井敏記――解／井口時男――案
大江健三郎	みずから我が涙をぬぐいたまう日	渡辺広士――解／高田知波――案
大江健三郎	懐かしい年への手紙	小森陽一――解／黒古一夫――案
大江健三郎	静かな生活	伊丹十三――解／栗坪良樹――案
大江健三郎	僕が本当に若かった頃	井口時男――解／中島国彦――案
大江健三郎	新しい人よ眼ざめよ	リービ英雄-解／編集部――年
大岡昇平	中原中也	粟津則雄――解／佐々木幹郎-案
大岡昇平	幼年	高橋英夫――解／渡辺正彦――案
大岡昇平	花影	小谷野 敦――解／吉田凞生――年
大岡昇平	常識的文学論	樋口 覚――解／吉田凞生――年
大岡 信	私の万葉集一	東 直子――解
大岡 信	私の万葉集二	丸谷才一――解
大岡 信	私の万葉集三	嵐山光三郎-解
大岡 信	私の万葉集四	正岡子規――附
大岡 信	私の万葉集五	高橋順子――解
大岡 信	現代詩試論｜詩人の設計図	三浦雅士――解
大澤真幸	〈自由〉の条件	
大西巨人	地獄変相奏鳴曲 第一楽章・第二楽章・第三楽章	
大西巨人	地獄変相奏鳴曲 第四楽章	阿部和重――解／齋藤秀昭――年
大庭みな子	寂兮寥兮	水田宗子――解／著者――年
岡田 睦	明日なき身	富岡幸一郎-解／編集部――年
岡本かの子	食魔 岡本かの子食文学傑作選 大久保喬樹編	大久保喬樹-解／小松邦宏――年
岡本太郎	原色の呪文 現代の芸術精神	安藤礼二――解／岡本太郎記念館-年
小川国夫	アポロンの島	森川達也――解／山本恵一郎-年
奥泉 光	石の来歴｜浪漫的な行軍の記録	前田 塁――解／著者――年
奥泉 光	その言葉を｜暴力の舟｜三つ目の鯰	佐々木 敦――解／著者――年
奥泉 光 群像編集部 編	戦後文学を読む	
尾崎一雄	美しい墓地からの眺め	宮内 豊――解／紅野敏郎――年
大佛次郎	旅の誘い 大佛次郎随筆集	福島行一――解／福島行一――年
織田作之助	夫婦善哉	種村季弘――解／矢島道弘――年